우주보다 낯설고 먼

우주보다 낯설고 먼

김연경 장편소설

강

차례

덕유산 자락에서

젊은 그들

   소목장이 김철환이 일본에서 돌아온 지 1년쯤 됐을 때 아내가 죽었다. 3년 동안 조선 팔도를 떠돌던 그는 항상 품고 있던 유골함을 아내 집안의 선산에 묻어주고 재혼했다. 열아홉 살에 김철환의 재취가 된 조연이는 시집온 첫날 자기가 속았다는 것을 알았다. 재산도 변변찮았을뿐더러 서른인 줄 알았던 남편이 마흔 살이었다. 다 컸다는 아들은 겨우 열 살이었다. 이듬해, 김철환은 아들 손에 돈을 좀 쥐여주고 부산으로 보냈다. 조연이가 첫 아이를 낳은 때이기도 했다. 이후 그녀는 연거푸 두 딸을 낳았다. 하지만 첫딸은 백일 즈음 경련과 고열에 시달리다 죽었고 둘째 딸은 걷기도 전에 홍역으로 죽었다.

   4년 뒤인 1948년 여름, 조연이는 훗날 성득상회의 사장이 될 아이를 낳았다. 전쟁이 터졌을 때 아이는 세 살이었다. 빨갱이들이 읍내까지 내려왔다. 조연이는 삶은 감자와 옥수수를 듬뿍 내주었고, 저쪽에서는 낡은 모포 한 장을 주었다. 얼마 뒤 신원면 일대에서 빨갱이와 내통한 사람들을 마구 잡아 죽였다는 소문이 떠돌았다. 조연이도 벌벌 떨었지만 다행히도 별 탈 없이 지나갔다. 전쟁이 끝난 다음 조연이는 아들 셋과 딸 하나를 더 낳았다. 막내아들이 태어났을 때 조연이는 마흔, 김철환은 예순이었다. 딸은 이번에도 돌을 넘기지 못한 반면, 아들들은 모두 무럭무럭 자라났다.

장남 준덕이 고등학교 2학년, 차남 준호가 거창국민학교에 입학할 무렵 조연이는 구멍가게를 열었다. 커다란 눈깔사탕과 밀가루 튀김 같은 군것질거리는 물론이고 볼펜, 연필, 공책 같은 문방구, 반창고, '안티푸라민', 옥도정기 등 의약품도 있었다. 국수를 직접 뽑아 팔기도 했다. 준호도 형처럼 일고여덟 살에 지게를 졌다. 밥을 얻어먹으려면 나무를 한 짐 해오든지 마당을 쓸든지 해야 했다. 밀린 외상값을 받아야 할 때도 있었다. 고제면에서 개명국민학교를 짓고 있는 김철환의 품삯을 받아오는 것도 준호의 몫이었다. 날이 뜨기가 무섭게 준호는 읍내를 벗어났다. 주먹밥을 다 까먹고 기진맥진한 채 목적지에 다다르면 이미 어두웠다. 그곳에서 하룻밤을 자고 먼 길을 돌아오면 또다시 어스름이 내렸다.

김준덕이 주경야독으로 부산의 한 대학에 입학했을 때 집안일을 도맡을 사람은 김준호뿐이었다. 중학교 진학도 포기해야 했다. 열네 살에 사회인이 된 그는 읍내의 큰 상점에서 '아이스케키'를 떼다가 영강(英江) 주변을 누비고 다녔다. 아이스케키 하나당 일 원이 남았다. 떼 온 물건을 다 팔면 상점 주인에게 원금을 갖다주고도 하루 수입이 삼십 원은 족히 됐다. 김철환 가족이 일찌감치 읍내를 떠난 그날도 김준호는 아이스케키를 팔러 나갔다. 일을 끝내고 삼십이 원을 챙겨 돌아왔을 때 텅 빈 집을 보고 울 겨를도 없었다. 김준호는 개명국민학교를 향해 부지런히 걸어갔다.

덕유산 자락, 아니 산비탈 한가운데 자리 잡은 고제면의 골짜기. 산을 넘으면 무주였다. 김철환 일가가 새롭게 둥지를 튼 마을의 이름은 수내였다. 거기서 20분쯤 올라가면 화전민이 일궈놓은 밭이 있었다. 그곳, 새터의 낡은 집에 여섯 식구가 살았다. 조연이는 개명골댁으로 불렸다. 김준호는 장사를 접고 농사일을 배웠다. 틈틈이 형님이 구해준 영어 교과서도 들여다보았다. 조만간 형님이 자기를 부산으로 불러주고 중학교에 입학시켜주리라는 희망이 있었다. 그사이에 김준서가 중학교에 들어갔고 김준호의 꿈은 점점 더 요원해졌다. 어느덧 사춘기로 접어든 김준호는 농부로서의 운명을 모종의 절망과 환멸을 곱씹으며 받아들였다. 김준덕은 부모와 준호 앞으로 논밭을 더 사주었다. 그는 대학을 졸업한 다음 학원에서 영어를 가르쳤다. 중학교를 마친 바로 밑의 동생 둘은 큰형님 덕분에 부산으로 갔다. 김준호는 '국졸'로 끝난 학력의 아쉬움을 서당을 드나들며 한문을 공부하고 『삼국지』를 뒤적이고 일기를 끄적이고 연애편지를 쓰며 달랬다. 덕유산 깊은 산골에서 신문을 보고 편지라도 몇 줄 쓸 줄 아는 청년은 김준호밖에 없었다.

학력을 고졸로 속여 군 복무를 끝냈을 때 김준호는 스물여섯 살, 노총각이었다. 키는 별로 크지 않았으나 콧날이 오똑하고 눈썹이 짙고 고른 것이 어딜 가나 미남 소리를 들었다. 형님 덕에 논밭도 적잖이 있었다. 새터의 밭도 계단식 논으로 만들어 벼농사를 지었다. 새마을운동이 한창일 때 김철환은 새터의 헌 집을 버려두고 수내 마을 한가운데에 집을 지었다. 넓지는 않아도 안채, 외양간, 고방 등 짜임새 있는 단정한 집이었다. 일자무식도 아니거니와 김철환 집안은 고제면 골짜기에서 유일하게 아들들을 대학까지 보낸 수재 집안으로 알려져 있었다. 드디어 남산동에 사는 고모의 소개로 위천면 출신의 처자와 맞선을 보게 됐다.

*

조연이가 세 살배기 준호를 등에 업고 빨갱이에게 삶은 감자와 옥수수를 내놓던 때, 읍내에서 한참 떨어진 유용상의 집에서는 김점순이 몸을 틀고 있었다. 4년 전에 아들을 낳고 두 번째였다. 아이의 울음소리가 우렁찼지만 딸이었다. 이 '범띠 가시나'가 훗날 성득상회의 사모님, 즉 김준호의 아내가 될 유숙이였다. 여덟 살에 가마솥에 밥을 짓고 밭매기와 모심기를 배웠다. 유용상이 소 장사를 시작하자 쇠죽도 끓였다. 가뜩이나 일손이 부족한 봄가을, 학교는 항상 반타작이었다. 학교 가는 날이 절반, 논밭 나가는 날이 절반이었다. 한글을 읽게 된 것만도 기적이었다. 그런데 유숙이는 150센티미터가 한참 안 되는 작은 키며 사내처럼 떡 벌어진 어깨, 큼직한 얼굴과 짧은 목, 옆으로 툭 불거진 광대뼈 등 인물이 영 빠졌다. 가슴이 봉긋 올라오면서 몸에 살이 붙는 바람에 영락없이 땅바닥을 굴러다니는 모양새였다. 그래도 반질반질 윤이 나는 검은 생머리와 끝이 동글동글한 코, 하얗고 고른 치열, 도톰한 귓불 덕분에 복스럽다거나 참하다는 말을 곧잘 들었다. 무엇보다도 중요한 것은 유숙이의 자신감이었다. 목이 짧지만 보기 싫지는 않다고, 막 예쁘진 않아도 귀염성 있는 얼굴이라고, 키 작아도 못하는 일이 하나도 없다고…… 기고만장, 다부진 유숙이가 당장 떨쳐버리고 싶은 것은 바로 고향이었다.

유용상은 손재주가 있고 부지런한 가장이었다. 하지만 괄괄한 성격에다가 항상 술독을 끼고 살았다. 위천면 일대에서도 무던하기로 소문난 제동댁도 바가지를 긁지 않을 수 없었다. 날이 어둑해지면 남편을 찾으러 갔다. 그다음에는 장남 은율이 그 일을 맡았다. 어느새 은율마저 술을 마셨고 이 부자를 데려오는 일은 숙이의 몫이 되었다. 그다음에는 차남 종율이 나섰다. 숙이의 꼬리에는 그 무렵 동생들이 줄줄이사탕처럼 달려 있었다. 정이는 여덟 살, 그 밑으로 각각 네 살, 두 살인 여동생이 있었다. 제동댁의 배가 또 앞으로 불뚝 섰을 때 제일 겁이 난 건 숙이였다. 막내아들 성율이 태어났을 때는 결심을 굳혔다.

앵두나무 우물가, 유숙이는 동네 친구와 함께 보따리 하나를 들고 몰래 동네를 빠져나갔다. 그날 밤, 유용상의 집이 발칵 뒤집혔다. 글을 읽을 줄 아는 유종율이 유숙이가 연필로 삐뚤삐뚤 써놓은 한 문장을 읽어주었다.

"성공해서 돌아올 테니 걱정 마소."

제동댁은 울음을 터뜨렸고 유용상은 '다리몽댕이' 하며 욕설을 퍼부었지만 금방 잠잠해졌다. 어차피 시골구석에 있어봤자 별수 없고 그 강단에 그 일솜씨면 어디서 식모살이를 해도 제 밥벌이는 하리라는 것이 유씨 내외의 생각이었다.

1970년을 코앞에 두고 무작정 상경한 유숙이가 맨 처음 자리 잡은 곳은 조그만 가내수공업 집이었다. 포장용 종이 상자를 만드는 곳이었다. 급료는 적어도 숙식이 제공되었다. 1년쯤 뒤 명절을 맞아 유숙이가 고향을 찾았다. 굽이 8센티미터는 족히 되는 뾰족구두를 신고 두툼한 허벅지가 훤히 드러나는 미니스커트를 입고 윤이 나는 긴 생머리를 치렁치렁 늘어뜨린 채 그녀는 남산동의 버스 정류장에 내렸다. 집은 떠나올 때의 위천면 새실에서 그보다 훨씬 더 산골인 다람재로 이사

한 뒤였다. 남산동이든 반대쪽 새마을이든 어느 정류장에서 내려도 꼬불꼬불한 산길을 한 시간쯤 걸어야 했다. 산중에 재각과 집 한 채, 외양간 두 채가 있을 뿐, 사위가 온통 산이었다. 산골 외딴집에 유폐되다시피 살고 있던 동생들은 눈이 휘둥그레졌다. 유숙이의 손에 들린 과자, 사탕, 빵은 진귀한 보물 대접을 받았다. 여동생들은 언니의 '뻐딱구두'를 몇 번이나 신어봤다. 유씨 내외는 큰딸이 사 온 빨갛고 두툼한 내복에 탄복했다.

이후 4년을 유숙이는 서울에서 살았다. 그동안 그녀는 종이 상자부터 식당 일, 빌딩 청소, 옷 가게 점원 등을 두루 거쳤다. 봉제 인형의 얼굴에 눈을 붙이던 시절에는 친구들과 짝을 지어 명동 거리를 쏘다니기도 했다. 그때 스물세 살의 유숙이는 무척이나 충격적인 경험을 하게 됐다. 대한극장에서 「벤허」를 본 것이다. 알아먹을 수 없는 외국말, 빠르게 지나가는 자막, 낯선 장면의 연속이었지만 문둥이였던 모녀가 신앙의 힘으로 원래의 건강한 몸을 되찾는다는 사실만은 질박한 유숙이의 뇌리 깊숙이 새겨졌다. 자연에 대한 막연한 두려움, 그리고 신심이 「벤허」와 만났다. 문제는 믿음의 대상을 찾는 것인데, 제일 가까운 데 있는 점쟁이로 낙착되었다. 점괘가 잘 나오면 용한 점쟁이고 흉한 점괘가 나오면 깡그리 무시하는 요령과 뚝심도 생겼다.

서울에 머물던 마지막 해, 유숙이는 버스 안내양이었다. 몽

당연필처럼 짜부라진 몸매의 유숙이가 베레모를 삐딱하게 쓰고 '차장 아가씨'로 산 시간은 그러나 길지 않았다. 1973년이 오기 전 그녀는 이십대의 절반을 보낸 서울을 버리고 다람재 골짜기로 돌아갔다. 동생들이나 친구들의 호기심 섞인 질문 공세에는 묵묵부답으로 일관했다. 간혹 버스 안내양 시절의 사진을 보여줄 뿐이었다. 그러니까 유숙이는 실용주의자요 또 현재와 그보다 더 좋은 미래만을 생각하는 낙관론자였다. 행여 그녀가 과거를 회상한다면, 지금이 그때와 비교하면 얼마나 좋은가를 되새김질하기 위해서였다. 이런 그녀가 농사꾼답지 않게 회의주의자에 염세주의자에 비관론자인 김준호를 만났다.

*

젊은 그들은 거창의 매서운 추위가 막 시작되던 날, 남산동 어귀의 소담한 집에서 처음으로 만났다. 유숙이의 부모와 오빠, 김준호의 어머니와 입대를 앞둔 동생 김준서가 동석했다.

"이쪽은 이 집 넷째 아들인데 부산에서 대학 다니고 이 집 장남은 대학교 교수님이 된대요. 처자가 복스럽게 생긴데다가 손이 보통 매운 게 아니라요. 집안도 좋고 형제지간에 우애 있고⋯⋯"

중매쟁이의 말이 이어지는 동안 개명골댁은 유숙이를 유심히 살폈다. 튼튼한 다리를 가지런히 모으고 앉아 있는 모양새며 뼈마디가 툭툭 불거진 손이며 검게 그을린 건강한 얼굴빛이며 천생 농사꾼의 딸이었다. 도톰한 코끝과 입술은 물론이고 동글동글하고 다소 두꺼워 보이는 귓불도 복스러웠다.

단둘이 남겨진 김준호와 유숙이는 고개를 푹 숙인 채 계속 말이 없었다. 먼저 입을 연 건 김준호 쪽이었다.

"제가 셋째이긴 하지만 형님 둘이 부산에 계셔서 부모님을 모셔야 하고요……"

"식구 많은 집에서 자라서 어른 모시는 건 괜찮아요."

"동생들 공부도 시켜야 하고요……"

"저는 맏딸이라 여태껏 동생들 뒤치다꺼리했네요."

"예…… 여름에는 담배 농사도 지어야 하고……"

"우리 집은 양잠을 많이 하는데, 저는 어딜 가도 일복이 터져요."

유숙이는 깔깔대고 웃었고 말도 조잘조잘 많아졌다.

"서울 있다가 다시 여기에 왔을 때는 갑갑해서 죽는 줄 알았어요. 세상에 보이는 건 산밖에 없고, 어디 영화 한 편 보려고 해도 극장도 없고. 그래도 지금은 여기서 사는 게 낫다는 생각이 들어요."

"저는 군 복무를 부산에서 안 했습니까. 사람 북적대고 차 쌩쌩 달리고, 고마 딱 싫던데. 평생 배운 것도 농사뿐이고……"

김씨 집안은 일손이 급했다. "여자 얼굴 이쁘면 뭐 하노, 얼굴 뜯어먹고 살 것도 아닌데." 개명골댁이 말했다. 옆에서 김철환이 추임새를 넣었다. "복 있으면 됐지. 원래 머리 좋은 년, 얼굴 이쁜 년 못 따라가고, 얼굴 이쁜 년이 팔자 좋은 년 못 따라간다고 안 하나." 김준서 역시 신붓감이 썩 싫지 않았다. "형님, 키 작아도 무슨 상관이오? 사람만 똑 부러지면 됐지." 김준호는 모두가 신붓감의 외모를 은근히 깎아내리는 것이 놀라웠다. 굳이 키 큰 여자도 싫거니와 그의 눈에는 아담하고 약간 통통한 정도로만 보였다. 특히 웃을 때 코끝이 더 동그래지는 모습이 귀여웠다. 개명골댁은 잠자리에 들면서 처자의 이빨을 못 봤다고 투덜댔다.

유씨 집안은 과년한 맏딸을 빨리 치워야 했다. "그 남산동 아줌마가 어디서 그런 총각을 데려왔는지, 인물 훤하고 사람 말하는 거 똑똑하더라." 유용상은 연신 감탄을 내뱉었고 제동댁도 고개를 주억거렸다. "술만 좀 안 마시면 좋겠는데." 제동댁의 뒷말을 유은율이 받았다. "남자가 술도 안 하면 그게 더 미친놈이지. 니는 어떻드노?" 오빠의 질문에 유숙이는 멈칫멈칫했다. "뭐, 오빠도 괜찮다 하고 아버지도, 엄마도 괜찮다 하고……" 여자 나이 스물넷, 게다가 간신히 국졸. 거절할 처지도 못 되었다.

맞선 본 지 사흘 뒤 중학생 정이가 편지 한 통을 들고 뛰어왔다. 귀갓길에 우체부를 만났다는 것이었다. 유숙이는 얼른 편지를 열어보았다. 한글 획 하나하나가 힘 있게 아래로 쭉쭉 뻗치는 것이 필체가 여간 멋있는 것이 아니었다. "다음 장날, 오후 1시, 영강 제1교 옆에서 기다리겠소." 제법 긴 편지는 이렇게 끝났다. 다음 장날은 모레였다. 유숙이는 가출할 때 이후 처음으로 한글을 배운 걸 감사히 여겼다.

김준호와 유숙이는 읍내 장터나 그보다 더 소규모인 위천 장터에서 닷새에 한 번씩 만났다. 그로부터 두어 달쯤 뒤 두 집안 식구가 읍내의 돼지국밥집에 모였다. 그때까지 처자의 이빨에 집착하고 있던 개명골댁은 앞니 두 개가 크긴 하지만 대체로 치열이 고르고 하얗다며 만족했다. 결혼식 날짜는 부추가 잔뜩 들어간 얼큰한 돼지국밥을 먹으며 잡았다.

1974년 초, 결혼식을 앞두고 김준호는 예비 처가댁을 찾았다. 덕유산의 겨울바람은 콧날을 베어가고 살갗을 찢어놓을 듯 날카로웠다. 수내에서 한 시간 남짓 걸어 내려와 버스를 타고 읍내에 도착한 뒤 거기서 다시 버스를 타고 남산동으로 간 다음 남산동에서 다람재까지 산길을 한 시간 남짓 걸었다. 술 한 잔 걸치지 않은 맨정신이었음에도 눈앞으로 언뜻언뜻 헛것이 보일 만큼 소름이 돋는 외딴곳이었다. 마지막 고개를 넘자 메마른 나뭇가지 사이로 무덤들이 보였다. 그 너머로 건물 몇 채가 덩그러니 서 있었다. 앞마당에 이르렀을 때 김준호를 맞이한 건 송아지만큼 커다란 개였다. 낯선 사람을 보자

개는 덕유산이 들썩거릴 만큼 큰 소리로 짖어댔다. 뒷발을 딛고 온몸을 세우면 웬만한 성인의 가슴팍까지는 족히 닿을 만큼 덩치도 큰데다가 매서운 눈매며 앞으로 툭 튀어나온 입이며 날카로운 이빨이며 영락없이 사냥개였다. 타고나길 겁이 많은 김준호가 슬슬 뒤로 내빼려고 하자 개는 더 길길이 날뛰며 짖어댔다.

"복달이가 왜 이리 짖노? 누고?"

안채의 방문이 열리면서 풋잠이 살짝 들었던 유용상이 나왔다.

"아, 김 서방! 반년 전에 소 팔러 갔다가 사 온 순종 셰퍼드 아이가. 머리가 어지간한 사람보다 더 좋다."

엄동설한, 덕유산 한구석에 고립된 외딴집에 손님이, 더군다나 풋풋한 총각이 찾아오자 유씨네 여자들은 봄꽃처럼 화사해졌다.

"이게 뭐예요? 아이고, 얄궂어라."

을이와 득이는 선물 꾸러미를 풀어보며 깔깔 웃음을 터뜨렸다.

"넘사스럽게 이런 건 뭐 하러 사 와요?"

유숙이는 속옷 세트를 얼른 품 안에 껴안았다.

"큰고모는 좋겠네, 이런 선물도 다 받아보고."

유숙이의 올케가 시새움이 가득한 눈빛을 흘렸다. 그녀는 큰고개 너머 소정 마을 출신이었다. 유씨 집안사람과는 정반대로 키가 크고 호리호리한 이 처녀가 열일곱의 나이에 보따리 하나만 품에 안고 다람재로 시집온 건 지난봄이었다. 저놈의 서울 물 먹은 손아래 시누이 등쌀에 그녀는 수시로 눈물을 쏟았다. 설거지 하나 야무지게 못한다고 대야 물을 부엌의 흙바닥에 그대로 들이붓고 된장국 하나 제대로 못 끓인다고 숟가락을 내던지기 일쑤였다. 방바닥에 흙이 버적댄다느니 걸레에서 구린내가 난다느니 걸핏하면 역정을 냈다. 그 시누이가 시집간다니, 제일 기쁜 건 그녀였다.

다람재에 싸늘한 어둠이 내리자 유용상은 김준호와 유숙이를 재각으로 올려보냈다. 처녀와 총각은 이렇게 덕유산 밑에서 첫날밤을 맞이하게 됐다. 열흘 뒤 결혼식을 치르고 유숙이는 다람재를 떠나 고제 산골짜기 수내 마을로 갔다. 조그만 옷장을 하나 사긴 했지만 그녀도 자기가 구박한 올케처럼 혼수라고는 보따리 하나뿐이었다.

고제면, 수내 마을

유숙이는 수내 마을에서 곧 이름을 날렸다. 장이며 김치며 요리 솜씨도 일품이었고 틈만 나면 집 안을 쓸고 닦아 동네에서 이보다 깨끗한 집이 없었다. 담뱃잎 엮는 솜씨에는 온 동네 사람이 눈이 휘둥그레졌다. 모를 심어도, 김을 매도, 옥수수를 따도 보통 사람보다 두 배는 빨랐다. 덧붙여 유숙이의 손끝에는 어떤 정기가 흐르는 것 같았다. 고추든 들깨든, 하다못해 논두렁의 콩도 그녀의 손길이 닿으면 수확량이 훨씬 좋았다. 가을 추수를 하기 전에는 배도 불룩 서 있었다. "개명골댁 기갈이 장난이 아닐 텐데……" 수군거림이 들려왔다.

어느덧 김철환은 일흔넷, 개명골댁은 쉰넷이었다. 지난 30여 년 동안 축적된 갱년기의 독기와 심술을 이참에 모조리 발산하겠다는 듯, 그녀는 평소 덮지도 않는 이불까지 몽땅 끄집어내고 베갯잇도 다 벗겼다. 커다란 대야에 양잿물을 붓고 빨랫감과 섞는 것까지가 자기 일이고 나머지는 며느리 몫이었다. 집안일이라면 이미 이골이 난 유숙이도 가만있지 않았다.

"어머니, 아직 날도 찬데 이불을 뭐 하러 벌써 빨아요?"

"아이고, 새파랗게 젊은 년이 시어머니한테 훈수를 두네. 세상 참 많이 좋아졌다! 우리 젊었을 땐 시어머니 앞에서 고개도 못 들었다, 고개도!"

유숙이는 눈알을 부라리는 시어머니가 무서워서 얼른 대야를 머리에 이고 집을 나섰다. 면장갑에 고무장갑을 꼈어도 손이 얼어 터질 것 같았다. 다시 집으로 와 가마솥에 물을 얹었다. 언제 방에서 나왔는지 개명골댁의 호통이 울려 퍼졌다.

"자기가 무슨 대갓집 고명딸인 줄 아나! 빨래 고거 한다고 손이 그리 시리나?"

여차하면 손이, 아궁이 옆의 부지깽이가 날아올 기세였다. 오십도 넘은 양반이 힘은 장사요 기갈은 호랑이였다. 유숙이는 그날 산더미 같은 이불보를 냇가에 쪼그리고 앉아 냇물의 얼음을 깨가며 다 빨았다. 그리고 처음으로 부부 싸움을 했다. "우리 어머니 성격은 동네 사람 다 아는데, 고마 니가 참아라." 그게 다였다. 한번씩 한밤중에 아들 내외의 방문을 열어젖히는 일도 있었다. 한번은 방 안으로 성큼성큼 들어와 아들 내외 사이에 벌렁 드러누웠다. "오늘은 고마 우리 아들 옆에서 잘란다." 말은 그렇게 하곤 또 금방 나가버렸다.

시어머니는 무서웠지만 시아버지는 그래도 다정했다. 어릴 때부터 딸을 남의 식구 취급하던 친정아버지와는 달리 오히려 시아버지에게 며느리는 집안사람이었다. "젊은 니가 참아

라. 너거 시어머니가 보통 성깔이 아니다. 준우도 쫓아내고, 지 배로 낳은 자식들도 얼마나 팼는지……" 개명골댁이 잠깐씩 집을 비울 때마다 김철환은 며느리를 위로했다. 한편으론, 어느새 할머니가 될 아내를 다그쳤다. "저 윗집 동길이 좀 봐라." 변동길은 김준호의 죽마고우로서 베트남전에 갔다 온 뒤로는 이 일대에서 '월남에서 돌아온 변 상사'로 통했다. 작년 초에 결혼해서 애도 하나 낳았지만 연일 불화가 끊이질 않았다. 무당 출신 시어머니의 시집살이에 며느리는 피가 마를 지경이었다. 워낙에 유약한 성격인 변동길은 고부 사이에서 안절부절못하고 밖으로만 나돌았다. 연일 술을 퍼마시더니 이제는 말린 명태처럼 빼빼 마른 여자랑 바람이 났다는 소문마저 돌았다. 동길이 집 사정에 흠칫했음에도, 개명골댁의 기갈을 막을 수는 없었다. "저년이 또 촉새처럼 지 서방한테 미주알고주알 다 일러바친다"고 며느리를 잡았다. '효'를 인간 도리의 으뜸으로 여겼던 김준호는 어머니의 한을 풀어주겠다는 듯 어머니 앞에서 마누라를 두들겨 패거나 밥상을 뒤엎고 그릇을 던졌다. 어김없이 김철환이 나타나야만 소란이 가라앉았다.

그러던 어느 날 밤 김준호는 제비 두 마리가 품 안으로 날아드는 꿈을 꾸었다. 말로만 듣던 태몽이었다. 김준호는 아이 이름에 제비 연(燕) 자를 넣어야겠다고 생각했다.

수내 마을의 동짓달은 다람재와는 비교도 안 됐다. 유숙이는 꼬박 사흘째 아궁이 앞에서 불을 때며 끙끙대고 있었다. 김준호는 호랑이 엄마 눈치만 볼 뿐이었다. 마침 군대에서 휴가 나온 준서가 어제부터 읍내 병원으로 데려가는 게 낫겠다며 언성을 높였다. 개명골댁은 당연히 호통으로 대꾸했다.

"나는 아들 다섯을 혼자서 다 뽑았다! 젊은 년이 엄살은!"

시어머니의 얼굴이 우렁찬 호통과 함께 어둠침침한 저승 그림자처럼 드리워지는가 싶더니, 일순간 상냥해졌다. 그게 더 무서웠다.

"그래, 야야, 많이 아프제? 안 아플 리가 있나. 저어기 호롱불 보이나?"

방 안의 흙벽 앞, 밥상 위에 놓은 호롱불이 열심히 빨간 불을 뿜어내고 있었다.

"저 빨간 호롱불 색깔이 샛노래지면 그때 얼라가 세상 밖으로 나오는 기다. 그때까지 참아라."

유숙이는 자기를 고문하는 자의 사탕발림을 믿지 않을 도리가 없다는 듯, 호롱불만 지켜봤다. 잘 익은 감 홍시 같은 저 호롱불이 대체 언제쯤 샛노래질까. 시간이 지날수록 노래지는 것은 호롱불이 아니라 유숙이의 얼굴이었다. 그날 새벽, 유숙이의 비명과 함께 두 겹의 이부자리가 흠뻑 젖어버렸다. 김준호는 김준서한테 떠밀리다시피 방위병 초소로 달려갔다. 집에서 2킬로미터는 족히 떨어진 곳이었다. 한밤중, 김준호는 주먹으로 문을 두드렸고 단잠에서 깬 방위병 하나가 나왔다. 다급히 전화기의 다이얼을 돌리자 교환원이 나왔고, 읍내의 적십자병원으로 연결됐다. "병원 가는 도중에 아이를 낳아도 돈은 내셔야 합니다." 그 말이 너무 매정하게 들려, 발을 쾅 구르다가 애꿎은 쓰레기통을 부수고 말았다. 구급차가 수내 마을에 도착한 건 한 시간이 훨씬 지나서였다. 그리고 그로부터 한 시간쯤 뒤에 유숙이는 수술대 위에 누워 있었다. 적십자병원은 그때 막 생긴 것이었다. 의사는 혀를 내둘렀다.

"양수가 터질 때까지……"

김준호는 병원 문밖에서 애간장을 졸였다. 새벽 다섯시 사십분, 수술실 문이 열렸다. 사람의 형상을 한 시뻘건 살덩어리가 눈앞에 놓여 있었다. 길게 찌그러진 머리통이 몸통만 했고, 다해봐야 김준호의 팔뚝 길이보다 짧았다.

"아 머리가 왜 이렇습니까?"

"태아가 거꾸로 들어선 건데, 안 죽고 산 것만도 다행이죠."

"아니, 이 조그만 기…… 앞으로 사람 구실 하겠습니까?"

"2.6킬로그램이면 좀 작긴 해도 다른 이상은 없습니다."

날이 밝기가 무섭게 김준호는 택시를 불러서 유숙이, 그리고 막 태어난 딸을 데리고 수내로 올라왔다.

"아들이제? 아이구, 딸이가?"

개명골댁의 입에서는 이내 거침없는 욕설이 줄줄 흘러나왔다. 하지만 말만 '그깟 가시나'일 뿐, 갓난애를 품에서 떼놓질 않았다. 딸 셋을 줄줄이 잃고 맏아들도 연거푸 아들만 둘을 낳은 터라, 어디서 이런 공주가 나왔나 싶었다. 밤낮으로 '꽃봉오리'를 업고 또 안고 다니며 자랑을 해댔다. "눈이 구슬보다 더 동그랗고 벌써 옹알이까지 해요. 우리 꽃봉오리는 후제 커서 뭐가 될꼬?" 젖 먹을 때만 빼면 아이는 항상 개명골댁의 품에 안겨 있었다.

아기 연수는 온 집안의 꽃봉오리였다. 막 태어난 조카를 보고 군대로 돌아간 김준서는 편지를 쓸 때마다 연수 안부를 물었다. 방학 때마다 수내에 와 있던 김준규도 그랬다. 김준덕은 동생 편에 조카 옷을 사 보냈다. 철부지 중학생 김준성도 만만치 않았다. 동네 사람들이 좀 오래 머물라치면 얼른 내쫓았다. "다들 고마 가요, 우리 연수 낮잠 잘 시간이에요." 김철환이 방 안에서 곰방대에 불이라도 붙일라치면 할아버지뻘 되는 아버지한테도 역정을 부렸다. "우리 연수 기침해요." 담뱃대를 입에 문 채 마루에 앉아 있으면서도 김철환은 연신 손녀 쪽으로 눈을 돌렸다. 한편으론, 준호 녀석이 이 촌구석에서 앞으로 어떻게 살지 걱정이었다. 비슷한 생각을, 큰아들 덕분에 자주 부산을 오가던 개명골댁도 하고 있었다.

어른들의 고민에는 아랑곳없이 연수는 무럭무럭 자랐다. 하지만 한번씩 온몸이 빳빳해지고 눈알이 돌아가서 사람을 놀라게 하곤 했다. 그때마다 동네 한의사를 자처한 본동댁이 손을 따주었다. "가시나가 경끼를 이래 하네." 유숙이는 보부상한테 사둔 영사(靈砂)를 아이의 손끝에 발라주었다. 경련과 발작은 이후에도 끊이지 않았지만 아이는 돌이 되기 전에 걸음을 떼고 곧이어 말문도 트였다. 장날, 젊은 부부는 딸내미에게 큰아버지가 사준 분홍색 원피스를 입혀 읍내의 사진관으로 향했다. 흑백 돌 사진 한 장 찍는 것이 엄청난 호사였다. 사진관을 나온 뒤에는 2년 전 겨울처럼 영강을 따라 걸으며 잠시나마 연애 시절의 기분을 내보기도 했다. 김준호는 자신이 명실상부한 가장이 된 것 같았다. 연수가 좀 더 자라면 우리 집 가훈은 '성실'이라는 것부터 일러둬야겠다고 생각했다.

*

완연한 봄날, 연수는 마당에 쪼그리고 앉아 고추와 깻잎 모종을 하나하나 뽑았다. 항상 꽃봉오리를 싸고돌던 개명골댁도 부아가 치밀었다. 엎친 데 덮친 격으로, 장터에 갔던 김철환이 빵을 한 포대나 사서 남의 경운기를 얻어 타고 돌아왔다. 물론 온몸이 술독에 빠진 거나 다름없는 상태였다. 개명골댁은 늙은 남편에게 조선 팔도 온갖 욕을 퍼부었다. 오뉴월에 씨 불알이 터지고 문둥이 코에서 마늘을 빼먹고 사지를 찢어발겨 육시를 하는 건 예사였다. 몸도 못 가누는 남편의 머리를 쥐어박고 발길질도 서슴지 않았다. 분이 사그라들자 다

음 장날에 되팔아야겠다며 김준호 방의 장롱 위에다가 빵 봉
지를 꼭꼭 쟁여두었다.

하나둘씩 집에 돌아온 식솔은 이내 사태를 파악했다. 저녁
상이 거의 다 차려졌을 때 준성이 부엌으로 달려와 유숙이에
게 귀엣말을 다 했다.

"형수, 저어기 엄마 오기 전에 빵 한 개만 딱 꺼내 먹어요."

"아이고, 삼촌도 참! 어머니 성질 몰라서 그래요? 고마 밥
이나 먹어요."

유숙이가 공범이 될 생각을 하지 않자 준성은 그만 시무룩
해졌다. 읍내 장터를 따라가도 풀빵 하나 사주지 않는 엄마였
다. 학교 앞 점방에는 보름달이며 곰보빵이며 카스텔라가 수
북이 쌓여 있지만 늘 그림의 떡이었다. 김준호가 땀범벅이 돼
서 나타났다. 그동안에도 준성의 마음은 장롱 속 빵에 가 있
었다. 개명골댁은 저녁때에야 돌아왔다. 막내아들이 밥상머
리에 앉아 반찬 투정을 하고 젓가락만 퉁기자 주먹으로 있는
힘껏 '대갈통'을 갈겼다.

"망할 놈의 새끼, 쫄쫄 굶어라, 쫄쫄!"

그날, 새벽 두시는 족히 됐을 무렵, 갑자기 김준호 내외의
방문이 활짝 열렸다. 김준호가 화들짝 놀라 눈을 떴다. 눈앞
에 개명골댁이 떡하니 버티고 있었다.

"빵이 불안해서 영 안 되겠다."

"빵요? 그게 뭐요?"

김준호는 어안이 벙벙해져서 물었고 유숙이는 그제야 초저녁의 일이 생각났다. 개명골댁은 거침없이 며느리 다리를 밟고 방 안으로 들어와 장롱문을 열었다. 빵 자루가 절반이나 줄어 있었다. 개명골댁은 대뜸 며느리의 머리채부터 잡았다.

"아이고, 어머니, 제가 먹은 것도 아닌데!"

유숙이의 비명에도 아랑곳하지 않고 개명골댁은 유숙이를 발로 마구 걷어찼다. 문소리와 함께 잠에서 깬 연수가 울음을 터뜨렸다. 옆방에서는 초저녁에 일어나 또 술을 퍼마신 김철환이 코를 골았다. 그 옆에서 준성은 이불을 뒤집어쓴 채 숨을 죽였다. 지금이라도 이실직고해야 옳겠지만 호랑이 엄마의 부지깽이와 싸리비, 맨주먹과 발바닥이 너무 무서웠다. 이제 준성도 코밑에 수염이 거뭇거뭇 나는 나이였지만, 이것이야말로 공포의 진면목이었다.

"이년이 혼자 빵을 처먹고 오리발 내미는 거 좀 봐라!"

개명골댁도 자기 말의 근거를 찾지 못했다.

"빵이 여기 있는지도 몰랐어요. 막냇삼촌이 먹었으면 먹었지, 저는……"

느닷없이 김준호의 손이 유숙이의 얼굴로 날아왔다. 철썩, 소리도 요란했다.

"어른한테 어디서 말대꾸고! 어른이 잘못했다고 하면 잘못한 기다!"

유숙이는 따귀보다도 남편의 준엄한 훈계조의 말에 더 기가 막혔다. 배 속의 아이가 꿈틀하면서 온몸이 뭉치는 것 같았다. 절박한 와중에도 유숙이는 아이의 태동이 너무 거세, 이번에는 아들임이 틀림없다는 확신을 되새김질했다. 간밤에 초록 고추, 빨간 고추를 듬뿍 따는 꿈을 꾼 까닭이기도 했다. 정적 한가운데로 연수의 울음소리만 청승맞게 들렸다. 개명골댁은 아들이 자기편을 들어주자 기고만장했다. 며느리를 못 믿겠다며 빵 자루도 들고 나갔다.

다음 날, 김준호는 미안한 마음이 없지 않았지만 묵묵히 아침밥을 먹었다. 유숙이도 여느 때와 달리 입도 벙긋하지 않았다. 김준호는 무거운 마음으로 새터 논에 올라갔다. 준성은 학교에 갔고, 개명골댁은 일찌감치 연수를 업고 밭으로 사라졌다. 김철환은 곰방대에 막 불을 붙였다. 퉁퉁 부은 얼굴에는 숙취의 흔적이 적나라했다. 유숙이가 조그만 보따리 하나를 품에 안고 나타났다.

"저 잠깐 친정 좀 다녀올게요."

김철환은 자괴감은 물론이고 며느리와 마누라에 대한 미안함이 한꺼번에 끓어올랐다. 그는 며느리의 얼굴을 한번 쳐다보곤 먼 산을 향해 담배 연기를 내뿜었다.

"연이도 딱 그맘때 친정으로 안 갔나. 준덕이 그놈 낳아놓고 배 속에 얼라 하나 배 갖고."

유숙이는 잠깐 흠칫했다. 저 독한 시어머니 개명골댁에게
도 '연이' 시절이 있었다니.

"그럼, 다녀오겠습니다."

다시 돌아올 생각은 없었지만 습관적으로 튀어나온 인사말
이었다.

열여덟 살 때의 가출 이후 거의 10년 만이었다. 배 속에서
는 아이가 자다 깨다 놀다를 반복했다. 연수는 할머니 등에
업혀 논밭을 누비고 있을 터였다. 유숙이는 가파른 내리막길
을 벗어나 큰길을 따라 걸었다. 몇 번이나 발걸음을 돌릴까
싶었지만 분한 마음이 더 컸다. 어느덧 읍내였다. 돌아가기가
민망했다. 그다음 버스는 읍내를 빠져나가 흙먼지가 뽀얗게
이는 신작로를 한참 달렸다. 버스 창문이 뽀얘졌다. 엄마, 아
빠, 오빠와 동생들이 그려졌다. 남산동에 내려 다람재까지 타
박타박 걸어갈 때는 코끝이 찡해지며 눈물이 쏟아졌다. 하지
만 이미 날도 저물었고 배가 너무 고팠다. 유숙이를 보고 제
일 놀란 사람은 올케였다.

"어머나, 고모, 웬일이에요? 큰고모 왔어요!"

저녁상 앞에 모여 있던 식구들의 눈이 일제히 유숙이에게
로 쏠렸다.

다람재 본채는 방이 총 세 칸이었다. 안방은 유용상 내외와
장성한 자식들이 썼고, 은율 내외와 아이들이 따로 방 하나를

썼다. 그사이 다람재도 제법 바뀌었다. 종율은 고등학교를 마치자마자 부산으로 갔고, 정이도 중학교를 마친 다음 곧장 오빠를 따라갔다. 셋째 딸 을이는 막 중학교에 들어갔고, 득이는 학교를 2년이나 늦게 들어가는 바람에 아직도 국민학교 4학년이었다. 막내아들 성율이 이제 열 살이었다. 그동안 은율 내외도 아이를 낳았다. 을씨년스럽던 다람재는 그 어느 때보다도 활기차고 시끌벅적했다. 복달이는 여전히 늠름했고 나비는 부엌 앞 삭정이 더미 위에 앉아 얌전을 떨었다. 소도 한 마리 늘었고 돼지와 염소도 모두 건강했다. 마당의 닭장에는 서로 색깔이 다른 닭들이 신통방통 싸우지도 않고 잘 지냈다. 토끼장 속 토끼들도 오순도순 귀여웠다. 모든 것이 조화로웠다. 이곳에 유숙이를 위한 자리는 없었다. 그야말로 남의 집이었다. 그녀는 부모와 동생 곁에서 밤새도록 뒤척이다가 새벽녘에야 간신히 잠들었다.

다음 날 아침, 유숙이는 눈을 뜨자마자 밭일부터 시작했다. 돌아와서는 집 안에 쌓인 빨래를 처리하고 방 세 칸과 마루를 쓸고 닦았다. 남폿불 아래서 저녁밥을 짓고, 호롱불 아래서 저녁을 먹고, 다람재의 시퍼런 어둠을 보며 잠이 드는 가운데 사흘이 지났다. 나흘째 되는 날 김준호가 다람재에 나타났다.

김준호는 오랜만에 혼자 이 산길을 올라올 때만 해도 무조건 무릎 꿇고 빌자고 생각했다. 이제는 절대 어머니 편을 들지 않겠다고 맹세하자. 안 돌아가겠다고 버티면 자루 포대에 싸서 업고라도 데려가자. 하지만 나무 냄새, 풀 냄새, 들꽃 냄새가 콧잔등을 간질일수록 괜히 부아가 치밀어 올랐다. 애를 밴 여편네가 세 살배기 딸을 버리고 집을 나가다니! 이 싱그러운 봄에! 당장 한 대 쥐어박아야겠다고 생각했다. 익숙한 산속 오솔길을 지나 앞마당과 재각이 보였다. 복달이가 짖었고 시퍼런 작두가 들썩일 것 같았다. 그 옆에서는 흑염소가 평온한 시선으로 낯선 이를 쳐다보았다. 수돗가에서 설거지하던 유숙이가 인기척에 고개를 들었다가 김준호와 눈이 마주쳤다.

"아이고, 깜짝이야! 애 떨어질 뻔했네!"

유숙이는 혼잣말처럼 내뱉곤 눈을 내리깔았다. 김준호가 유숙이 옆에 쪼그리고 앉았다.

"떨어질 애가 있는 사람이 왜 여기 있노?"

"남이야 사과나무로 귓구멍을 파든 말든."

유숙이가 설거지를 끝내자 김준호가 얼른 대야를 빼앗다시피 들었다. 유숙이도 못 이기는 척 내버려두었다. 김준호는 대야를 부엌의 부뚜막에 내려놓으면서 실실 웃어댔다. 두 사람이 툇마루에 걸터앉을 때 식구들이 몰려왔다. 김준호가 온 것에 제일 기뻐한 사람은 역시나 올케였다. 유용상 내외도 안도의 한숨을 내쉬었다. 둘째까지 밴 딸년이라니, 남산동만 돼도 하룻밤 새에 벌써 소문이 돌았을 것이다.

다음 날 아침 일찍, 유숙이는 못 이기는 척 남편을 따라나섰다.

　"배 속의 아이만 아니었어도……"

　이 말은 이후 10년, 20년이 흐른 뒤에도 부부 싸움을 할 때마다 나왔다.

　"연희 저거만 아니었어도……"

　연희는 김준호 내외의 둘째 딸이었다.

아침 바람 찬바람에

모내기가 막 끝날 무렵이었다. 유숙이는 새터 논 옆에서 새참을 먹다가 곧바로 집으로 달려갔다.

"할매, 엄마 어디 가는데?"

아빠 허벅지 위에 앉아서 밥을 먹던 연수가 물었다.

"우리 꽃봉오리는 세상에 궁금한 게 그리 많제? 니 동생이 나올 모양이다."

개명골댁은 밥을 마저 먹은 다음 엉덩이를 털고 일어섰다. 유숙이가 아이를 낳는 동안 김준호는 연수와 함께 계단식 논과 그 옆의 계곡물을 몇 번이나 오갔다.

둘째는 몸을 틀기가 무섭게 태어났다. 문제는 그다음이었다. 본의 아니게 두번째 '그깟 가시나'가 된 아이는 첫울음을 터뜨리는 순간부터 밉상이 되었다. 정말 분하고 서러운 쪽은 시어머니가 아니라 며느리였다. 요즘 세상에 애를 줄줄이 낳을 것도 아닌데 또 딸이라니. 유숙이가 어찌 서럽게 울었던지 개명골댁이 오히려 기가 죽을 정도였다. 김준호 내외는 아들을 낳아야 한다는 생각이 절실해졌다. 점쟁이는 딸 셋을 낳아야 아들을 낳는다는 점괘를 내놓았다. 서른도 안 된 유숙이의 구릿빛 얼굴에는 기미가 생겼다. 얼마 뒤에 생긴 줄도 몰랐던 아이가 저절로 떨어졌을 때는 홀가분했다. 다음 아이는 아들일 것이라는 기대가 커졌다.

농번기에 태어난 연희는 항상 젖배를 곯았다. 처마 밑에서 떨어지는 제비 똥을 주워 먹기도 했다. 유숙이가 밭에서 돌아와 보면 온몸에 제비 똥이 발려 있었다. 그래도 배탈 한 번, 고뿔 한 번 없었고 떼를 쓰는 일도 잘 없었다. 언니와 성격이 너무 달라서인지 자매는 사이가 좋았다. 옥수수 껍질을 잘게 찢어 인형 놀이를 하고 이파리를 뜯어낸 아카시아 줄기로 동생 머리를 땋아주고 토끼풀로 꽃반지를 만들고 감꽃으로 목걸이를 만들었다. 어딜 가나 손을 꼭 붙잡고 다니고 둘이서 오순도순 소꿉장난도 곧잘 했다. 연수는 겁이 많은 만큼이나 호기심이 많았고, 연희는 언니가 하는 짓이라면 물불을 가리지 않는 따라쟁이였다. 연수는 여섯 살, 연희는 네 살이었다. 출생 신고를 미루는 바람에 주민등록상으론 세 살이었다.

봄날, 유숙이는 머리에 큰 소쿠리를 인 채 초피나무를 돌아 섬돌로 내려섰다. 딸들이 보이지 않았다. 얼른 싸리문 밖 비닐하우스로 달려갔다. 아이들의 목소리가 들려왔다. 어제까지도 비닐하우스 문을 못 열었던 두 아이가 그 안에 조그만 공 두 개처럼 웅크린 채 마주 앉아 있었다.

"서리 오면 우짜꼬, 아들 아니면 딸이제."

"아들 아니면 서리, 아니면 아들……"

"에이, 가시나, 또 틀렸네. 서리 오면 우짜꼬, 아들 아니면 딸이제."

"서리 오면 우짜꼬, 아들 아니면 딸이제, 이제 맞나, 언니야?"

"너거들 여기서 뭐 하노?"

"엄마!"

두 딸은 동시에 엄마의 다리로 엉겨 붙었다. 아이들 앞에는 파릇파릇한 열무 싹이 소복이 쌓여 자그마한 무덤을 이루었다. 열무 맞은편의 호박잎은 아직 무사했다.

"엄마, 나랑 연희가 지름 뽑았다."

"아이고, 딸년들이 웬수다, 웬수! 엄마가 이런 거 뽑지 말라고 했제?"

엄마의 얼굴이 시뻘겋게 변하자 연수는 금세 울상이 됐다.

"고추 모종이랑 깨 모종이랑 뽑지 말라고 했잖아? 이거는 지름인데……"

연수는 입술을 샐쭉하게 오므렸다. 유숙이는 한숨을 내쉬었다. 두 딸을 논밭에서 떼어놓고 싶었다. 두번째 가출 이후, 틈만 나면 부산으로 나갈 궁리만 했다. 여기 있으면 싫든 좋든 연수도, 연희도 유숙이의 전철을 밟을 것이 뻔했다. 소 먹이고 모심고 김매고 학교는 가는 둥 마는 둥 술 취한 아버지 데리러 다니고…… 남편에게 말해봤자 씨알도 안 먹혔다. 아빠의 말을 어린 연수가, 이제는 연희까지 변주하며 따라 했다. "부산이나 고제나 고마 집어치워라……"

연수네 윗집은 바깥양반이 교사라서 '김 선생' 집이라고 불렀다. 그날도 연수와 연희는 거기서 점심을 얻어먹고 플라타너스 아래 정자에서 놀았다.

"아침 바람 찬바람에 울고 가는 저 기러기……"

"우리 선생 계신 곳에 엽서 한 장 써 부쳐서 구리구리 멍텅구리 가위바위보!"

이번에도 연희가 이겼다. 연수는 동생 앞으로 고개를 숙였다. 연희는 잠시 고민하다가 언니의 목에 검지를 찍었다. 연수가 고개를 들자 연희는 다섯 손가락을 쫙 폈다.

연수는 연희의 표정과 손가락의 떨림을 살피고 나선 중지를 가리켰다.

"히히, 또 틀렸다. 우리 언니 바보, 바보!"

연희가 낄낄대며 웃었다. 벌써 한두 번이 아니었다. 연수는 오늘 영 운이 따라주질 않았다.

"에이, 나 그냥 집에 간다."

집의 뒷벽을 살짝 가린 초피나무만 돌면 뒷문, 즉 섬돌이었다. 연수는 발딱 일어나서 잽싸게 달렸다.

"언니야, 나도, 나도 같이 가자!"

"빨리 따라와라!"

연수는 뒤를 돌아본 다음 섬돌을 내려와 마당으로 들어섰다. 바로 그때 연희의 비명이 들렸다. 겨우 돌멩이 세 개를 비스듬히 붙여놓은 것이었지만 네 살짜리에게는 너무 가파른 경사였다. 발을 헛디딘 연희는 곧장 앞으로 고꾸라졌다. 연수는 깜짝 놀라 동생한테로 달려갔다. 얼굴이 피범벅이었다. 연수는 너무 무섭고 아픈 나머지 엉엉 우는 동생을 어찌지도 못하고 그 자리에 우두커니 서 있었다.

"이놈의 호미가 와 이 모양이고. 이것도 늙어빠졌나."

할머니였다. 연희는 더 큰 소리로 울었다. 조만간 할머니가 초피나무를 돌아서 섬돌로 내려올 것이다. 연수는 거의 무의식적으로 방으로 뛰어들어가 방바닥에 뒹구는 얇은 이불을 뒤집어썼다.

"아이고, 연희야! 언니는 어디 갔노? 할매가 한번 보자."

할머니의 목소리가 들려왔다. 지금이라도 나간다? 아니다, 계속 이렇게 숨어 있는다? 아니다, 이건 나쁜 짓이다. 짧은 순간, 연수의 조그만 머릿속에서는 온갖 생각이 떠올랐다.

"연수야, 우리 꽃봉오리 어디 있노, 연수야!"

그제야 연수는 이불을 걷어내고 밖으로 나갔지만, 저도 모르게 울음이 터졌다.

"니가 연희를 밀었나, 엉?"

연수가 뭐라고 말할 틈도 없이 개명골댁은 헝겊으로 연희의 턱을 싸매놓고 돈을 챙겼다.

"새터 논까지 혼자 갈 수 있제? 엄마, 아빠한테 할매 병원 갔다 해라, 알았제?"

연수는 고개를 끄덕였다. 할머니가 연희를 업고 사라지자 연수도 새터로 향했다.

개명골댁은 고제면에 있는 보건소로 뛰어갔다. 다행히도 도중에 경운기를 만났다.

"아이고, 참 이 가시나야, 조금만 참아라. 의사 선생님이 하나도 안 아프게 해줄 기다."

하지만 의사 선생님은 생살을 꿰매며 연희를 더 아프게 했다.

"그래도 가시난데, 흉터 안 남을까요?"

수술이 끝났을 때 개명골댁이 의사에게 물었다.

"아래턱이라 괜찮아요. 아물었다 싶으면 실밥 뽑으러 오세요."

'대가리에 털도 안 마른' 의사의 말은 듣는 둥 마는 둥 개명골댁은 연희를 업고 집으로 돌아왔다.

연희의 턱에 3센티미터는 족히 되는 흉터가 생기고 얼마 되지 않아서였다. 두 자매의 첫 놀이는 또 '아침 바람 찬바람'이었다. 그다음에는 엄마 옷을 다 꺼내서 입어봤다. 그다음에는 장롱 구석에서 반짇고리를 찾아냈다. 실 잣기 놀이가 시작되었지만 연희의 손놀림이 서툴러 자꾸 엉켰다. 연수는 면도칼로 엉킨 실들을 끊으려고 했다. 연희도 언니를 따라 쟁반에 놓여 있던 과도를 집어 들었다.

"야, 김연희, 그거 고마 딱 내려놔라."

"치이, 언니는 갖고 놀면서……"

"이 쪼끄만 게! 언니는 나이가 많지만 니는 어리잖아."

연수는 짐짓 진지한 표정을 지었다. 하지만 연희는 아무 대꾸도 하지 않고 한 손에는 실뭉치를, 다른 한 손에는 과도를 쥔 채 허공에다 칼질을 했다.

"이 쪼그만 게, 언니 말도 안 듣고! 이리 안 내놓나!"

자매의 드잡이가 시작되었다. 연수가 칼을 잡은 동생의 손목을 꽉 움켜쥐었지만, 연희의 손아귀 힘도 만만치 않았다. 무딘 칼날이 두 소녀의 얼굴 사이를 왔다 갔다 하다가 칼끝이 그만 연수의 눈 밑에 닿았다. 알싸한 아픔에 이어 연수는 왼쪽 눈 밑, 뺨 위로 끈적하고 따뜻한 것이 흘러내리는 것을 느꼈다. 연희는 언니 얼굴의 핏물을 보고 순식간에 울음을 터뜨렸다. 눈앞에 놓인 거울에 연수의 얼굴이 비쳤다. 피였다. 연수는 수건으로 피를 닦아냈다. 닦아도, 닦아도 자꾸만 흘러내렸다. 자매는 할머니가 오기까지 서로 부둥켜안고 엉엉 울었다. 연수는 보건소에는 가지 않고 소독약과 옥도정기를 바르는 것으로 끝났다.

"아이고, 우리 꽃봉오리 얼굴에 흉터 생기겠네……"

개명골댁이 연수의 머리를 쓰다듬으면서 말했다. 딸내미의 상처를 보고 가슴이 철렁 내려앉았던 유숙이는 오히려 심드렁한 척했다. 배 속에 또 아이가 선 탓이기도 했다.

"득이는 어릴 때 화로에 엉덩이가 눌어붙었는데도 지금 멀쩡하잖아요."

"시끄럽다, 고마. 이 영감은 또 어디서 술을 퍼먹고 있노, 아이고 내 팔자야. 아들놈이나 서방놈이나."

그 '서방놈'이 기어코 돌이킬 수 없는 사고를 치고 말았다.

김준호의 결단

개명골댁은 한밤중에 눈이 떠졌다. 옆자리가 텅 비어 있었다. 준성이라도 옆에 있으면 좋을 텐데, 이 녀석마저 올 초에 부산으로 가버렸다. 개명골댁은 몸을 뒤척이다가 마루로 나왔다. 마당에는 투명하고도 검푸른 어둠이 자욱이 내려앉아 있었다.

아홉시쯤 잠자리에 들었던 유숙이도 바깥의 인기척에 잠이 깼다. 어버이날을 맞이해 면에서는 경로잔치가 열렸다. 김철환은 한복을 곱게 차려입었다. 유숙이는 풀을 먹인 얇은 두루마기를 대령했다. "야야, 내 죽거든 준호 설득해서 부산으로 나가라." 나지막한 어조였다. "살아서 자네 밥 먹었으니까 죽어서도 자네 밥을 먹었으면 싶은데……" 팔순을 바라보는 시아버지가 수시로 입에 담아온 말이었지만, 불길한 느낌이 들었다. 유숙이도 자리에서 일어나 마루로 나갔다.

"아버님이 늦어도 너무 늦네요."

"인자 금방 안 오겠나. 고마 들어가자."

고부는 각자 자기 방으로 들어갔다. 시나브로 잠이 드는가 싶었는데, 방문 두들기는 소리가 들렸다.

두 여자는 계집애들을 등에 업고, 김준호는 손에 손전등을 들고서 싸리문 밖을 나섰다. 고제 골짜기에는 어둠이 자욱했다. 비탈길 옆으로 소나무 숲이 곳곳에 뾰족한 침을 꽂은 시커먼 괴물처럼 버티고 있었다. 마을 어귀까지 내려왔을 때 다리 근처에서부터 웅성거림이 들려왔다. 개명골댁은 가슴이 철렁하고 온몸이 싸늘해졌다.

"야, 준호야, 빨리 와라!"

변동길의 외침에 김준호는 부리나케 달려갔다. 다리 아래, 계곡의 큰 돌멩이 위에 아버지의 머리가 놓여 있었고 몸뚱어리는 물속에 반쯤 잠겨 있었다. 고개는 이쪽으로 비스듬히 돌렸고 눈은 반쯤 뜬 상태였다. 이마 위에 가늘고 짧게 그어진 선연한 핏줄기가 하나가 보였다. 김준호의 어깨를 토닥거려 주는 변동길에게서는 술 냄새가 났다. 변동길은 내일모레 부산으로 내려간다고 논밭을 이미 다 처분했고 연일 술을 퍼마셨다. 김준호도 어제는 변동길과 어울려 거나한 술판을 벌였다. 다들 흥건히 술에 절어 있었건만, 산을 타는 데는 이력이 난 장정들이라 어둠 속에서도 용케 계곡까지 잘 내려갔다.

축축하고 싸늘한 시신을 땅바닥에 내려놓자 지금껏 망부석처럼 서 있던 개명골댁이 그 자리에서 털썩 무너지며 목 놓아 울었다. 그 옆으로 시커먼 소나무 숲이 개명골댁의 등을 덮치

기라도 할 듯 기세등등하게 서 있었다. 김철환과 함께 살았던 40년의 세월이 높은 계곡의 물줄기처럼 그녀의 눈앞을 스쳐 갔다. 물줄기는 커다란 바윗돌에 걸쳐 잠시 주춤했다. 열아홉 살의 꽃다운 색시, 그리고 그 색시가 예뻐 어쩔 줄 몰라하는 마흔 살의 새신랑이 색시를 등에 업고 가파른 고개를 넘고 있었다. "우리 연이는 살결이 우째 이리 부드럽노." "아이고, 조심해요, 엎어질라!" 이런 말과 깔깔거림이 아직도 생생하게 귓전을 맴돌았다.

"내 저 양반 이럴 줄 알았다. 노상 술만 퍼먹더니 결국 이꼴 날 줄 알았다, 아이고 꼬셔라!"

어린아이들은 어른들을 따라 울음을 터뜨렸다. 낯설고 그래서 무서웠다. 항상 인자하고 조용한 할아버지였다. 기괴하게 살짝 뜬 눈 위로, 굵은 주름이 진 넓고 편편한 이마의 오른쪽을 가르며 그어진, 가늘고 새빨간 핏줄기가 곧 '죽음'이었다.

김철환은 살아생전의 뜻대로, 다리 건너편 산에 동그마니 솟아 있는 첫 부인 옆에 묻혔다. 숲이 우거진 한여름이 아니면 마을 어귀에서도 잘 보이는 곳이었다. 마찬가지로, 무덤 옆에서도 수내 마을로 들어가는 다리가 또렷하게 보였다. 난간도 없이 높은 다리였지만, 아무래도 발을 헛디딘 것은 귀신이 불렀기 때문이리라. 개명골댁은 짐을 쌌다. 하필이면 그때, 서른을 갓 넘긴 큰며느리가 위암으로 죽었다. 손에 물 한

번 안 묻히고 곱게 자란데다가 대학까지 나온 며느리 눈치 볼 걱정은 없어졌다. 대신, 하루아침에 홀아비가 된 아들 녀석과 어미 잃은 손자 둘을 돌봐야 했다. 김준덕이 대학 시절 국회 의원 집에 입주 가정교사로 들어갔다가 결혼한 사이였다. 첫 사랑이자 아내이자 어린 두 아이의 엄마를 잃은 김준덕은 꼴 이 말이 아니었다. 개명골댁은 큰아들에게 제일 필요한 존재 였다.

반면, 김준호의 집은 일손도 부족하고 분위기도 썰렁해졌 다. 저녁밥을 다 먹도록 김준호가 돌아오지 않았다. 모내기를 끝낸 기념으로 한잔하고 있을 것이다. 유숙이는 두 딸에게 아 무 데도 가지 말고 얌전히 있으리라고 단단히 이른 다음 마을 어귀로 내려갔다.

연수와 연희는 한동안 옥수수 인형 놀이에 푹 빠졌다. 하지 만 마당에 어스름마저 내리자 슬슬 무서워졌다. 지금이라도 옆방에서 귀신이 나올 것만 같았다.

"언니야, 아이고, 무서버라! 마당에 저거 꼭 귀신같다."

"저거는 자두나무잖아. 낮에 봤잖아."

하지만 연수도 점점 더 겁이 났다. 참다못한 자매는 손을 꼭 잡고 싸리문 밖을 나왔다. 둘은 타박타박 비탈길을 걸어 내려갔다. 신작로는 고사하고 돌멩이와 자갈들로 가득 찬 험 한 산길이었다.

"언니야, 나 발 아픈데……"

"조금만 더 가면 된다, 조금만 참아라."

삼 분 정도를 더 걸어 내려갔다. 연희가 큰 자갈을 헛디뎌 앞으로 꼬꾸라지듯 넘어졌다. 연수가 재빨리 손을 잡아 다치지는 않았지만 연희는 이참에 울음을 터뜨렸다.

"여 업혀라, 얼렁."

연희는 훌쩍대면서 쪼그려 앉은 언니의 등에 업혔다. 다섯 발짝도 가지 않아 연수는 앞으로 엎어져 속절없이 무르팍을 깨고 말았다.

"언니야, 안 아프나?"

"쪼매."

연수는 한 손을 땅바닥에 짚고 간신히 몸을 일으켰다. 하지만 두번째로 엎어져서 또 무르팍을 찧었을 때는 연수도 전의를 상실하고 말았다. 양쪽 무르팍에서 피가 철철 흘렀다.

"아, 피다! 언니야!"

연희가 먼저 울음을 터뜨렸다.

"개안타. 하나도 안 아프다."

말은 이렇게 했지만 연수도 울먹였다. 우선은 시냇물과 다리가 나와야 한다. 그 다리를 건너야만 마을 어귀가 나온다. 하지만 가도 가도 다리는 나오지 않았다. 어스름은 어느새 캄캄한 어둠으로 바뀌었다. 보이는 건 거뭇거뭇한 소나무와 그림자뿐이었다. 연수와 연희는 길바닥에 주저앉아 부둥켜안고 울다가 잠이 들었다. 엄마의 목소리가 들린 건 한참 뒤였다.

"아이고, 저게 뭐고?"

김준호는 술이 확 달아나는 것 같았다. 잠에서 깬 딸내미들은 엄마, 아빠를 보자 또 눈을 실실 감았다. 너무 졸려 아픈 것도, 무서운 것도 잊어버렸다. 김준호는 연수를, 유숙이는 연희를 등에 업었다. 고제 골짜기의 밤바람이 찼다. 호롱불 하나 켜지 않은 텅 빈 집이 을씨년스러워 보였다.

다음 날 아침부터 연수는 잘 걷지를 못하고 보챘다. "하필이 농번기에!" 유숙이는 툴툴대며 연수의 무릎에 유통기한도 한참 지난 연고를 발라주었다. 이따위 흉터는 이 골짜기에서 썩어갈 미래에 비하면 아무것도 아니었다. 배는 점점 더 부풀어 올랐다. 연수와 연희는 엄마의 부른 배가 신기했다. 그 속에 아이가 들어 있다니 더 그랬다.

*

논밭에서는 가을걷이가 한창이었다. 유숙이가 해산을 두세 달 앞두고 있을 때 김준서가 결혼식을 올렸다. 김준호는 그 전날 연수와 함께 아침 일찍 집을 나섰다. 그는 하얀 와이셔츠와 정장 바지를 입었다. 연수는 처음 보는 아빠의 이런 모습에 마음이 설렜다. 흰색 블라우스와 하나밖에 없는 주름 치마를 입은 자기 모습도 예쁘게만 느껴졌다. 집들이 끝나는 곳에 푸른 소나무들이 양쪽으로 빽빽하게, 늠름하게 서 있었다. 계곡이 나오자 연수는 아빠 등에 업혔다. 눈앞이 아찔했다. 다리 밑, 맑은 시냇물이 하얀 거품을 뿜어내며 콸콸 흐르고 있었다. 할아버지가 누워 있던 곳이 바로 저기였다. 또 비탈길이 이어졌다. 아빠 등에 업혔다 내렸다 하기를 반복하며 한참을 내려갔을 때 오른쪽에 예쁜 건물 하나가 보였다. 수내 마을의 흙벽 집과는 전혀 달랐다.

"연수야, 저게 내년에 니가 다닐 학교다. 한번 가볼래?"

오솔길을 지나 건물 안으로 들어서자 복도가 길게 뻗어 있었다. 김준호는 '1학년 1반'이라는 아크릴 표지판이 달랑거리는 교실 앞에 섰다.

"보이제? 입학하면 이제 이 교실에서 공부하는 기다."

김준호는 교실 문을 살짝 열어보았다. 바닥은 쪽마루였고 앞쪽 벽에는 짙은 초록색 칠판이 붙어 있었다.

"우아!"

"변소도 봐야제. 어디를 가면 꼭 변소가 어디 있는지 알아둬야 하는 기다."

김준호는 딸내미의 손을 잡고 복도 끝까지 갔다가 다시 밖으로 나왔다. 평생 처음 본 학교의 모습에 연수는 가슴이 벅차올랐다. 자갈돌 하나 없이 평평한 운동장을 걸을 때는 뜀박질도 해보았다. 어서 빨리 학생이 되고 싶었다.

개명국민학교를 둘러본 기쁨은, 그러나, '버스'라는 것을 보기가 무섭게 사라졌다. 처음 맡아보는 고약한 냄새가 코를 찔렸고 자꾸만 구역질이 났다. 버스가 달리자 속이 울렁거리고 얼굴 색깔이 노랗게 변했다. 김준호는 반만 열려 있던 창문을 활짝 열어젖혔다. 시원한 바람도 소용이 없었다. 연수는 버스에서 내리기가 무섭게 아침밥 먹은 것을 다 게워냈다. 심지어 멀미약도 다 게워냈다. 결국 귀 뒤에 키미테 하나만 달랑 붙인 채 버스에 탔다. 부산까지 가는 다섯 시간 내내 연수는 죽은 듯 잠들어 있었다. 하지만 부산에 도착하기가 무섭게 배가 고팠다. 시외터미널 바깥 길은 온통 먹을 것 천지였지만 곳곳에서 그 괴상하고 고약한 버스 냄새가 났다. 다시 속이 메슥거리는 것만 같았다. 큰길에는 딱딱하고 네모난 집들이 닥지닥지 붙어 있었다. 쌩쌩 달리는 차들에 연수는 겁이 덜컥 났다.

"아빠, 여기가 부산이가?"

"와, 마음에 안 드나?"

"나는 억수로 좋은 덴 줄 알았는데…… 큰아빠도 여기 살고 할매도 가고 삼촌들도 가고……"

김준호는 딸내미를 안아 올렸다. 정말로 길이 너무 북적댔다.

"소나무도 없고 시냇물도 없고 잠자리도 안 보이고……"

"그러니까 연수는 아빠랑 영원히 수내에서 살면 되겠네."

말은 이렇게 해도 김준호도 답답했다. 내가 동네북인가, 일만 하는 소인가. 유숙이가 이런 말을 늘어놓으면 대번에 호통을 쳤지만 진짜 서운하고 억울한 쪽은 김준호였다. 준서의 결혼식을 지켜보는 마음도 착잡했다. 형님이 제일 고생한 것도 맞지만, 준서 학비의 절반 이상은 부모님과 함께 일해온 자기가 댔다. 동생의 결혼이 내 결혼만큼 기쁠 거라고 기대했던 것은 결국 그래야 한다는 당위의 산물이 아니었을까. 내 것을 챙기지 않으면 자식새끼들이 다 쫄쫄 굶게 된다. 동생이 중학교 들어가는 것이 자기 일인 양 기뻤던 것은 이제 과거지사였다.

11월이 막 중순으로 접어들 무렵, 김준호의 방에는 옆집의 가물댁이 와 있었다. 이부자리는 두 개를 깔아놓았다. 장롱 옆 요에서 유숙이가 땀을 뻘뻘 흘리고 있었다. "다 됐다, 다 나왔어!" 가물댁의 말이 들려왔다. 그 옆에 김준호가 단짝 친구 같은 두 딸과 함께 비스듬히 누워 있었다.

"우리 둘이서 공주같이 꾸며주자, 히히."

"내 분홍색 원피스는 동생한테 입혀주고, 히히."

둘은 또 딸일까 봐 애간장이 타는 부모 걱정은 아랑곳없이 즐겁기만 했다. 엄마의 마지막 소리가 무서웠지만 이내 세상에 나온 동생의 울음소리에 묻혔다.

"아이고, 아들이다! 너거도 이제 고마 잊고 살면 되겠네."

유숙이는 온몸에 힘이 탁 풀렸다. 온갖 약을, 온갖 방법을 다 써본 끝에 가진 아이였다.

"어야, 준호야, 더운물 좀 떠와라. 탯줄은 니가 자르는 기다."

김준호가 문을 열자 찬바람이 쌩하니 방으로 들어왔다.

두 딸은 얼른 이불을 뒤집어썼다가 이불을 걷어냈다. 엄마의 다리 밑에 시뻘건 피가 홍건히 고여 있었다. 아이들은 무서워서 국경선을 차마 넘지 못한 채 이편에서 물었다.

"엄마, 엄마, 아프나? 괜찮나?"

"울 엄마 죽는 기가, 언니야?"

"엄마 괜찮다. 동생 예쁘제?"

달싹이는 엄마의 입술은 핏기 하나 없이 바싹 말랐지만 얼굴은 평안해 보였다.

둘의 눈에는 호기심이 반짝반짝 빛났다. 시뻘건 살덩어리가 가물댁 아줌마의 손에서 꼼지락거렸다. 수건으로 감싸지는 아기의 다리 사이에는 아주 조그만 혹 같은 것이 달려 있었다. 자매는 동생이 자기들과는 다른 존재라는 것을 금방 파악했다. 둘 다 입이 삐죽 나왔다. 공주 만드는 법은 알아도 왕자 만드는 법은 몰랐다. 연수와 연희가 차례로 입었던, 큰아버지가 사준 분홍색 원피스는 이제 쓸모없게 됐다.

개명골댁이 왔다. 남편 무덤을 둘러보기도 전에 싸리문 밖에 고추부터 내다 걸었다. 바싹 마른 빨간 고추였다. 이 집이든 저 집이든 아들은 많으면 많을수록 좋았다. 그런데도 이상하게 손자 얼굴은 별로 눈에 들어오지도 않았다. 연수와 연희가 더 예쁜 것이 그녀 자신도 의아했다.

개명골댁이 부리나케 올라온 데는 다른 이유가 있었다. 그녀는 부산이 좋았다. 준덕은 박사학위를 받자마자 모교의 교수가 되었다. 금실 좋은 부부 사별하면 더 못 견딘다고, 준덕은 상처하고 1년도 안 돼 재혼했다. 첫 며느리 못지않은 부잣집 딸에 이화여대까지 나왔지만 씨 다른 계집아이가 하나 딸린 여자였다. 전문대학 교수인 며느리는 두어 달 전에 출산한 터라 시어머니의 손이 절실히 필요했다. 개명골댁은 며느리가 생활비, 육아 보조비 명목으로 넉넉히 주는 용돈을 차곡차곡 모았다. 제 손으로 받은 거나 다름없는 손녀 보는 재미도, 돈 모으는 재미도 쏠쏠했다. 아무래도 준호 혼자 이 골짜기에 있을 이유가 없었다.

"여 있어봤자 애비처럼 노상 술이나 처먹고 일하느라 골병은 골병대로 든다."

"평생 배운 게 농사밖에 없는데, 거 나가서 뭐 해 먹고 살아요?"

"내가 날품을 팔아서라도 먹여 살릴 테니까……"

유숙이가 끼어들자 김준호는 소리를 버럭 질렀다.

"니는 좀 가만히 못 있나!"

"연수 엄마 말 맞다. 동길이 놈도 지금 신났다."

"참, 동길이는 우째 산대요?"

"지금 철도길 위에 방 얻어놓고, 그때 그 여자가 얼라들도 키워주더라."

김준호는 귀가 솔깃했다. 물론 어머니 말은 항상 절반 이상이 거짓말이었다. 제깟 놈이 잘산다고 한들, 흥. 월남에서 목숨 팔다시피 해서 번 돈 술로 다 날리고 마누라마저 애 셋을 떼놓고 도망쳤다. 동길이가 무슨 신성일도 아니고, 어떤 여자가 본처 자식까지 키워주느냔 말이다. 어떻든 곰처럼 둔하긴 해도 참한, 나이도 한참 어린 본처 대신 나이도 많고, 듣던 대로 말린 명태처럼 빼빼 마른 여자와 살림을 차린 건 사실인 것 같았다. 참 병신에 미친놈이 따로 없었다. 변동길의 집 근처에는 준규도 살고 있었다.

"제사는 어째요?"

"준덕이가 가져가야지, 별수 있나?"

시아버지의 유언이 떠올라 유숙이는 낯빛이 어두워졌다.

"방은 내가 얻어놓을 기고."

새터의 논밭은 수내에 같이 사는 이종사촌이 부치기로 했다. 가축은 말끔히 팔았다. 장롱은 유숙이의 친정에서 가져갔다. 김철환이 살아생전에 직접 대패질을 해서 만든 앉은뱅이 책상도 포기해야 했다.

벌써 12월도 말로 접어들었다. 고제 골짜기의 산바람이 칼날처럼 옷 속을 파고들고 휘날리던 눈발이 쌓여 얼었다 녹기를 반복했다. 담배 농사를 지을 때 썼던 비닐이 큰 돌멩이를 얹어놓은 탓에 날아가지도 못하고 황량한 마루 한쪽에서 나풀댔다. 김준호 가족이 부산으로 떠나는 날이었다. 옆에서 두 딸이 노닥거리고 있었다. 연수의 얼굴과 무르팍의 흉터, 연희의 턱 밑에 아로새겨진 꿰맨 흉터는 수내가 새겨준 영원한 표지였다. 핏덩어리나 다름없는 형우는 막 젖을 먹고 엄마의 품 속에서 세상모르고 잠들었다.

평생 처음 큰 모험을 감행한 김준호는 두려움과 불안, 책임감에 짓눌려 있었다. 유숙이는 열여덟의 나이로 서울 땅을 밟았을 때처럼 결의에 불타고 있었다. 여자가 애가 셋이면 못할 일이 없다나. 게다가 아들까지 있다. 성공하면 제일 먼저 시아버지의 제사부터 갖고 와야겠다고 다짐했다.

황령산 자락에서

1981년 1월 정태네 집

황령산 자락에 동의공전, 즉 동의공업전문대학이 있었다. 교문에서 길을 건너면 게딱지 같은 집들이 입추의 여지도 없이 닥지닥지 붙어 있었다. 그중 딱히 더 누추할 것도 없는 시멘트 집이 김준호 가족이 부산 생활을 시작한 곳이었다. 김준호는 정태네 집에서 방 두 칸을 빌렸고 그중 한 칸은 어느 노총각에게 내주고 월세를 받았다. 오 분 남짓 걸어 내려가면 철도길이 나왔고, 그 길을 건너 오 분 남짓 더 가면 국민학교가 나왔다. 연수가 다닐 학교였다. 김준호의 죽마고우 변동길의 집은 기찻길 바로 옆에 있었다. 그 반대쪽으로 가면 김준규의 집이 나왔다. 공업고등학교를 졸업한 그는 공장에서 일하면서 방송통신대학에 적을 두고 있었다. 중고생 무렵부터 사귄 여자와 막 혼인신고를 했고 올여름에 아이가 태어날 예정이었다.

김준호 가족이 이사 온 날 어린애가 셋이나 딸린 걸 알고서 정태 엄마는 기겁했다. 애초 개명골댁은 갓난애 하나라고 말해둔 것이다. 그렇다고 엄동설한에 산골에서 온 일가족을 내쫓을 수도 없었다. 연일 귀를 때리는 갓난애 울음소리, 여자애들 수다 소리에 인상을 쓰지 않을 도리도 또한 없었다. 그런 기미가 보일라치면 유숙이는 방실방실 웃으며 주인집 빨래며 청소를 해주었다. 자존심이고 뭐고 간에, 곧 죽어도 다시 고제 골짜기로 들어가기는 싫었다. 서울로 못 갈 바엔 부산 공기가 제일 맛있었다. 유숙이는 제법 넓은 부엌을 식당처럼 썼다. 떡볶이, 어묵, 순대는 물론이고 안쪽에 라면과 김밥을 먹을 수 있는 자리도 마련했다. 형우를 키우면서도 할 수 있는 일이었다.

반면 김준호는 부산에 온 뒤로 삶 자체가 좌절과 환멸의 연속이었다. 김준덕은 어린것이 셋씩이나 딸린 동생이 자기에게 들러붙지나 않을지 노심초사, 못마땅한 심사를 유감없이 드러냈다. 명절 때만 간간이 얼굴을 봐온 배다른 형님은 더 어려운 존재였다. 그 무렵 김준우는 주경야독으로 대학을 마치고 해외개발공사에 다니고 있었다. 김준호의 입장에서 이 '빽'은 너무 커서 없는 거나 다름없었다. 한겨울에 공사판이라고 일거리가 남아돌 리 없었다. 그나마 일주일에 서너 번이라도 벽돌을 나를 수 있었던 것은 변동길 덕분이었다. 일용잡직 생활에 애간장이 타고 몸이 닳을 때마다 김준호는 고향을 버린 것을 한탄했다. 매일 남편의 짜증과 타박을 들어주고 다독거리는 것도 유숙이의 몫이었다. 운전면허증도 따도록

했다. 평생 시험 볼 기회가 없었던 까닭에 운전면허 필기시험에서 만점 받은 것을 김준호는 평생 자랑스러워했다.

부산 온 지 거의 반년이 다 되어서야 김준호는 명실상부한 첫 직장을 얻었다. 여기에도 나름대로 역사가 있었다. 정태네집의 옆집 남자가 알고 보니 '대양고무'의 조장인지, 반장인지 아무튼 '높은 사람'이었다. 김준호는 34년 인생에서 처음으로 목적을 갖고 상대에게 막걸리를 사주었다. '대양 전포동 공장'은 집에서 도보로 이십 분 남짓한 거리에 있었다. 여기서 김준호가 맡은 일은 막 생산된 고무를 진열대에 거는 것이었다. 통풍이 안 되는 공장 안에는 고무 냄새와 먼지가 자욱했다. 첫 월급이 나왔다. 구만천 원이었다. 십 원짜리 동전 하나에 벌벌 떨던 유숙이도 그날은 돼지고기 한 근을 사와 김치찌개를 끓였다. 부산에서의 첫 잔칫날이었다.

김준서의 아내가 라면 한 상자를 사 들고 꽁꽁 언 비탈길을 올라왔다. 남편의 직장이 나쁘지 않았으나 아이가 생기기 전에 한 푼이라도 더 벌어야 한다는 생각에 그녀는 파출부 일을 나갔다. 고등학교까지 나온 동서가 험한 일 하는 모습이 유숙이 눈에는 기특해 보였다. 반면, 동서가 보기에 이 집안은 아슬아슬하기만 했다. 돈이야 누구나 없지만 미래조차 없어 보였다.

"형님, 연수가 아직 이름도 못 쓰네요? 요즘은 웬만하면 유치원도 보내요. 나이도 한 살 어린 애가 이래서 부산 애들을 어떻게 따라가요?"

동서의 충고를 듣는 둥 마는 둥 유숙이는 칭얼대는 형우를 업고 마늘을 까느라 정신이 없었다. 동서는 온 김에 연수에게 이름 석 자 쓰는 법을 가르쳐주고 갔다. 유숙이는 그녀가 두고두고 고마웠다. 라면 한 박스는 아끼면 한 달 식량이었다. 바로 아래 여동생은 더 고마운 존재였다. 좀 더 일찍 부산에 나온 유정이는 서면의 한 제과점에서 경리로 일했다. 서른한 살 아줌마 눈에 열 살 어린 여동생은 예쁘고, 무엇보다도, 중학교까지 졸업한 똑똑한 처녀였다.

연수의 입학에 제일 달뜬 사람도 유정이였다. 일요일 오후 일을 마치기가 무섭게 연수를 태화백화점에 데려갔다. 연수는 큰이모에게서 빨간색 가방과 분홍색 화판, 하얀 깃이 달린 빨간색 티셔츠를 선물 받았다. 백화점 구경에 선물 꾸러미까지 쏟아지자 밤잠을 설쳤다. 학교란 이렇게 대단한 것이다! 성전국민학교는 운동장부터 개명국민학교보다 훨씬 넓었다. 세 개나 되는 건물이 교문을 중심으로 디귿자를 이루었다. 교과서도 있고 공책도 있었다. 아빠가 학교 근처 문방구에서 12색 크레파스와 물감, 스케치북을 사주었다. 연수는 학교가 좋았다. 글자를 읽고 쓰는 법, 더하고 빼는 법을 배웠다. 연희와 '아침 바람 찬바람' 놀이를 하던 것, 또 형우의 기저귀를 갈아주며 뿌듯해하던 것과 비교할 수 없는 기쁨을 알게 되었다.

1981년 3월부터 새로운 삶이 시작되었다.

비가 억수로 퍼붓던 날, 연수는 우산을 받쳐 쓰고 학교에 갔다. 수업이 끝났을 때는 비가 그쳤고 우산을 교실에 그대로 두고 나왔다. 빈손으로 집에 온 연수에게 유숙이는 지금 당장 우산을 가져오라고 고래고래 소리를 질렀다. 서러운 마음에 훌쩍거리며 연회 손을 잡고 함께 다시 학교로 갔더니 오후반 학생들이 수업을 받고 있었다. 선생님보다 울고불고 화내는 엄마가 더 무서웠기 때문에 연수는 용기를 내어 문을 두드렸다. 쉰 명이 넘는 낯선 아이들이 일제히 자기를 쳐다보는 가운데, 얼굴이 화끈거리는 것을 참으며 우산을 챙겨 나온 다음에는 급기야 울음을 터뜨렸다.

딸이 우산을 다시 가져왔음에도 유숙이의 화는 조금도 가라앉지 않았다. 신세 한탄은 이제 비로소 시작이었다.

"남편 복 없는 년은 자식 복도 없는 기라."

저녁 내내 히스테리를 부린 날 유숙이는 더 깊이 곯아떨어졌다. 기미로 덮인 시커먼 얼굴에 눈물이 덕지덕지 말라붙은 채로, 얼굴선으로 굳어진 양미간의 주름에 더 잔뜩 힘을 준 채로. 그 옆에는 술과 피로에 전 '대양고무' 직원 김준호가 누워 있었다. 환상적인 궁합이었다.

한 학기가 끝나자 연수는 첫 성적표를 들고 왔다. 마음이 설레기는 김준호가 더했다. 제 숙모 덕분에 이름 석 자만 간신히 쓸 줄 알았던 아이가 한달음에 국어책을 또박또박 읽는 것을 보자 기대가 컸다.

"항상 웃는 얼굴이며 열심히 노력하는 성실한 아이입니다. 칭찬해주세요."

담임선생이 써준 어구에, 원래도 감상적인 김준호는 코끝이 찡해왔다. 다만, 대부분이 '수'인데 산수가 '우'인 것이 찜찜했다. 미술은 '미'였고 체육은 심지어 '양'이었다. 아이의 건강 상태와 신체 발육도 걱정됐다. 딸내미는 키가 작고 바싹 말랐다. 아무래도 잘 먹이지 못해서인 것 같았다. 하지만 간신히 얻은 직장도 영 성에 차지 않았다. 다행히도 마누라가 부업을 해주어 고마울 따름이었다. 속으로는 무슨 생각을 하든 절대로 남의 집 남편과 자기를 비교하는 일도 없었다. 유숙이는 정말로 그랬다. 그녀는 '대양고무'의 조장 월급이 10만 원이 넘는다는 걸 알고서는 입이 쩍 벌어졌지만, 그래도 남편 앞에서는 입도 벙긋하지 않았다. 남편이 다섯번째 월급 봉투를 끝으로 일을 그만두었을 때도 싫은 소리 한마디 하지 않았다. 남편 나름대로 생각이 있겠지, 하는 막연한 믿음을 붙들고 있을 뿐이었다.

김준호의 생각이란 이직이었다. 직장 생활이 처음이었던 그는 마음만 먹으면 새 직장을 구할 줄 알았다. 일단 사표를 냈고, 그다음에 '홍화타이어'에 서류를 제출했다. 곧바로 면접이 있었다. 시험관은 알파벳 Q를 쓰고 뭐냐고 물었다. 김준호는 자신만만하게 대답했다. 그다음 질문은 q가 뭐냐는 거였다. 여기서 김준호는 그만 당황해버렸다. 얼굴을 확 붉힌 채 입술만 실룩대자 시험관은 매몰찬 한마디를 던졌다.

"사실 저희는 국졸은 안 씁니다. 최소한 중졸은 되어야지 상품명이라도 읽죠."

김준호는 시험관이 아니라 자신에 대한 울분에 사로잡혀 그 자리에서 서류를 발기발기 찢고 돌아섰다.

"씨발!"

아빠가 된 뒤로는 혼잣말로도 입에 담아본 적이 없는 욕이었다. 형님이 영문과 교수인데, 동생들이 대기업 사원이고 또 대학원생인데, 이까짓 알파벳 하나를 못 읽어 하찮은 회사에도 못 들어가다니.

참담함은 순간이고 밥벌이는 영원이었다. 그해 가을, 김준호는 다시 변동길을 따라 공사판을 드나들었다.

산동네, 황령산의 칼바람도 만만치 않았다. 길은 항상 꽁꽁 얼어붙어 있었다. 아침이면 밤새 타버린 연탄을 부숴서 길바닥에 뿌리는 것이 일과의 시작이었다. 설날이 왔다. 김준호는 공사판의 일용직 노동자였고 유숙이는 여전히 이름도 없는 분식점 아줌마였다. 그런데도 철없는 아이들은 신이 났다. 생전 처음 보는 음식이 천지였다.

"옛다, 연수는 천 원, 연희는 아직 어리니까 오백 원!"

할머니, 큰아버지와 삼촌들이 줄줄이 세뱃돈을 줬다. '큰큰집', 즉 김준우 집에 가면 더 많아졌다. 다 합해보니 연수는 오천 원, 연희는 이천 원이 넘는 큰돈을 손에 넣게 됐다. 엄마는 돈을 내놓으라고 아우성이었고 아이들은 집에 가면 준다고 버텼다. 하지만 부모님과 함께 택시를 탔을 때는 돈이고 뭐고 다 잊어버렸다. 연희와 형우는 금세 잠이 들었고, 연수는 멀미를 참느라 안간힘을 쓰고 있었다.

"저어기, 아들이 이래 어려서 그러니까 집까지 좀 올라가주세요."

흔쾌히 승낙했던 택시 기사도 꽁꽁 얼어붙은 가파른 골목길을 보자 대놓고 짜증을 냈다. 유숙이는 연수의 혈색을 살피느라 정신이 없었다. 연희는 경운기나 버스를 처음 탔을 때부터 멀미를 한 번도 하지 않았다. 반면 연수는 부산 온 지 1년이 지났음에도 차 근처만 가도 양잿물 먹은 강아지처럼 토악질이었다.

"조금만 참아라, 집에 다 왔다."

조수석에 탔던 김준호가 먼저 차에서 내리고 차 뒷문을 열어 형우를 받았다. 그리고 연희가 밖으로 나온 찰나 갑자기 연수가 구토를 해버렸다. 비닐봉지를 갖다 댈 틈도 없이 순식간에 일어난 일이었다. 한번 시작된 토악질은 두세 번 연거푸

66

계속되었다. 택시 바닥과 좌석이 엉망이 되었다.

"씨발, 재수가 없으니까 이 밤에 이런 지랄 같은 것들이 다 걸리노!"

운전기사도 기어코 폭발했다. 내려갈 때 손님을 태울 수도 없는 외진 곳이었다. 수직으로 내리꽂힌 듯 가파른 빙판길이 무섭기도 했다. 유숙이는 얼른 집에서 물동이와 걸레를 들고 나왔다. 고무장갑도 끼지 않고 찬물을 적신 수건으로 시트며 바닥을 열심히 닦아주었지만 운전기사의 분함과 서러움은 가시지 않았다.

"어이, 형씨, 택시비 더 얹어준다잖아요. 사람이 몇 번을 미안하다고 하는데 너무하는 거 아닙니까!"

김준호도 여느 때 같으면 참았을 것을, 소위 펜대 잡고 와이셔츠 입는 형제들을 만나고 온 뒤라 모욕감과 자괴감이 폭발했다.

"똥 싼 놈이 성낸다더니, 이 새끼, 지금 말 다 했어?"

이내 거의 주먹까지 오갈 태세였다. 김준호의 방 한 칸을 빌려 쓰던 노총각이 나와 경찰을 불러야겠다며 점잖게 협박한 뒤에야 진정이 되었다. 그는 원래 요금의 두 배를 받고서도 투덜대며 달팽이처럼 얼음판 위를 기어 내려갔다.

연수는 방 안에서 뻗었고 부엌의 수챗구멍 앞에서는 웬일로 연희가 웩웩거리고 있었다.

"지난번 추석 때도 돼지같이 처먹어서 다 게워내고……"

누워 있던 연수는 '돕바' 주머니에서 꼬깃꼬깃 접힌 지폐를 꺼냈다. 24색 크레파스도, 색칠공부 책도 다 물 건너갔다.

"엄마, 이거…… 택시비다."

유숙이는 솔개 병아리 낚아채듯 날름 돈을 챙기며 덧붙였다.

"이거는 택시비가 아니라 이담에 연수 니가 커서 시집갈 때까지 엄마가 꼭꼭 모아두는 기다. 연희 니도 똑같다, 알겠나?"

연희는 입술을 삐죽 내밀면서도 언니를 따라 했다.

*

3월 초, 김준호 가족은 아이들을 데리고 '성지곡 수원지'의 놀이동산을 찾았다. 쌀쌀하지만 쾌청한 날씨였다. 막 제대한 유종율과 유정이도 함께였다. 아이들은 정이 이모와는 원래도 친했고 종율이 외삼촌은 '국군 아저씨'라 좋았다. 짙은 카키색 군복, 챙이 빳빳하게 선 군모, 날카롭고 높은 콧날, 반짝반짝 빛나는 군화 등 참 늠름하고 멋있었다. 그런데 매사에 훈계를 빙자한 잔소리를 해야 직성이 풀리는 성격이었다. "과자는 몸에 나쁜 기다, 엄마가 해주는 밥이 제일이다." 그러고서 과자 몇 봉지를 사 왔다. "학생의 본분은 첫째도 둘째도 공부다." 그러고서 조카들과 참 잘 놀아주었다. 외삼촌도, 이모도 부산에 관해 모르는 것이 없었다. 집 밖을 나오면 엄마, 아빠보다도 외삼촌과 이모가 더 믿음직스러웠다. 군복 차림의 종율이 외삼촌과 감색 치마 정장을 입은 뽀얀 얼굴의 정이 이모는 연애하는 처녀 총각처럼 잘 어울렸다.

회전목마가 나왔다.

"형부, 언니야, 애들 저거 한번 태워줄까?"

"그냥 이리 보면 되지. 연수는 저거 타도 멀미하겠네."

"나는 멀미 안 하는데!"

옆에서 연희가 엄마를 붙잡고 졸랐다.

"니는 너무 어려서 안 된다. 좀 더 크면 태워주께."

"치이……"

연희는 또 입이 삐죽 나왔다.

큰 로봇 모양의 미끄럼틀이 나왔다.

"자형, 여기서 사진이라도 한 장 찍어요."

"카메라도 갖고 왔나?"

"정이가 사진관에서 빌려 왔네요. 연수랑 연희는 여기 계단에 한번 서봐라."

그렇게 자매를 중심으로 김준호와 유숙이가 양옆에 섰다. 형우는 유정이의 품에 안겨 있었다.

"자, 하나, 둘, 셋!"

셔터가 눌렸다. 연수는 다시 몸을 뒤로 돌렸다. 미끄럼틀 뒤로 현수막이 걸려 있었다.

'전두환 대통령의 취임을 축하합니다.'

"언니야, 전두환이 누군데?"

"대통령이라고 써 있네."

"대통령이 뭔데?"

"나라에서 제일 높은 사람."

"아빠, 나, 저거는 타도 되나?"

연희가 입을 열자마자 유숙이가 나섰다.

"종율아, 저거는 돈 안 내도 되는 기가?"

"언니 니는 이런 데 와서도 돈타령이고."

"아까 그 회전목마도 돈을 내라고 안 하나. 순 도둑놈의 세상이다."

"누나도 참, 저 사람들도 먹고살아야죠. 연수랑 연희는 가서 놀아라."

자매가 신나게 미끄럼을 타는 동안 김준호와 유숙이는 말다툼을 벌였다. 주인집에서 전세금을 올려달라고 한 것이다. 오십만 원이나 되는 목돈이 있을 리 만무하고 그렇다고 애 셋 데리고 이사도 쉽지 않았다. 보름 안에 결정을 내려야 했다. 참다못한 유숙이가 며칠 전부터 김준호에게 어디서 돈을 좀 융통해보라고 조르는 중이었다. 하지만 어디서? 부산 오면 물심양면 도와주겠다던 시어머니는 막 출산한 김준규 내외의 일을 봐주느라 정신이 없었다. 지난여름에 형님은 쌀 한 가마니를 사주었다. 지난 추석 때는 요즘은 여자들도 기저귀 안 쓴 지 오래됐다며 일회용 생리대를 따로 챙겨준 적도 있었다. 이렇게 배려해주니 더 바라게 되었다. 그 집도 자식이 넷인데

여윳돈이 어디 있을까. 다들 형편이 빠듯하다는 것을 모르지 않았지만 제 사정이 워낙 절박하니 누구에게나 기대하고 그것이 배반당할수록 모조리 다 미워졌다. 그녀는 혼잣말로 구시렁거렸다.

"자기가 잘되고 봐야지, 형제고 뭐고 다 소용없다."

늦은 오후, 김준호가 공사판에서 벽돌을 나르는 동안 유숙이는 묵은 김치 몇 포기를 꺼내고 있었다.

"상일이네 집에 갖다 주고 와라."

밥상 앞에 앉아 숙제하던 연수는 연희와 함께 집을 나섰다. 상일이네 집은 연수네 집과 학교 사이, 딱 중간에 있었다. 철로 변에는 시멘트벽 위에 콘크리트 지붕을 얹은 나지막한 집이 닥지닥지 붙어 있었다. 그중 가장 지저분하고 입구도 가장 비좁은 집이 상일이네 집이었다. 동길이 아저씨는 곱슬곱슬한 머리에 얼굴이 얽어 있었다. 키도 아빠보다 훨씬 작고 눈도 작았다. 하지만 그 작은 눈에 늘 웃음을 머금고 있어서인지 마음씨는 착해 보였다. 그의 맏아들인 상일이는 아빠를 쏙 빼닮아서 까무잡잡한 곱슬머리였다.

"아저씨, 이거 엄마가 갖다 주래요."

연수는 방문 밖에서 김치 통을 내밀었다. 마침 부엌에 있던 동길이 아저씨는 간신히 몸을 움직였다. 한쪽 다리에는 하얀 붕대를 감고 목발도 짚고 있었다. 얼굴이 흙처럼 새까만 여자

아이 둘이 옆에서 손가락을 빨고 있었다.

"이런 수고 안 해도 되는데…… 엄마보고 고맙다고 해라. 날도 추운데 좀 들어왔다 가라."

문간이자 현관이자 부엌인 곳에서 방 안을 힐끔 보니 도무지 들어가고 싶은 마음이 안 생겼다.

"아니에요. 엄마가 빨리 갔다 오라고 했어요."

"안녕히 계세요."

아저씨도 더는 권하지 않았다. 연수와 연희는 얼른 발걸음을 돌렸다.

"언니야, 동길이 아저씨네 집에서 냄새난다. 지린내도 아니고 구린내도 아니고 뭐랄까……"

"집에 여자가 없어서 안 그렇나."

"여자? 여자아이들이 둘이나 있던데?"

"아니, 그 말이 아니라! 걔들 엄마가 도망갔잖아. 동길이 아저씨 애인도 좀 살다가 도망갔거든."

연수는 어른들이 흘리는 말들을 기억해뒀다가 동생 앞에서 으스댔다.

"동길이 아저씨 다리는 왜 저렇노?"

"공사장에서 사고당했단다. 운도 지지리도 없지."

연수는 또 한 번 앵무새처럼 어른 흉내를 냈다.

저녁부터 유숙이는 초조해졌다. 아무리 술을 좋아해도 월요일부터 술을 마실 위인은 아니었다. 일은 험해도 퇴근 시간도 일정한 편이었다. 유숙이의 머릿속에선 온갖 끔찍한 장면이 그려졌다. 변동길도 다리만 다쳤기에 망정이지, 행여 반병신이 됐다면……

김준호는 밤이 늦어서야 돌아왔다. 술 냄새가 풍겼다면 한바탕 바가지에 울음이라도 터뜨렸을 것을, 오히려 너무 멀쩡했다.

"저녁은요?"

"형님 집에서 먹고 오는 길이다."

남편의 무표정한 얼굴이 모든 것을 말해주었다.

"사람 사는 게 다 그렇지. 내일부터 방을 알아볼게요. 거기도 방 값이 싸대요. 한 칸만 있어도 되고."

잠들기 전에 등 뒤로 짧지만 눅눅한 한마디가 들려왔다.

"고생만 시켜서 미안하다."

사내가 저렇게 눈물이 많아서야, 원. 유숙이는 속으로 혀를 끌끌 찼다.

다음 날부터 유숙이는 연수와 연회를 집에 두고 형우를 등에 업은 채 다리품을 팔았다. 이 동네와는 반대편, 하지만 역시나 황령산을 지고 있는 수영공원 일대였다. 아무리 돌아다녀도 애 셋이라는 말에 번번이 퇴짜를 맞았다. 그래도 죽으라는 법은 또 없는지 거의 일주일 만에 마땅한 집을 찾았다. 마당이 예쁘게 가꾸어진 큰 집이었다. 커다란 감나무는 담벼락을 맞댄 옆집 무화과나무와 벗 삼아 사이좋게 어우러졌다. 대문은 하나였지만 본채에 붙어 있는 곁방이어서 부엌과 현관을 따로 쓸 수 있었다. 방은 비좁아도 햇빛이 많이 들어왔다. 큰방에 미닫이 방도 하나 딸려 있었다. 무엇보다도, 애 셋이라는 말에 집주인이 반색을 표했다.

"딸애들은 우리 영신이랑 놀고, 아들내미는 내가 봐줘도 되겠네요."

바깥양반은 선원이라서 집에 있을 때가 거의 없었고 식구라곤 몸이 약한, 이제 막 가슴이 봉긋 솟은 딸 하나밖에 없는 조용한 집이었다.

영신이네 집

3월 초, 김준호 가족은 '영신이네 집'에 이삿짐을 풀었다. 월요일 아침 유숙이는 연수 앞에 어깨끈이 달린 감색 주름치마와 하얀 블라우스를 내놓았다.

"우아, 엄마, 이거 새로 산 거가?"

"그렇다니까. 전학 가면 다들 니만 쳐다볼 거잖아. 여자는 항상 예뻐야 하는 기라."

유숙이는 블라우스의 단추를 채우고 치마에 달린 어깨끈을 올려준 뒤 연수의 어깨와 볼을 쓰다듬었다.

"이래 입혀놓으니까 공주 같네."

항상 짧은 바가지 머리에 사촌오빠들 옷만 입혀놓으니까 자매는 종종 형제로 오해받기도 했다.

"와, 언니, 예쁘다! 엄마, 나도, 나도!"

"니도 학교 들어가면 사줄 테니까 조금만 기다려라."

곧 유정이가 왔다. 유숙이는 초라한 옷차림에 애를 등에 둘러업은 학부형 노릇이 내키지 않았다. 연수는 예쁜 정이 이모의 손을 잡고 대문 밖을 나섰다.

"언니야, 잘 갔다 와!"

연희가 뒤에서 손을 흔들었다. 언니가 돌아오면 저 옷을 꼭 한번 입어볼 생각이었다.

연수는 새 학교가 첫날부터 마음에 들었다. 망미국민학교 가는 길에는 비좁은 기찻길 대신 아스팔트와 횡단보도가 있었다. 운동장도 더 넓고 놀이기구도 많았다. 교문 옆에는 나무 의자도 많이 있고 그 위로 등나무가 구불구불한 가지를 뻗었다. 등나무 가지에 보라색 꽃이 주렁주렁 달릴 때도, 그러나, 연수는 구구단 7단을 못 외웠다. 8단과 9단은 다 외워졌는데 말이다. "오늘도 구구단 다 못 외운 학생은 오늘 집에 못 간다!" 곱슬곱슬 파마머리에 진분홍색 루주를 바른 선생님이 최후의 선고를 내렸다. 방과 후에도 학교에 남다니, 이만한 수치가 없었다.

주인집 딸 영신이 언니는 얼굴이 갸름하고 뽀얀, 척 보기에도 도회지 소녀 같았다. 중학교 1학년이었고 무척 똑똑했다. 쌍꺼풀 없이 갸름한 두 눈은 항상 눈물을 머금은 양 촉촉이 젖어 있었다. 언니는 얇은 입술을 다문 채 마루에 가만히 앉아 생각에 잠기길 좋아했다. 연수는 이런 언니를 바라보는 게 또 좋았다. 언니는 항상 모자를 쓰고 다녔다. 겨울에는 주홍색 털실로 짠 빵모자를 썼고 여름에는 얇은 벙거지로 바꾸었다. 작년에 교통사고를 당해 머리 수술을 했기 때문이다. 모자를 벗은 언니의 머리는 공처럼 동그란 것이 참으로 예뻤다. 하얀 머리통 위에 짧은 머리카락이 새카만 잔디처럼 자라고 있었다. 연수는 이 모습이 예쁘다고 생각했지만, 언니는 하나님이 더 긴 머리카락을 주시면 그때 벗겠다고 했다. 연수는 '하느님'도 아닌 저 '하나님'이 궁금했다. 오래전, 수내 마을에 살 때 요구르트와 초코파이를 얻어먹으려고 언니들을 따라 교회에 가본 기억이 아스라이 떠오르곤 했다. 영신이 언니의 교회가 궁금해졌다.

일요일, 연수는 드디어 영신이 언니를 따라 교회에 갔다. 골목길과 큰길, 입추의 여지없이 붙어선 낮은 집들과 넓은 아파트 단지 옆을 영신이 언니는 차분하고 고른 걸음으로 걸었다. 삼십 분, 아니 한 시간은 족히 걸렸을 것이다. 돌아올 때는 버스를 타기로 했다.

교회는 무척이나 컸다. 그 주변도 차와 사람으로 북적댔다. 영신이 언니는 연수를 초등부 예배실로 데려다준 다음 중등부 예배실로 향했다. 예배가 끝나면 교회의 정원 곁 벤치에서 만나기로 약속했다. 예배실 안의 분위기는 숙연했다. 목사님이나 어른들은 뭔가에 들린 듯 자리에 앉아 기도하다가 갑자기 벌떡 일어나 노래를 불렀고 그러다 갑자기 두 손을 모아쥐고 "주여!" "아멘!"이라고 울부짖었다. 연수도 다른 또래들처럼 앉았다 일어났다를, 손을 모았다 폈다를 반복했지만,

모든 것이 너무 웃겼다.

열두시쯤 연수는 예배실을 나왔다. 아! 약속과 달리 벤치에는 영신이 언니가 없었다. 무작정 앉아서 기다렸다. 십 분? 이십 분? 삼십 분? 갑자기 소변이 마려웠다. 연수는 다시 예배실 쪽으로 가서 화장실을 찾았다. 화장실에 갔다 온 뒤에도 벤치에서 주야장천 기다렸다. 그래도 언니는 오지 않았다. 연수는 교회에서 나오는 아줌마를 붙잡고 중등부 예배가 끝났는지 물었다. 좀 전에 끝났다는 말을 듣자 하늘이 무너지는 것 같았다. 화장실 다녀온 사이에 언니 혼자 가버린 걸까. 고민 끝에 연수도 혼자 집을 찾아가기로 마음먹었다.

하지만 첫 발짝을 떼놓을 때부터 오른쪽, 왼쪽 어디로 가야할지 망설여졌다. 왼쪽 건물 간판들이 어딘가 눈에 익어 그 방향으로 계속 걸어갔다. 골목길이 나와야 하는데도 여전히 큰길이었다. 연수는 전봇대 곁에 몸을 기대고 비스듬히 섰다. 그때 키가 큰 젊은 아저씨가 말을 걸어왔다.

"어린애가 여기서 혼자 뭐 하노?"

"아저씨, 집을 못 찾겠어요. 저어기 교회에서부터 쭉 걸어왔는데……"

"집이 어딘데?"

"5번 종점 근처요. 여기서는 아주 멀어요."

"종점까지 가면 찾아갈 수 있겠나?"

연수는 고개를 끄덕였다.

"조그만 게 참 많이도 걸어왔네. 반대쪽으로."

아저씨가 손을 내밀었다. 연수는 낯선 아저씨의 손을 붙잡고 한참을 걸어갔다. 마침 5번 버스가 문을 열어놓고 승객을 태우고 있었다.

"아저씨, 애 좀 종점에서 내려주세요. 길을 잃은 모양이네요."

아저씨는 연수의 차비까지 내주었다.

"아저씨, 나도 돈 있는데요!"

연수는 버스에 오르기 전에 아저씨에게 백 원짜리 동전을 내밀었다.

"그 돈은 과자 사 먹고, 다음부턴 어른들이랑 같이 다녀라."

연수는 버스에 올랐고, 키가 큰 아저씨는 뒤도 안 돌아보고 무뚝뚝하게 걸어갔다.

자리에 앉자마자 연수는 까무룩 잠이 들었다. 얼마나 지났을까, 버스 기사 아저씨의 소리가 들렸다.

"종점이다, 종점!"

눈을 뜨니 익숙한 길과 간판이 보였다. 버스에서 내린 연수는 몇 걸음 떼자마자 자잘한 돌밭 위로 아침에 먹은 것을 게 위냈다. 고픈 배를 안고 아스팔트를 걸었다. 시멘트 길이 나오자 옆집의 무화과나무도 보였다. 엄마가 형우를 업고 대문 밖에서 서성이고 있었다.

"아이고, 연수야! 영신이가 니 잃어버렸다고 울고불고 난리가 안 났나. 영신아, 연수 왔다!"

엄마가 대문 안으로 뛰어들어가며 외쳤다.

저녁밥을 먹을 때 연수는 아빠에게 오늘의 무용담을 이야
기했다.

"아이고, 나쁜 놈이었으면 어쩔 뻔했노. 너거 할아버지가
도왔다. 아이고, 아부님, 도와주이소!"

엄마는 또 돌아가신 할아버지 타령이었다. 그 표정은 숙연
하고도 엄숙했다. 이런 엄마가 연수는 교회에서 본 사람들만
큼이나 웃겼다. 고제 골짜기에 묻힌 할아버지가 무슨 수로 여
기까지 온단 말인가.

"거봐라. 아빠가 원래 세상에는 나쁜 사람보다 좋은 사람이
더 많다고 안 했나."

연수는 오늘만은 아빠의 말을 진심으로 믿었다. 고추장인
지, 고춧가루를 섞은 간장인지 양념이 짭짤하게 밴 고등어도
너무 맛있었다. 동생들이 먹성이 좋아 빨리 안 먹으면 무밖에
안 남았다. 이다음에 어른이 되어 그 아저씨를 다시 만나면
차비를 두 배, 세 배로 갚아주어야겠다고 생각했다.

*

김준호의 집 작은방에 유정이가 같이 살게 됐다. 유종율도

수시로 놀러 왔다. 두 시동생도 마찬가지였다. 김준호의 이종 사촌, 즉 개명골댁의 언니의 외동아들인 손명석도 이 집에 들락날락하는 사람 중 하나였다. 이름처럼 명석하진 못해도 성격이 무척 좋았다. 여섯 딸에 이어 아들로 태어나 어려서부터 부족한 것 없이 자란 덕분이기도 했다. 지금은 큰 누님, 정확히는 사업하는 자형 밑에서 일하고 있었다. 그가 한번은 친구들과 술을 마시고 그만 똥통에 빠졌다가 다급한 마음에 김준호를 찾아왔다. 마침 그때 유정이는 제과점에서 퇴근하는 길이었다. 술에 취하고 덩달아 똥칠까지 한 총각과 꽃무늬 원피스를 입은 처녀의 첫 만남이었다. 정황은 낭만적이지 못했지만 둘이 반하는 바람에 낭만주의가 싹텄다.

유정이는 유숙이와 얼굴도, 몸매도 영 딴판이었다. 시골 여자답지 않게 살결이 뽀얗고 키는 작아도 균형감이 있어 아담한 느낌을 주었다. 김준규의 친구인 박창수도 김준호 집에 왔다가 유정이에게 반해서 몇 번이나 데이트 신청을 했다. 하지만 유정이는 그가 별로 마음에 들지 않았다. 키도 작은데다가 고졸은 싫었다. 게다가 공고라니, 농고나 다름없었다. 얼굴이 반반한 탓인지 유정이에게는 유숙이와는 좀 다른 허영이 있었다. 유정이가 손명석의 구애에 응한 것은, 훗날 유숙이의 분석대로라면, 손명석의 큰 키, 대졸, 일본 유학 경력 때문이었다. 달리 말해 그녀는 자신의 중졸 학력과 작은 키가 너무 싫었다. 이 순진한 시골 처녀는 손명석의 손에 이끌려 해운대

비치호텔을 찾았다. 뽀얀 뺨에 발그스름한 홍조를 떠올리며 수줍게 웃는 유정이가 손명석은 너무 좋았다.

　본의 아니게 중신아비가 된 김준호는 통렬한 책임을 느꼈다. "명석이 그놈이 사람은 좋아도 실속이 없는데……" 유숙이는 남자 외모나 학벌 아무 소용없다, 사람이 야물어야 한다고 노래를 불렀다. 하지만 사랑에 홀딱 빠진 이십대 초중반 처녀 총각의 귀에는 마이동풍, 우이독경이었다.

　손명석과 유정이는 그해 겨울 결혼식을 올렸다. 신랑 신부 다음으로 달뜬 사람은 연수와 연희였다. 자매는 하얀 백합과 연분홍색 장미로 장식된 예식장 홀에, 모자 모양의 면사포를 쓰고 하얀 웨딩드레스를 입은 정이 이모의 모습에, 검은 그랜드 피아노의 선율에, 일상과는 너무 다른 그 분위기에 완전히 압도되었다. 신혼부부는 제주도로 신혼여행을 다녀왔다. 자매는 우선 '신혼여행'이라는 말에 반했다. 그다음에는 이모 부부가 찍은 사진에 열광했다. 구멍 숭숭 뚫린 돌멩이 할아버지, 겨울임에도 넓적한 이파리가 달린 야자수, 폭포와 절벽과 바다……

　"우아, 이모야, 제주도도 우리나라 맞나?"

　소녀들의 머릿속에서 신혼여행은 제주도였고 그곳은 사랑과 꿈의 공간이었다. 단, 시집간 이모를 보고서 외할아버지가 왜 눈물을 흘리는지 알 수 없었다. 딸이라고 그렇게 천대해놓고서는 말이다.

　설날 다음 날, 유숙이 가족은 친정 식구와 함께 거창행 시외버스를 탔다. 여자들은 한복을 곱게 차려입었고 남자들은 양복을 걸쳤다. 연수와 연희도 사촌 자매한테 물려받은 한복으로 멋을 냈다. 거창에 도착하자 김준호 내외는 아이들을 신혼부부와 종율에게 맡기고 김철환의 묘부터 찾았다. 성묘를 마친 다음에는 다리 건너 수내 마을에도 들렀다. 불과 2년만임에도 지난 과거가 까마득하게, 저 우주보다 낯설고 멀게 느껴졌다. 김준호는 기어코 새터 논을 한번 봐야겠다면서 찬바람을 무릅쓰고 위쪽까지 올라갔다. 검푸른 소나무 숲을 등지고 계단식 논이 이어졌다. 한겨울이라 논은 꽁꽁 얼어 있었지만, 숲과 논 사이의 계곡물은 여전히 콸콸 기운찬 소리를 냈다.

　김준호 내외는 이번에는 남산동이 아니라 새마을, 즉 월화마을에 내려 다람재 쪽으로 걸어갔다. 마을의 마지막 집을 지난 다음에도 한 시간은 족히 걸어야 했다. 인기척에 복달이가 짖었다.

　"참, 여기는 어째 이래 한결같노."

　"1년 내내 손님 한 명 안 와요. 식구가 많아서 그렇지, 얼마나 무서운 곳인데요."

　부부는 옷자락을 여미며 반구 옆의 비탈길을 조심스럽게 내려갔다.

다람재는 잔치 분위기였다. 손자 손녀만 해도 여섯 명이었다. 유은율의 아내는 조만간 넷째를 낳을 터였다. 어른 반, 아이 반, 집 안은 시끌벅적 북새통을 이루었다. 입만 뻥긋해도 뽀얀 김이 일 만큼 추웠지만, 군불을 세게 땐 방 안은 몹시 후끈했다. 굴뚝에서는 하얀 연기가 뭉게뭉게 피어오르고 아궁이의 잉걸불에서는 빨간 열기가 뿜어져 나왔다. 유득이와 아이들은 아궁이 앞에 앉아 부지깽이를 놀리며 감자가 익기를 기다렸다.

"산골짜기 오막살이 낮은 굴뚝에, 몽기몽기 웬 연기 대낮에 솟나, 감자를 굽는 게지 총각애들이……"

유득이가 학교에서 배운 시구를 읊조렸다.

잉걸불에 맛깔스럽게 구워진 감자도 돼지고기 앞에서는 찬밥 신세였다. 가마솥에 푹 삶은 돼지고기를 대충 썰어 쌈장에 찍어 먹는 맛이 기가 막혔다. 아이들은 고기 못 먹어 죽은 귀신에 들린 것처럼 수육을 마구잡이로 입안에 넣었다.

"아이고, 우리 연희 또 배탈 나겠네. 내일도 줄 테니까 조금만 먹어라."

하지만 연희는 대답하는 둥 마는 둥 비계고 살코기고 가리지 않고 계속 먹어댔다. 반면, 연수는 얌체같이 비계는 쏙 떼내고 살코기만 날름날름 삼켰다. 외할아버지의 꾸지람이 날아왔다.

"가시나가 음식을 그래 가리면 못쓴다! 수정이도 입이 까탈스러워서 내가 회초리를 안 들었나."

회초리란 말에 연수는 잠깐 흠칫했다. 김준호가 조심스럽게 자신의 교육 방식을 피력했다.

"장인 어르신도, 참. 애들을 때려서 되겠습니까."

"자형 말이 맞소. 요즘 애들은 조용히 말로 타일러야지, 매로 다스려서는 안 돼요. 연수야, 여기 비계 없는 것도 있다."

유종율은 큼직한 살코기를 연수 밥그릇에 얹어주었다.

"엄마, 근데, 세배 안 해도 되나?"

갑자기 연희가 말을 꺼냈다.

"세배는 무슨! 밥이나 먹어라."

제동댁이 손사래를 쳤다. 그래도 저녁상을 물린 뒤에 다들 일렬로 서서 유용상과 제동댁에게 절을 올렸다. 연수와 연희는 습관적으로 손을 내밀었지만 돌아오는 것이 없었다.

호롱불이 가물거리고 조그맣고 동그란 유리병의 기름이 조금씩 줄어들었다. 유은율 가족은 작은방으로 가고 나머지는 모두 큰방에 되는대로 이불을 깔고 누웠다. 간간이 복달이가 마당에서 컹컹 짖어댔다.

"엄마, 복달이가 왜 저래? 누가 왔나?"

복달이를 제일 좋아하는 유정이가 물었다.

"한밤중에 누가 오겠노? 요새는 노루도 여간해선 안 보이는구먼. 저놈이 백지 저래 짖어댄 지 오래됐다."

무심한 척했지만 제동댁도 마음 한구석이 저렸다. 핏덩어리나 다름없는 복달이를 데려온 건 다람재에 들어오기 전이었다. 슬슬 떠날 때가 된 모양이다. 남산동에 출산을 앞둔 개가 있어서 진작 말을 해둔 터였다.

다음 날, 일행은 거의 새벽에 아침을 먹고 바로 다람재를 떠났다. 유은율은 밤새 한데서 꽁꽁 얼린 돼지고기 덩어리를 비닐봉지에 싸서 플라스틱 통에 담았다. 그걸 새마을의 버스 정류장까지 지게에 짊어지고 갔다. 경운기도 쓸 수 없을 만큼 추운 날이었다.

캄캄한 밤, 집까지 걸어가는 내내 연수와 연희는 툴툴거렸다.

"언니야, 세상에 세뱃돈도 안 주는 어른들도 있다, 그자?"

"시골 살면 원래 다 그렇다. 돈 나올 데도 없거든. 고제 있으면 너거도 똑같았을 기다. 수정이랑 수미 안 봤나? 머리에 쌔가리가 바글바글하고, 하여간 올케언니는……"

형우를 업고 숨을 헐떡이는 와중에도 유숙이는 "추접고 더러버서 큰일인" 올케언니 욕을 이어갔다. 김준호는 돼지고기 통을 오른손, 왼손에 바꿔 들었다. 한겨울의 새터 논이 눈앞에 어른거렸다. 지금도 그곳에 있었더라면 아침마다 나무를 하러 나갔을 것이다. 노루나 고라니가 튀어나와 김준호의 눈을 빤히 들여다보다가 제가 알아서 폴폴 도망쳤을 것이다. 그것이 낙원이라고 한들 오직 추억 속에서나 존재하는 것임을 이번

여행에서 그는 절실히 깨달았다. 겨울이라도 어떻게든 몸을 굴리면 적어도 하루에 몇천 원, 심지어 일이만 원도 벌 수 있었다. 당장 내일부터 나가야 할 공판장은 지옥이라도 해도 현재, 현실이었다.

슬레이트 지붕 집

3월이 오기 전, 김준호 가족은 영신이네 집 주인의 남동생 내외를 위해 방을 비워주어야 했다. "가까운 데 사니까 자주 놀러 와라." 이사 전날 주인 아줌마는 세 남매의 머리를 차례로 쓰다듬어주며 말했다. 새집은 걸어서 이십 분 정도 거리였다. 전학도 갈 필요가 없었다. 이삿짐은 손수레 한 대를 빌려 날랐다. 유정이 부부와 유종율까지 동원되었다.

"연희는 아무것도 하지 말고 형우나 봐라. 연수는 이거 들 수 있겠나?"

연수는 엄마가 내민 밥솥을 껴안고 손수레 뒤를 졸졸 쫓아갔다. 손수레에는 헝겊 사각형에 지퍼를 달아놓은 '비키니 옷장' 두 개, 밥상, 냄비, 밥그릇, 수저 등 가재도구가 실려 있었다. 연희는 형우를 붙잡고 있었다. 형우는 이제 잠시만 한눈을 팔아도 마당은 물론 대문 밖으로 나가기 일쑤였다.

새집에는 마당이랄 것이 없었다. 조그만 철문을 열면, 콘크리트 벽에 슬레이트 지붕을 얹은 단층집이 옆으로 길게 이어졌다. 세 칸의 방에는 각기 다른 가족이 살았다. 연수 집은 그 중 첫번째 방이고, 맞은편에 나무 문이 달린 화장실이 있었다. 특이하게도, 방의 반대쪽에 길거리와 면한 작은 홀이 딸려 있었다. 유숙이는 장사 욕심에 핫도그 기름 솥, 어묵용 꼬챙이, 간장 종지 등을 사들였지만 실행에 옮기지는 않았다.

짐이 대충 정리되자 중국집에서 자장면을 배달시켰다. 연수는 시커먼 양념이 묻은 두툼한 국수를 미심쩍은 눈으로 째려보았고, 연희는 일단 입안에 넣고 봤다. 달고 기름진 자장면에 연희는 금방 반해버렸다. 형우의 입도 자장으로 칠갑이 됐다.

"탕수육이라도 하나 시킬 걸 그랬나."

김준호의 말에 유숙이는 정색했다.

"돈이 어딨어요, 돈이. 자장면 먹는 것만 해도 감지덕지하지."

"아이고, 우리 언니는 맨날 이래 짠순이로 산다."

"니도 인제 애 낳아봐라. 종율이 니는, 일할 만하나?"

"병원이 원체 크니까 월급 제때 나오고 사람들도 다 점잖고……"

유종율은 짬뽕 국물을 들이켠 뒤 땀을 한번 훔쳤다. 대학 욕심을 진작 접은 그는 사실상 제대하자마자 간호조무사로 침례병원에 취직했다. 거의 병적인 독실함, 꽉 막혔다 싶을 만큼 꼼꼼한 성격, 도덕에 대한 강박을 고려하면 안성맞춤인

직업이었다. 최근 들어 교회에도 열심히 나갔다.

"집에서 좀 멀어도 지하철도 곧 개통되고……"

"하긴 산복도로 있는 데가 방 값도 싸고 살기도 편하지."

"공판장 일은 또 언제 시작해요?"

손명석이 김준호에게 물었다.

"다음 주부터 아이가."

"형부, 많이 힘들지요?"

유정이가 안쓰러운 듯 형부를 바라봤다.

"배운 거 없는 놈이 일을 가리면 쓰나. 뭐든지 시켜주면 고마운 거지."

그날 밤에도 연수는 밥상 앞에 앉아 열심히 일기를 썼다. 깍두기 칸이 채워진 다음에는 도루코 칼로 연필을 깎아놓고 책가방도 미리 챙겨놓았다.

낮에 아이들은 엄마와 함께 아빠의 점심 도시락을 들고 공판장에 갔다. 돌아오는 길에는 수영 팔도시장에 들러 저녁 장을 보았다. 엄마는 어느 상인에게서 일감을 얻어왔다. 껍질 벗기지 않은 고구마 줄기, 소금이 덕지덕지 묻은 미역 줄기, 까지 않은 마늘, 흙 묻은 쪽파 등을 마저 손질하는 일이었다. 벌이가 쏠쏠했다. 덕택에 손가락 끝은 소금 독이 올라 가뭄철 논바닥처럼 쩍쩍 갈라지고 손가락 마디는 대나무 마디처럼 굵어졌다. 기미는 나날이 짙어졌고 양배추처럼 볶아놓은 머리카락은 윤기 하나 없이 푸석푸석했다.

팔도시장 근처에는 수영공원이 있었다. 자매는 북적대는 시장을 빠져나가 두툼한 석조 아치 밑으로 들어갔다. '정원'이라는 말이 연상되는 공원이 나왔다. 잘 손질된 나무 사이로 벤치도 많았다. 그 아래, 넓은 분지 같은 마당에는 예스러운 집 한 채가 서 있었다. 그곳에서는 곧잘 놀이판이 벌어지고 꽹과리, 북, 장구 소리가 울려 퍼졌다. 그런 공연을 지켜보는 사람들은 나이 든 어른들, 그리고 겁이라곤 조금도 없는 비둘기 떼뿐이었다. 공원을 다녀온 자매 앞으로 엄마가 만든 카스텔라가 나왔다. 아이들이 제일 좋아하는 음식이었다. 그다음으로 맛있는 것은 막 지어 찰기가 흐르는 김 서린 쌀밥에 양념간장과 마가린을 한 숟가락 넣고 비빈 밥이었다. 달걀을 하나 부쳐 얹어주면 금상첨화였다.

어느 날 연수가 집에 돌아오니 엄마가 웬일로 누워 있었다. 연희 말로는 '수술'을 받고 왔다고 한다.

"엄마, 어디가 아픈데?"

"아프기는…… 엄마가 너거들 두고 아프면 쓰나."

그러고는 곧 잠들었다. 아이들은 보온 기능 없는 밥솥에서 식은밥을 뜬 다음 마가린과 간장을 넣었다. 마가린도 녹지 않고 간장도 잘 스미지 않았다.

유숙이는 말하자면 남편 몰래 불임 수술을 받고 오는 길이었다. 아이들이 클수록 돈은 많이 드는데 최근에는 다시 부부 관계도 잦아졌다. 유숙이는 손윗동서에게 조언을 구했다. 형님 말대로 수술비도 비싸지 않고 과정도 간단했다. 그날 밤이 사실을 알고서 김준호는 공자 왈 맹자 왈 케케묵은 소리에 덧붙여 언성을 높였다. 생기는 대로 열이면 열 다 낳을 생각이었는데, 왜 허튼짓을 했느냐는 거였다. 유숙이는 귀엣말로 남편의 한심한 분노를 가라앉혔다. "대신에 이제는 당신 원하는 만큼 할 테니까 잘됐지, 뭐." 어둠 속이었지만 얼굴도 화끈거렸다. "아이고, 애들 깰라." 이런 숙덕거림과 이상야릇한 소리가 이불 밑으로 새어 나왔다. 그런데도 유숙이는 아줌마들끼리 이런 쪽으로 말이 나오면 너스레를 떨었다. "단칸방에 애들이 셋이라 우리는 부부가 뭔지도 모르고 살아요."

슬레이트 지붕 집에 이사 온 뒤로 연수는 새 놀이터가 생겼다. 망미동에 있는 정은이네 외갓집이었다. 정은이는 김준덕의 두번째 부인이 첫 결혼에서 낳은 딸이었다. 자기 딸은 친정에 맡겨두고 대신 남의 두 아들을 키우는 그녀는 토요일 오후에 딸을 보러 왔다. 그사이 태어난 막내딸은 형우와 동갑인데 개명골댁이 돌봐주었다. 정은이는 연수보다 한 살 어렸다. 김준호 내외는 연수가 '점잖은 집'에서 '좋은 것'을 많이 보고 듣도록 틈틈이 보냈고, 그 집에서는 정은이가 새 사촌과 친해지도록 연수의 방문을 반겼다.

집에서 한참 걸어가면 컴컴한 굴다리가 나왔다. 그 밑을 지나 한참 더 가면 넓고 큰 검은색 대문이 나왔다. 초인종을 누르면 대문이 저절로 열렸다. 넓게 펼쳐진 잔디밭 한가운데로 좁다란 오솔길이 나 있었다. 잔디밭에는 사시사철 그네가 있었고 여름이면 풀장을 깔기도 했다. 2층짜리 집은 무척 컸고 방도 무척 많았다. 정은이네 가족은 주로 1층에 살았고 2층 방들은 친척들이 올 때 내주었다. 한마디로 전래동화 속 기와집, 아니, 세계 명작 동화 속 궁전이었다. 그 집에는 이런 동화책도 넘쳐났다. 책이란 이런 부잣집에만 있는 물건임이 분명했다. 사람들도 다 훌륭했다. 할아버지는 자주 볼 수 없었지만 볼 때마다 점잖은 양복 차림이었다. 큰엄마의 여동생은 고등학교 미술 선생님이어서 집 안에 화실이 따로 있었다. 그 안에는 이젤과 캔버스, 각종 물감과 붓이 가득했다. 항상 바르고 고운 말만 쓰고 품행이 방정하고 친절한, 한마디로 교과서 삽화 속의 인물이었다. 큰엄마의 두 남동생은 모두 서울대를 나왔고 서울에 살았다. 부산에 내려올 때는 예쁜 숙모들이 딸려 있었다. 한 숙모는 키가 크고 늘씬했고 다른 숙모는 키가 작고 날씬했다. 둘 다 정말이지 동화 속의 예쁘고 착한 아줌마였다.

"연수도 좀 먹어볼래?"

큰숙모가 내민 건 사발면이었다. 뜨거운 물만 부으면 된다니, 연수는 탄복했다.

"이것도 좀 먹어봐."

작은 숙모가 권한 구운 프랑크소시지, 주황색 치즈 조각에는 인상을 썼다.

"연수 언니는 이거 못 먹는다. 소시지는 느끼하고 치즈는 비누 냄새가 난대."

옆에서 정은이가 종알거렸다.

숙모들을 잠시 두고 외할머니는 정은이와 연수를 데리고 상가에 갔다. 정은이의 외할머니는 자그마하고 통통한 체구에 항상 웃는 얼굴로 연수를 대해주었다. 선물도 정은이뿐만 아니라 연수에게도 사주었다. 목에서 어깨로 비스듬히 멜 수 있는, 노란색 바탕에 파란색 집과 초록색 나무가 덧대진 천 가방, 색칠공부 책에 나오는 핸드백이었다.

다음 날 오후가 되자 큰엄마가 왔다. 짧고 윤이 나는 단발머리에 화장이 화려하지는 않되 어딘가 정돈된 얼굴, 무릎이 보이는 치마에 새카만 롱부츠를 신고 있었다. 엄마와 동갑임에도 완전히 딴 세상 사람이라는 건 금방 보였다. 부산에서 태어나 이화여대 나온 교수와 거창에서 태어나 국민학교만 간신히 졸업한 까막눈 아줌마. 이건 거의 사람과 동물의 차이라고 연수는 생각했다. 집 안으로 들어서는 순간 큰엄마의 눈에는 정은이만 보이는 것 같았다. 다소 늦은 점심을 먹는 내내 정은이 옆에 붙어 앉아 밥을 떠먹이고, 명절이 아니면 구경할 수도 없는 조기의 살을 일일이 발라내 입안에 넣어주었다. 연수의 눈에는 무척 낯선 풍경이었다. 엄마가 없을 때는 친구들도 그냥 보낼 만큼 연수를 좋아하던 정은이도 아이다운 직설 화법으로 사촌을 내쫓았다.

"우리 엄마 왔으니까 언니 니 이제 그만 가라."

연수는 정은이 외할머니의 배웅을 받으며 검은색 대문을 나왔다. 그리고 하얀 시멘트 길을 걸어 컴컴한 굴다리를 지나 슬레이트 지붕 집으로 돌아왔다. 불과 삼십 분 남짓한 시간에 세계가 '왕자'에서 '거지'로 바뀌었다.

종합선물세트

　저녁상에는 큼직한 돼지고기 살코기가 가득한 김치찌개가 올라왔다. 조갯살 미역국에 고등어 구이도 있었다. 스물다섯을 훌쩍 넘긴 노총각이 선물 꾸러미를 들고 나타났다. 아이들은 벌 떼같이 달려들어 선물을 낚아챘다. 새우깡, 빼빼로, 초코파이, 사루비아, 사브레 등이 골고루, 예쁘게 들어간 종합선물세트였다.

　"연희 생일 선물이지만, 언니랑 동생이랑 나눠 먹을 줄 알제?"

　"어."

　연희는 먹보였던 만큼이나 인정 많은 아이로 자라고 있었다. 그 때문인지 딱히 욕심을 내지 않아도 꼭 어디선가 먹을 것이 생겼다. 연수는 칼을 가져와 포장지를 예쁘게 뜯어낸 다음 열심히 가위질, 종이접기, 풀칠하기 등을 하며 교과서에 표지를 입혔다.

　"언니야, 나도 해도!"

연희는 새우깡 봉지를 품에 안은 채 자기 책을 들고 왔다. 말이 자기 책이지, 연수의 작년 교과서였다.

"니 학교 들어가면 언니가 이렇게 입혀줄 테니까 기다려라."

연수의 표정은 진지하다 못해 준엄하고 비장했다. 유종율은 가방 안에서 조그만 종이 상자를 꺼냈다. 굴뚝까지 달린 기차 모양의 연필깎이였다.

"종율아, 니가 돈이 있다고 이런 것까지 샀노? 이거는 또 얼마짜리고?"

유숙이가 눈이 휘둥그레졌다. 이렇게 헤픈 남동생이 진심으로 걱정되었다.

"엄마, 이거 비싸다. 플라스틱도 아니고 철이잖아. 애들이 일부러 학교에 들고 와서 자랑한다."

연수는 곧장 필통을 가져와 구멍에다 연필을 끼웠다. 손잡이를 돌릴 때마다 왠지 기차 소리가 나는 것만 같았다.

"참 세상 좋다. 하긴 세상이 아니라 돈이 좋지. 연수야, 니 그래 깎는 건 또 어디서 배웠노?"

유숙이는 딸내미가 신통방통했다. 김준호는 괜히 또 입을 실룩거렸다. 피아노 학원 일이 생각났다. 지난달에 연수가 피아노 학원 보내주면 안 되냐고 물었다. 곤혹스러워진 김준호는 유숙이에게 일을 떠넘겼다. 유숙이는 딸내미를 앉혀놓고 먹고사는 것도 힘든데 학원비까지 어디서 마련하겠냐며 거의 애원조로 타일렀다. 여느 때와 달리 연수는 토를 달지도, 질문을 던지지도 않고 얌전히 듣고만 있었다. 그 뒤로 연수는 뭘 사달라고 하는 일이 없었다. 예쁜 학용품이나 옷, 장신구, 인형에 관해 나이에 맞지 않을 만큼 무관심한 척했다.

"삼촌아, 내가 이다음에 크면 돈 많이 벌어서 꼭 다 갚아줄게."

연수는 다 깎은 연필을 필통 안에 챙겨 넣으며 말했다.

"연수야, 이건 외삼촌이 니한테 주는 선물이니까 갚아주고 말고 하는 게 아니다. 알겠나?"

유종율이 예의 그 훈계를 시작했다.

"세상에 돈 벌기 쉽나, 어디. 남한테 돈 쓰기는 더더욱 어려운 법이다."

연수는 어른들한테서 주워들은 말들을 반복하며 고개도 한번 주억거렸다. 그때 형우가 문 옆에 놓인 요강 위에 떡하니 앉았다.

"엄마가 서서 누라고 몇 번을 말했노?"

"누나들도 다 이래 누던데?"

"누나들은 여자니까 그렇고, 니는 남자잖아."

형우는 시무룩한 표정을 지었다. 앉아서 누는 것이 더 편한데 말이다.

"날도 더워지는데 요강을 아직 이래 뒀소?"

"변소 왔다 갔다 하기 귀찮아서."

유숙이는 유종율을 배웅할 때 요강을 버린 다음 아예 부엌 한구석으로 치워버렸다.

기름진 고기에 종합선물세트의 절반 이상을 바닥낸 탓인지 연수는 밤에 잠을 설쳤다. 처음에는 배꼽 주변으로 배가 아프더니 통증이 점점 더 아래쪽으로 내려갔다. 절박한 신호가 왔다. 연수는 벌떡 일어나 방문을 열고 부엌으로 나갔다. 아무리 급해도 부엌의 수챗구멍은 아니었다. 연수는 숨을 크게 들이쉬고 아랫배를 움켜쥐고 현관문을 열었다. 화장실까지는 십 초, 아니 오 초만 뛰면 됐다. 그 길이 지금은 어찌나 먼지, 서너 발짝을 내딛기가 무섭게 그만 주저앉고 말았다. 옷을 내릴 여유가 있어서 그나마 다행이었다.

다음 날 아침 연수는 아줌마들의 시끌벅적한 말소리를 들으며 잠에서 깼다.

"연수 엄마, 도둑이 들었나 봐. 도둑놈이 훔쳐 갈 거 없으면 똥만 싸지르고 간다잖아."

"그놈도 병신 쪼다네요. 이런 집구석에 훔쳐 갈 게 뭐 있다고……"

유숙이는 부엌에서 물 한 통을 받아 나갔다. 연수는 슬그머니 일어나서 밖으로 나갔다. 간밤의 일이 악몽이 아니라 실제였음을 만천하에 폭로하듯 싯누렇고 질척한 똥 덩어리가 대문과 화장실과 연수네 집 사이에 덩그러니 놓여 있었다. 이제라도 말할까. 하지만 너무 부끄러웠다.

"화장실이 코앞인데, 그놈도 어지간히 급했던 모양이네. 소똥처럼 푹 퍼진 것이 배탈이 났나."

옆집 아줌마는 낄낄댔고, 유숙이는 액땜했다며 청소에 열을 올렸다.

"단돈 천 원에 사람을 죽인다더만, 부산은 참 무서운 곳이네요."

"에이, 연수 엄마도 참. 어쨌든 앞으로는 대문을 꼭 잠가야겠어."

아침밥을 먹는 동안에도 유숙이는 계속 '액땜' 타령을 했다.

"도둑은 무슨, 술 취한 사람이겠지."

김준호는 옆집 아줌마와 비슷한 의견을 내놓고 웃어넘겼다. 그래도 이참에 아이들, 특히 나날이 여자가 되어가는 두 딸에게 주의를 주는 건 잊지 않았다.

"외진 골목으로 다니지 말고, 모르는 사람이 말 걸면 절대 대답하지 말고, 알았제?"

"아빠, 그거랑 도둑이 똥 싸놓고 도망간 거랑 무슨 상관인데?"

연희가 입에 밥을 가득 넣은 채 물었다.

"그냥 매사에 조심해야 한다는 기다. 원래 사람이 제일 무서운 거니까."

"치이, 세상에는 좋은 사람만 있다면서?"

"그래, 그래, 연수 니 말이 맞다."

김준호는 딸내미들의 질문 공세에 손을 내저었다. 그동안에도 연수는 이실직고할 순간을 놓쳤다.

*

물러터지고 군데군데가 뭉그러진 복숭아들을 제쳐두고 엄마는 고구마 줄기를 까고 있었다.

"이따가 정이 오면 설탕에 졸일라고. 아이고, 내 팔자야."

팔자타령 하는 것이 영 좋지 않았다. 방 안으로 가보니 사태가 파악되었다. 형우는 훌쩍대고 연희는 달래는 시늉을 하고 있었다. 남동생 대신 입을 연 건 여동생이었다.

"철민이가 야구공을 샀거든? 그거 갖고 놀다가 형우가 저쪽 벽돌집 안방 유리창을 깼단다."

"잘한다, 잘해. 그래서 얼마나 물어줬는데, 엄마?"

이번에도 대답은 연희가 했다.

"돈도 안 물어줘도 된다고 했대. 근데 엄마는 기분이 왜 이래?"

유숙이는 아까 일로 기가 푹 죽어 있었다. 형우와 친구들이 달려왔을 때는 간이 철렁했다. 고상한 무늬가 들어간 반투명 유리창, 무척 비쌀 것이었다. 어차피 돈이 나갈 터, 미리부터 괜히 자존심을 구길 필요도 없다 싶었다. 그 집 바깥양반이

의사라는 건 온 동네가 다 알았다. 마음을 단단히 먹고 찾아 간 유숙이를 맞이한 것은 젊고 예쁜 여자의 친절한 표정, 그리고 냉장고에서 막 꺼낸, 묵직할 정도로 진한 '델몬트' 오렌지 주스 한 잔이었다. 넓은 마루는 곳곳이 거울처럼 깨끗하고 윤이 났다. 그 집 밖을 나설 때는 저도 모르게 "고맙습니다"를 연발했다. 문밖에서는 연희가 형우를 붙들고 있었다. 대문 앞까지 배웅 나온 안주인은 형우의 머리를 쓰다듬어주었다. "앞으로는 얌전하게 놀아야지, 엄마가 걱정하시잖니." 돌아서는 길에 연희는 한마디 덧붙였다. "엄마, 예쁜 아줌마는 말도 참 예쁘게 한다, 그자?"

연수는 엄마의 기분이 이해되어, 괜히 씩씩댔다. 매일 하루에 한 번씩은 꼭 사고를 치는 형우도 미웠다. 오죽하면 두 딸을 키우면서 매 한 번 든 적이 없는 김준호가 형우를 위해 특별히 회초리를 만들 정도였다.

"엄마, 돈 물어준다고 하지, 엉? 더럽고 치사해서!"

"언니 니는 왜 그리 날뛰노?"

"몰라! 김형우, 한 번만 더 사고 치면, 누나가 가만히 안 둔다!"

"언니야, 형우한테 그만 좀 해라. 안 그래도 엄마한테 야단 많이 맞았는데."

연희는 예민한 언니와 사고뭉치 남동생 사이에서 중재자 역할을 톡톡히 했다. 연수도 겸연쩍은 마음이 들었다.

"엄마 이거 갖다 주고 올 테니까 동생 잘 보고 있어라. 정이 이모 온다니까 어디 가지 말고."

유숙이는 연둣빛 속살이 드러난 고구마 줄기 소쿠리를 머리에 이고 밖으로 나갔다.

숙제를 다 한 연수는 동생 둘을 데리고 집을 나왔다. 형우는 그사이에 딱지 뭉치를 냉큼 챙겼다. 대문 옆에서 자매는 공기놀이 판을 벌였고 막내는 혼자 딱지를 때려가며 놀았다.

"연수야, 연희야!"

엄마와 정이 이모가 함께 대문 쪽으로 걸어오고 있었다.

자매는 환하게 웃고 엉덩이에 묻은 흙을 탈탈 털며 자리에서 일어났다.

"형우는? 방에서 자나?"

유숙이가 물었다. 그제야 딸내미들은 정신이 번쩍 들었다.

"어, 여기서 딱지 치고 놀았는데……"

연수는 얼굴이 벌겋게 달아오르고 눈물마저 핑 돌았다. 일단은 연희의 손을 잡고 내달리기 시작했다. 본능적으로 잡은 방향은 팔도시장, 그리고 수영공원 쪽이었다. 유숙이는 정이에게 복숭아를 맡겨두고 딸내미들과 반대 방향으로 달렸다. 그러나 양쪽 모두 한 시간 가까이 집 근처를 뛰어다니고도 형우를 찾지 못했다. 연수와 연희는 목 놓아 울었고 유숙이도 홧김에 마구잡이로 욕설을 퍼부었다. 남은 건 파출소밖에 없었다.

그 시각, 김준호는 좀 늦은 점심을 먹고 등물이라도 끼얹으려고 공판장에서 집으로 가던 중이었다. 팔도시장 어귀로 들어서자 유숙이에게 일감을 떼주던 채소 가게 아줌마가 그를 불러 세웠다.

"연수 아빠, 파출소 앞에서 사내애 하나가 울고 있다던데, 또 그 집 막내 아닌가 싶어요."

두 내외가 서로 다른 방향에서 헐레벌떡 파출소로 달려왔다. 그곳에는 정말로 형우가 있었고 손에는 새우깡 봉지가 들려 있었다. 아이 울음소리에 경찰 한 명이 밖으로 나왔다.

"요 녀석 참, 말 안 듣네. 이 안에서 얌전하게 있으라고 했지? 부모님 되십니까? 반 시간쯤 전에 어떤 사람이 데리고 왔어요. 새우깡도 한 봉지 사줬더라고요."

집에 와보니 정이가 복숭아를 설탕물에 졸이고 있었다.

"전화번호라도 써서 목에 걸어주든가, 언니야. 옆집에도 전화 없나?"

정이의 물음에 유숙이는 한숨을 내쉬었다.

"이 집 꼴을 봐라. 전화는 무슨. 냉장고 있는 집도 없는데."

아이들은 복숭아 절임을 먹느라 밥은 먹는 둥 마는 둥 했다.

아직 생일도 지나지 않은 네 살 꼬마 형우의 모험은 이제야 비로소 시작이었다. 이후에도 형우는 번번이 실종됐고 그때마다 누나들은 죄인이 되었고 집안이 발칵 뒤집혔다. 그래도 친구 집이나 이웃 동네의 골목이나 대형 슈퍼마켓 안이나 아무튼 어디선가는 꼭 발견되었다. 학교 들어간 다음에는 오락실이나 만화방이 주된 활동 무대였다. 이미 미아가 될 수 없는 나이가 됐을 때는 실종이 아니라 가출을 감행할 태세였다.

김준호의 환멸과 좌절

　방학을 맞아 부산에 온 유득이는 두 언니 집에 번갈아 묵었
다. 아무래도 신혼인 작은언니보다야 조카도 셋이나 되는 큰
언니 집이 편했다. 연수의 『탐구생활』을 도와준다는 명분도
있었다. 김준호는 처제도 내려온 김에 소위 피서 계획을 세웠
다. 유숙이는 '그런 데'는 발만 들여놔도 '돈 지랄'을 해야 한
다며 손사래를 쳤다. 다들 수영을 못하니 수영복이나 튜브도
살 필요 없었다. 8월 중순이라 그래도 사람보다는 모래가 많
았지만, 유숙이는 이 넓은 데서 형우가 어디 도망이라도 갈까
싶어 손을 놓지 못했다. 연수와 연희는 부산에 이런 곳도 있
다며 연신 감탄을 내질렀다. 자매는 사촌들한테 물려받은 꽃
무늬 원피스를 곱게 차려입고 레이스가 달린 하얀 커버 양말
로 멋을 냈다.
　"자형, 사진이라도 한 장 찍어요."
　"카메라도 없는데 사진은 무슨 사진이고?"
　"언니도 참. 저 사람들이 다 즉석 사진 찍는 거잖아."

"즉석 사진? 그거는 또 얼마짜리고?"

김준호는 유숙이가 만류할 틈도 없이 사진사를 불렀고 가족들은 근처에 늘어선 횟집을 배경으로 쭉 섰다. 김준호는 형우를 번쩍 들어 올렸다. 깡똥한 반바지를 입혀놓아 삭정이처럼 마른 새카만 다리가 훤히 드러났다. 그 옆으론 유정이 부부가 팔짱을 끼고 섰다. 유득이와 아이들은 앞 열에 나란히 섰다. 셔터가 눌리는 순간에도 유숙이만은 입을 삐죽거리며 못마땅한 심사를 감추지 않았다. 그래도 남편이라고 김준호의 팔을 살짝 잡고 있었다.

"언니야, 저거 봐봐, 사진이 바로 나온다!"

정말로 사진이 사진기 위로 혓바닥처럼 쑥 내밀어지며 올라왔다.

"형, 평상 하나 빌려요."

손명석이 웃으며 말하자 유숙이가 대뜸 찬물을 끼얹었다.

"앉을 데 천지인데 평상은 무슨 호강을 한다고?"

"누나, 원래 이런 데 오면 좀 편하게 쉬는 기요."

유종율까지 추임새를 넣는 바람에 해운대 백사장에 빼곡히 들어찬 평상 하나를 빌렸다. 넓은 바다가 한눈에 들어오고 간간이 부는 바람도 시원했다. 김준호와 손명석은 웃통을 벗고 바짓자락을 걷어 올린 뒤 바닷물 속에 뛰어들었다. 형우도 곧 뒤를 따랐다. 오직 유종율만 장소에 맞지 않는 와이셔츠 차림에 점잖게 양반다리를 하고 있었다.

"엄마, 우리도 갔다 오면 안 되나?"

"가시나들이 어딜 가노."

"저기도 가시나들 많은데, 그자, 언니야?"

"쟤들은 다 수영복 입고 있잖아."

"엄마, 그럼 우리도 수영복 사도. 튜브도!"

"아이고, 연희야, 집에 돈이 남아도나, 어데?"

유숙이는 평상에 걸터앉아 하품했다. 시무룩해진 연희는 그러나, 아이스크림을 보자 금세 표정이 환해졌다.

"엄마, 하드 사 먹자."

"여기 물 있잖아. 얼음이 안 녹아서 얼마나 시원하노?"

유숙이는 정이가 냉동실에서 얼려온 물병을 내밀었다.

연희는 금방 울음이라도 터뜨릴 기세였다. 튜브도 안 된다, 아이스크림도 안 된다, 전부 다 안 됐다. 척 봐도 가난뱅이 고등학생인 득이 이모는 제쳐두고 정이 이모와 종율이 외삼촌한테 매달렸다.

"이모야, 삼촌아, 나 하드 하나만 사도. 언니도 먹고 싶제?"

연수는 아까부터 계속 엄마 눈치만 보고 있었다. 연희한테 슬쩍 눈치를 주었지만, 아이스크림에 눈이 먼 연희는 이런 건 안중에도 없었다. 외삼촌이 아이스크림 장수를 불러 세웠을 때는 신이 났다. 졸지에 죠스바, 바밤바, 브라보콘, 심지어 쭈쭈바까지 평상 위로 쏟아졌다. 아이스크림 파티가 끝난 다음에는 집에서 싸 온 수박을 잘랐다. 그때 김준호가 바닷물을 묻힌 채 형우를 목말 태우고 나타났다. 손명석도 몸에서 물이 뚝뚝 떨어졌다. 이 둘은 이종사촌에서 동서지간이 된 다음부터 어째 죽이 더 잘 맞았다.

"형부들, 샤워장 저기 있어요."

유득이가 말을 꺼내자마자 유숙이가 기다렸다는 듯 가방에서 수건을 꺼냈다.

"자! 대충 닦고 집에 가서 씻어요."

"회 한 접시에 소주 한잔 딱 걸치면 금상첨화겠다."

"그럴 거면, 형, 차라리 광안리로 갈 걸 그랬어요."

손명석의 말을 유정이가 얼른 받았다. 임신 중기로 접어든 유정이는 생쌀과 생고구마만 먹던 입덧이 끝나서 살 것 같았다.

"여기라고 회 없나, 어디. 가서 소주나 한 서너 병 사 와라."

김준호는 손명석에게 만 원짜리 한 장을 내밀었고, 유숙이는 눈에 쌍심지를 켰다.

"명석아, 가서 딱 한 병만 사 와라. 애들도 있는데, 빨리 집에 가야제."

"참나, 이런 데까지 와서 이래 싸워야겠소? 명석이가 알아서 적당히 사 와라."

하지만 유종율의 '적당'이 손명석에겐 네 병이었다. 술이라면 손명석도 둘째가라면 서러워할 위인이었다. 멍게, 해삼은 물론 광어, 우럭, 붕장어까지 두 접시나 포장해 온 것을 보니

만 원으론 어림도 없어 보였다. 부잣집의 외동아들로 곱게 자란 손명석이 마른 멸치나 새우깡으로 만족할 리 없었다.

아이들 셋을 옆에 두고 술판이 벌어졌다. 연희는 처음 보는 물컹물컹한 음식에 곧 맛을 들였다. 형우는 연수처럼 입이 까다로운 편이어서 계속 수박만 씹었다. 연수는 소주병이 등장한 순간부터 오늘의 이 가족 회동이 어떻게 끝날지 가슴을 졸였다.

"처제도 한잔할래?"

손명석이 유득이에게 소주잔을 들이밀자 유종율이 펄쩍 뛰었다.

"어이, 이 사람이 고등학생한테 술은 무슨 술이고."

유종율은 술을 절대 입에 대지 않는, 이 집안에서 정말 특이한 종자였다. 유득이는 작은오빠의 눈치를 살살 살피며 어떻게든 한 모금 마셔보려고 기회를 엿보았다.

"막걸리를 사 왔으면 나도 오랜만에 한잔하고 싶은데……"

유숙이는 아쉬워하며 날름날름 회만 집어 먹었다. 역시 비싼 것이 맛있었다. 그 와중에도 김준호와 손명석은 열심히 술잔을 비웠다. 소주 네 병이 바닥나자 김준호가 더 사 오겠다며 일어났다. 화기애애하던 분위기가 금세 살벌해졌다. 부부 사이에는 이내 폭언이 오갔고 옆에서는 그들의 화를 가라앉히려고 애썼다. 주변 사람들조차 힐끔힐끔 쳐다보았다.

"내가 술을 아주 못 먹게 하나, 엉? 사람이 정도가 있어야 할 거 아니가, 정도가!"

유숙이는 이어 차마 입에 담기 민망한 육두문자까지 거침
없이 내뱉었다.

"애들 앞에서 그 말버릇이 뭐고, 엉? 못 배운 거 티 내나?"

"아이고, 그러는 당신은 뭐 그리 잘났노?"

유숙이의 욕설이 계속되자 급기야 김준호의 손이 올라갔
다. 유종율이 적시에 잡았기에 망정이지 곧장 유숙이의 머리
나 얼굴에 떨어질 뻔했다. 김준호는 못 이기는 척 팔을 내렸
다. 처제 둘과 처남까지 있으니 창피하기도 했다.

해운대의 추태는 다음과 같이 끝났다. 술에 전 김준호는 혼
자 집에 갔다. 마누라의 부아를 돋우기로 작정했는지, 심지어
택시를 타버렸다. 다음 날 화해한 뒤에도 유숙이는 이 택시비
문제로 몇 날 며칠 바가지를 긁었다. 아무리 성질이 나도 유
분수지, 사지육신 멀쩡한 사내놈이 태평양처럼 너른 버스 놔
두고 택시라니, 그것도 해운대에서 수영까지! 김준호가 훌쩍
떠난 다음 남은 식구들은 우르르 제각기 버스를 탔다. 버스
안에서는 아이들이 속을 썩였다. 연수는 물론 형우까지 멀미
의 연속이었고 하드를 연거푸 세 개나 먹어치우고 수박과 회
까지 잔뜩 먹은 연희는 배가 아프다고 칭얼댔다. 유숙이는 남
편 없이 애 셋을 혼자 키우는 여자로서, 승객들의 핀잔과 연
민이 섞인 따가운 눈총을 한 시간 가까이 견뎌야 했다. 마침

내 버스에서 내려 아들을 등에 업고 두 딸을 걸려 슬레이트 지붕 밑으로 들어왔더니, 서방이란 놈이 방 안에 대자로 뻗어 있었다.

"아이고, 살판났네, 살판났어! 어느 년은 팔자가 더러워서 개고생이고, 어느 놈은 저래 상팔자다!"

남편의 다리를 발로 툭툭 쳐도 반응이 없었다. 코 고는 소리만 더 커졌다. 방문 옆에 빈 소주병이 두 개나 있었다. 분기탱천한 유숙이가 악다구니를 쓰며 이빨로 남편 팔을 콱 깨물었지만 남편은 팔만 한 번 휘두를 뿐이었다.

"아이고, 이놈의 화상아! 저거 아비 술 처먹고 다리에서 떨어져 죽었는데, 아직도 정신을 못 차리나! 아버지 술 퍼, 오빠도 술 퍼, 남편도 이 모양, 엉성스러워라! 너거들도 후제 커서 엄마 속 이래 썩일 거면 고마 지금 팍 죽어라."

아이들 셋은 너나 할 것이 없이 엉엉 울었다. 생지옥이 따로 없었다. 이부자리는 언제 깔렸는지, 아이들은 세수도 안 하고 잠자리에 들었다. 연수는 잠들기 직전에, 아빠가 소주를 더 마셔서 다행이라고 생각했다. 애매하게 취했으면 엄마 머리채를 움켜쥐거나 뭔가 물건 하나는 날렸을 테니 말이다. "엄마 도망가면 우리도 상일이 오빠 집처럼 되나, 언니야?" 연희는 또 이런 말을 하며 울먹였을 것이다. 새벽녘 잠결에 아빠가 부엌에서 웩웩거리는 소리가 들렸다.

*

    공판장 일을 때려치운 날, 김준호는 변동길을 찾아갔다. 형우의 생일이기도 한 11월 11일, 달동네의 저녁 공기는 싸늘하기만 했다. 변동길은 여전히 기찻길 옆 야트막한 시멘트 집에 살았다. 고제 시절이나 지금이나 변동길은 김준호의 유일무이한 친구였다. 어릴 적부터 유달리 숫기가 없고 마냥 착하기만 한 소년이었다. 머슴과 무당의 아들로 태어나 열 살도 되기 전에 제 아비처럼 머슴 생활을 시작했고 그때부터 등이 굽었다. 그래도 절대 남의 것 공짜로 먹는 법 없고 남한테 싫은 소리 한 번 한 적 없었다. 그런 친구가 어떻게 그 착한 마누라를 그렇게 모질게 내쳤는지, 난봉꾼 기질이 있는 것도 아닌데 왜 그리 계집질을 일삼았는지 김준호는 항상 의아스러웠다. 변동길은 다리 골절 사고를 당한 뒤에도 물론 공사판을 전전했다. 고제 골짜기든, 부산 달동네든 그의 등은 영원히 지게로부터 자유로울 수 없는 운명이었다. 오뉴월에 피죽 한 그릇도 못 얻어먹은 것처럼 바싹 여윈 몸으로 죽도록 일해도 그 돈의 절반 이상이 술값으로 날아갔다. 나머지 절반이 생활비였는데, 이제는 약값이 대부분을 차지했다. 아비가 명실상부한 폐병쟁이가 되는 바람에 열 살짜리 상일이는 동생 둘을 거느린 소년 가장이 되었다.

    "이게 다 뭐고?"

"뭐 김치랑 밑반찬 그런 거 아니겠나. 나는 보지도 않았다."

변동길은 유숙이가 보낸 반찬 꾸러미를 딸내미에게 건넸다. 딸내미는 반찬 꾸러미를 부엌으로 가져갔다. 이목구비는 밉지 않은데 어딘가 쭈뼛쭈뼛, 느릿느릿 동작이 굼뜨고 손놀림이 둔하고 마냥 순해 빠진 것이 제 어미와 똑같았다. 아버지를 닮아 제 오빠처럼 새까만 곱슬머리에 체격도 왜소했다. 다섯 살짜리 막내딸도 마찬가지였다. 끼니조차 제대로 못 때워 바싹 말랐고 귀여움을 받아보지 못해 낯선 얼굴을 보면 곧바로 주눅이 들었다. 한마디로, 식구들이 통째로 이 게딱지 집과 똑같은 모습이었다. 시멘트 벽을 장식한 시뻘건 갈색 녹물처럼, 군데군데 쳐진 거미줄과 갈라진 틈새처럼 엄마 없는 아이들도, 여편네 없는 남정네도 참 딱했다. 시커멓고 지저분한 부엌에서는 귀신이라도 튀어나올 것 같았다. 방 안은 더했다. 손수건만 한 창문으로 잠깐 햇빛이 들어와도 폐병쟁이 환자와 고아 같은 아이들을 데워주기에는 역부족이었다. 김준호가 방 안으로 들어서자 두 딸은 구석으로 가서 낡아빠진 담요를 덮고 앉았다. 그나마 이 사람은 '착한 아저씨'라는 막연한 믿음이 있어서인지 무서워하지는 않는 눈치였다.

"어제 공판장 일 고마 때려치웠다."

변동길은 깜짝 놀라는 듯하다가 이내 혀를 끌끌 찼다.

"한심타, 사지육신 멀쩡한 놈이…… 니나 내나 고제 골짜기에 있었으면 좋았을 거를."

이 정도 말도 힘든지 변동길은 바로 마른기침을 해댔다.

"연수 엄마는 죽어도 다시 들어가기 싫단다."

마누라 핑계를 댔지만 김준호의 생각도 그랬다.

"연수 엄마가 거기서 골병들도록 일했제. 정미야, 쪼르륵 가서 소주 한 병만 사 와라."

"니 술 먹어도 되나?"

"얼마나 오래 살 거라고 먹고 싶은 것까지 참겠노."

말린 명태처럼 바싹 마른 여자와 살 때 아이 하나가 더 생겼다. 아이 젖도 안 먹이고 그냥 이불로 덮어놓은 것이 수상쩍다 했더니 다음번에 가보니 숫제 아이 자체가 없어졌다. 그러고 한동안 변동길은 연거푸 며칠간 술을 퍼마셨더랬다. 저 몸으로 계집질은 못할 것 같지만 요즘도 더러 드나드는 눈치였다. 저놈 얼굴이 더 새카매진 것은 폐병보다는 문란한 성생활 탓이 아닌가 싶기도 했다.

토굴 같은 방 안에서 소주 한 병을 다 비운 뒤 두 친구는 밖으로 나갔다. 동네 근처 구멍가게에서 또 소주 한 병을 시켜놓고 고추장에 마른 멸치를 찍어 먹었다.

"실은 다시 거창으로 갈지도 모르겠다."

"어디, 설마 고제 골짜기로?"

"그건 아니고……"

둘 사이에는 한동안 소주잔만 오갔다.

"약은 제대로 먹나?"

"어, 요즘은 요 앞에 보건소도 자주 가고."

말이 절반, 마른기침이 절반이었다. 그냥 감기로도 보였다. 그렇게 15년을 변동길은 기침 속에서 살았다. 기침에 피가 섞여 나오고 심지어 한 주먹씩 뱉어내고도 1, 2년을 더 끌었다. 말이 보건소지 변변찮은 치료 한번 못 받아보고 죽은 셈이었다. 다들 변동길이 폐병으로 죽었다고 했지만, 그냥 골병이었다. 폐병조차 골병이 불러온 것이었다.

변동길을 만나고 돌아가는 김준호의 걸음이 착잡했다. 저 놈보다 내 처지가 좀 더 낫다는 위안을 얻는다면, 웃기다 못해 파렴치한 일이었다. 병색이 짙은 친구의 얼굴과 아이들의 추레한 몰골이 눈에 밟혔다. 집이 가까워질수록 그것은 유숙이와 세 아이의 얼굴로 바뀌었다. 남의 불행이 나의 행복? 참 도긴개긴이었다. 김준호는 배 속에 술을 잔뜩 들이붓고 곧바로 다 토해내도 성이 차지 않을 만큼 갑갑했다. 슬레이트 지붕 아래서는 3년 전 겨울, 수내 마을의 안방에서 오갔던 말들이 거꾸로 반복됐다.

1984년, 다람재

이산가족

가조면을 지나자 읍내 시외버스 터미널이었다. 버스에서 내리자마자 김준호는 딸내미의 '돕바' 깃을 세우고 목도리로 목을 칭칭 감아주었다. 멀미 때문에 연수는 빈사 상태나 다름 없었다. 하지만 몇 걸음을 내딛자마자 곧 원기를 회복하고는 끊임없이 고개를 좌우로 돌렸다. "야, 정말 촌스럽다, 아빠." 딸내미는 벌써 부산 산 티를 냈다. 김준호가 연수와 함께 들어선 시장 골목은 한산했다. 장날마다 찾던 돼지국밥집은 그래도 열려 있었다. 김준호는 살코기가 많은 부분을 골라내어 딸내미의 국그릇에 담아주었다.

"정구지도 좀 먹어라. 이기 얼마나 몸에 좋다고."

"아빠, 정구지가 뭐고, 부추지."

국밥으로 몸을 데웠지만 쌩한 겨울바람에 코끝이 잘려나갈 것 같았다. 읍내 버스는 너나 할 것 없이 먼지를 자욱이 뒤집어쓰고 있었다. 버스 몸체에는 빛바랜 청록색 띠가 촌스럽게 둘려 있었다. 손님들이 다 타길 기다렸다가 느지막하게, 느긋하게 출발하는 모양새도 그랬다. 새카맣게 탄 얼굴이며 무작스럽게 껴입은 낡은 잠바나 보풀투성이 외투 등 사람도 다 추레했다. 아빠도 얼굴빛은 검지만 잘생겨서인지 저들과 비교할 건 아니었다. 부산에서는 흉해 보이던 가죽 재킷도 이 버스 안에서는 최고로 멋있었다.

김준호는 창문을 살짝 열었다. 칼바람에 얼굴이 시렸지만 역겨운 기름 냄새는 사라졌다. 너무 빨리 끝난 아스팔트에 이어 뽀얀 먼지가 이는 신작로가 나왔다. 버스는 운동장이 넓은 학교 옆을 신나게 달렸다. 먼지 자욱한 길의 끄트머리에 표지판 하나가 덩그러니 서 있었다. 벤치 하나 없는 이 버스 정류장이 월화마을, 즉 새마을의 길목이었다. 시멘트까지 발린 긴 신작로의 끝에 플라타너스 한 그루가 큼직하게, 듬직하게 서 있었다. 그 위쪽, 개울을 끼고 오른쪽으로 올라가면 여러 채의 집이 나왔다. 마지막 집이 바로 유득이와 유성율, 그리고 유은율의 장녀 수정이를 위해 따로 얻어놓은 집이었다. 김준호는 연수에게 이 집을 보여준 다음 플라타너스까지 되돌아왔다. 그 아래쪽, 느슨하게 들어선 집 중 세번째 집에 3학년 1반 담임이 살고 있었다.

"얼마 전에 학교로 전화드린 사람입니다. 연수야, 선생님께 인사드려라."

연수는 선생님에게 몸을 숙여 공손하게 인사했다. 부산의 선생님들과 달리 머리가 하얀 할아버지였다.

"김연수라…… 그래. 한 달쯤 쉬다가 2월에 마리국민학교로 나오거라."

그러더니 책 한 권을 펼친 다음 고갯짓을 했다.

"선생님께서 읽어보라고 하시잖아."

옆에서 채근하는 아빠의 목소리가 파르르 떨렸다. 가뜩이나 인중이 짧은 편인 아빠의 윗입술이 코 쪽으로 당겨져 올라갔고 그 때문에 큰 앞니가 도드라졌다. 큰 눈은 더 커지고 양미간에 힘도 잔뜩 들어갔다. 할아버지 선생님이 펴준 면을 읽어갔다. 한 바닥도 다 읽지 않았는데, 그만하라고 했다.

"글을 잘 읽네요. 그럼 얘는 쭉 부산에서 학교를 다녔소?"

"예. 원래는 저도 여기 읍내에서 태어났는데, 어쩌다 보니 부산으로 안 내려갔습니까. 제가 직장을 옮기는 바람에 전학도 벌써 두 번이나……"

김준호는 딸내미의 위업에 너무 뿌듯한 나머지, 묻지도 않은 말을 늘어놓았다. 특히 거창 읍내 출신임을 밝히는 건 행여 동향이라는 걸 이용하여 애를 잘 부탁한다는 뜻으로 들리지 않았을까 염려되었다. 전학 얘기도 전혀 할 필요가 없었다. 김준호는 괜히 혼자 얼굴을 붉혔다.

"원래 사람 일이 뜻대로 잘 안 되는 기라오."

선생님의 배웅을 받으며 마당을 나오는데, 뒤에서 까무잡잡한 남자애 하나가 고개를 삐죽이 내밀었다.

새마을을 지나자 속절없이 꼬불꼬불 꼬인 산길이 시작됐다. 처음에는 논과 밭도 더러 보였지만 이내 인적 하나 없는 깊은 산속이었다. 연수는 온몸을 잔뜩 움츠리고 이를 갈면서 아빠 손에 붙들려 종종걸음을 쳤다.

"연수야, 안 되겠다. 업혀라."

여느 때와 달리 못 이기는 척 아빠 등에 업혀 두 팔로 아빠의 목을 끌어안았다. 오랜만에 올라온 아빠 등은 여전히 높은 곳이었다. 하늘이 가까워져서 손만 뻗으면 닿을 것 같았다. 아빠 등에서는 세상도 한없이 작아졌다. 돌멩이도 마른 풀도 삭정이도 쌀알, 깨알 같았다.

"아빠, 저거, 아카시아제?"

"왜정 때 일본놈들이 저래 심어놓은 기다."

길이 조금 넓어지자 연수는 아빠 등에서 내렸다. 나목이 들어찬 숲이 끝나자 반구가 보였다.

"할매, 고모부 왔어요, 연수 언니랑요!"

그저 조금 큰 점처럼 보이는 여자아이의 외침이 덕유산 가득 울려 퍼졌다. 외사촌 수정이는 연수보다 반년쯤 뒤에 태어났지만 항렬 탓에, 또 학년 차이가 나서 연수를 언니라고 불렀다. 부엌 근처에서 거창에 먼저 올라와 있던 연희와 형우, 엄마가 보였다. 연수는 피로가 싹 달아나는 것을 느꼈다. 다람재에는 어느덧 어스름이 내리고 있었다.

김준호는 겨우내 산골에서 좀 쉴 생각도 있었다. 하지만 사흘도 버티기 힘들었다. 처남한테 산 논에 농사를 짓는다 쳐도 봄을 기다려야 했다. 그동안 사지육신 멀쩡한 남정네가 세월아 네월아 묵은 감자만 축내고 있을 수는 없었다. 다섯 식구 양식도 적잖이 들었다. 김준호는 장인어른에게 얼마간의 돈을 쥐여주고 혼자 다람재를 떠났다.

부산에서는 초량 산복도로 유종율의 집에 얹혀살았다. 근처 사는 유정이가 살림을 좀 봐주었다. 유종율은 침례병원에서도 사람 착실하고 예의 바르기로 유명했다. 그의 하루하루는 고3 수험생보다 천편일률적이고 고리타분했다. 병원과 집과 교회를 오가는 사이에 변변찮은 연애 한 번 못해보고 어느덧 서른이 코앞이었다.

유종율이 출근할 때 김준호도 일단 나가긴 했다. 첫날은 변동길 집이었다. 그다음은 김준우 집이었다. 그는 승진을 거듭하여 해외개발공사 지부장이 되어 있었다. 그러니까 부산 일대의 근로자와 기술자의 취업은 좌지우지할 수 있는 높은 자리라고 김준호는 생각했다. 사우디아라비아 같은 중동 국가에 가면 돈도 많이 벌고 기술도 익힐 수 있다는 소문이 파다했다. 당장은 돈보다 기술이 탐났다. 기술이 있으면 사과 궤짝을 내리거나 벽돌을 나르는 것보다야 나을 것 같았다. 그런데 준우 형님의 답변은 매번 똑같았다. 지금은 자리가 없다, 다음번에는 알아봐주겠다는 것이었다. 낼모레면 난다는 그놈의 자리는 한두 달이 지나도록 나지 않았다. 그사이 준덕 형님을 찾아가 동아대학교에 수위 자리라도 없는지 알아보기도 했다. 어디든 김준호를 위한 자리는 없었다. 세상에 일자리가 이렇게 많은데! 변동길과 함께 '노가다' 판을 돌고 있던 3월, 호박이 덩굴째 굴러들어왔다. 오촌 형님 하나가 서면 근처 부전시장에 조그만 자리를 알아봐준 것이다. 실은 유숙이를 위한 일자리였다. 이만큼 큰 시장의 노점상 자리라니, 가뜩이나 텃세도 심한 곳인데 청과조합건물 바로 앞이라니 유숙이는 그 자리를 넙죽 받아 고이 모셨다.

연수는 시골 학교가 부산과 사뭇 달라 오히려 마음에 들었다. 교실 바닥은 나무판자를 깔아놓았고 교실 한가운데에는 낡았지만 큰 난로가 있었다. 교사 근처에는 우물도 있고 항상 장작이 한 무더기씩 쌓여 있었다. 아이들은 등교하자마자 장작을 날라 난로에 불을 지폈다. 그리고 쉬는 시간마다 난로 위에 가래떡, 고구마, 감자를 구워 먹었다. 선생님은 불이 날지도 모른다며 야단을 쳤다.

"선생님, 억수로 무서우시다……"

연수의 말에 아이들은 깔깔 웃기도 하고 코웃음을 치기도 했다.

"그 할배, 말뿐이다, 왕년에는 장작으로 애들을 팼다지만……"

아닌 게 아니라 세상만사 달관한 분인 양 수업이 끝나기도 전에 짐을 쌌다. 이 행복한 2월은 금방 끝났다. 봄방학을 하자 새마을의 모든 식구가 다시 다람재로 올라갔다.

아이들은 또래 외사촌들과 금방 친해졌다. 연희는 연수와 수정이 사이를 질투했지만, 질투로 치자면 연수도 만만치 않았다. 연희에게는 자기가 유일한 언니였는데 이제는 걸핏하면 수정이한테 붙었다. 다람재 토박이인 수정이는 놀잇감이 많았다. 부엌에서 소꿉놀이를 주도한 것도 수정이였다. 돌멩이 몇 개를 올려놓은 다음 마른 솔잎을 가득 얹었다. 그다음에는 쏜살같이 부엌으로 달려가 성냥갑을 가져왔다.

"갈비에 불 좀 붙여봐, 밥해야지."

그러자 연희가 얼른 성냥불을 탁 켜 솔잎에 붙였다. 건조한 날씨와 찬바람에 힘입어 삽시간에 불길이 확 타올랐다. 불길은 어느새 진짜 부엌과 마당의 삭정이 더미 위로 번졌다. 나비(이건 다른 고양이였지만 이름은 그대로였다)가 꼬리를 잽싸게 흔들며 마당으로 뛰어내린 다음 마루로 기어 올라갔다. 바깥의 소란에 안방 문이 열리고 어른들이 나왔다. 다들 불길을 잡느라 정신이 없었다. 소정댁은 시누이의 어린 딸을 나무랄 수 없어 수정이만 죽도록 두들겨 팼다. "외숙모, 내가 그랬어요!" 연희가 엉엉 울며 말했다.

저녁이 되자 부엌에서는 남폿불이 타올랐다. 여자들은 밥그릇과 수저, 반찬을 두세 차례 쟁반에 담아 안방으로 날랐

다. 반찬이라야 멀겋고 짠 된장국, 김치, 가마솥의 밥 위에 얹
혀 있던 묵은 감자, 소금에 전 자반고등어 한 손이 전부였다.
안방에서는 호롱불이 타올랐다.

"외숙모, 나 밥 많이 주세요!"

연희가 소리치자, 올케 보기 미안한 마음에 유숙이가 얼른
말을 받았다.

"저거는 집을 다 태울 뻔해놓고서 저래 뻔뻔하노? 워낙 먹
보라 어디 가서 굶어 죽지는 않을 기라."

유숙이도 마지막 한 주는 새마을에서 보냈다. 떠나는 날,
마을 어귀에서 오랜 이웃이 말을 걸어왔다.

"숙이 니가 웬일이고? 부산에 산다더만."

"바람 좀 쐬러 왔어요."

"그래? 언제 내려가는고?"

"안 그래도 오늘 가네요."

인사를 하고 돌아서자마자 연수가 물었다.

"엄마, 바람 쐰다는 게 무슨 말이고?"

"그냥 좀 쉰다는 말이다."

연수는 고개를 갸우뚱거렸다. 식구 중 쉬는 사람은 아무도
없었다.

"엄마, 연희랑 형우도 가면 나는 어쩌지?"

"이모도 있고, 수정이도 있고…… 너거 외숙모도 좋은 사

람이고……"

유숙이는 이제 막 4학년이 된 딸내미가 교문 안으로 들어가는 모습을 지켜본 뒤 두 아이를 데리고 버스에 올랐다. 새마을도, 마리국민학교도 거창 안에서는 물이 좋은 축에 들어갔다. 연수는 야무진 아이니까 잘 지낼 거라고 믿었지만, 눈물이 나는 건 어쩔 수 없었다.

부산에 도착한 유숙이는 사업의 꿈을 불태웠다. "옛날에 서울 살 때 용한 점쟁이가 있다고 해서 가봤는데, 거 할매가 나보고 후제 꼭 사업을 하라더라. 내가 배운 건 없어도 사람 끄는 재주가 있어서 꼭 성공할 기구만." 유숙이는 남편에게 조잘댔다. "내가 돈을 버니까 당신은 남의 과일 가게 일 도와주면서 살살 요령을 익히면 안 되나." 부모가 시장에 나가 있는 동안 연희는 정이 이모 집에 맡겨졌다. 여덟 살임에도 출생신고가 늦어져 학교도 다니지 않았다. 연희는 금방 외사촌 새미와 친구가 되었다. 심지어 부산 온 지 일주일도 안 돼서 일대 동네 아이들을 모두 섭렵하더니 하루가 어떻게 가는지 모를 만큼 신나게 놀았다. 형우는 잠에 겨운 상태로 엄마 등에 업혀 새벽마다 시장에 나갔다. 형우에게 유년의 뜰은 온갖 쓰레기와 흙먼지로 범벅된 부전시장이었다.

막상 앉고 보니 노점상이란 여간 부끄러운 것이 아니었다. 모든 사람이 시장 바닥을 걷거나 적어도 서 있는데 유숙이만 땅바닥에 앉아 있었다. 모든 사람이 시선을 내리깔았고 유숙이는 그 모두를 올려다보았다. 가뜩이나 작은 몸집이 더 움츠러들었다. 하지만 하루 이틀 앉아 있다 보니 꼭 이 낮은 자리가 원래 내 자리였던 양 편해졌다. "개같이 벌어서 정승처럼 쓰라고 안 했나." 의기소침해질 때마다 유숙이는 혼잣말처럼 웅얼대며 자신을 담금질했다. 옆에서 무를 파는 아줌마와는 금세 친구가 됐다.

자기가 횡재했음을 깨닫는 데도 얼마 걸리지 않았다. 유숙이의 노점 바로 뒤의 건물 지하에는 청과물을 취급하는 도매상이 포진해 있고 1층은 쇼핑센터였다. 2층에는 '무지개 카바레'가 있었다. 남편 몰래 춤을 추던 여자들이 다급하게 알리바이를 만들기 위해 무 한 뿌리를 사가곤 했다. 그 참에 유숙이의 노점에도 눈길을 주었다. 그녀가 취급하는 물건은 볶은 보리와 옥수수, 그리고 곤소금이었다. 되로도 팔고 조그만 비닐봉지에 담아 낱개로 팔기도 했다. 날이 풀리자 시장 바닥에 무청이나 배춧잎들이 천지로 널브러졌다. 그걸 주워다가 바싹 말린 뒤 한 묶음에 오백 원씩, 천 원씩 받고 팔았다. 티끌모아 태산은 아니어도 조그만 언덕은 이루었다.

마누라가 장사에 재미를 붙이자 김준호도 용기가 났다. 그는 지하에 조그만 가게 하나를 얻어 과일을 떼다 팔기 시작했다. 본전치기나 다름없었지만 남 눈치를 안 봐도 되니 좋았다. 큰딸내미를 처가에 떼놓았다는 것만 빼면, 또 다섯 살짜리 아들을 시장 바닥에서 키워야 한다는 걸 빼면 모든 게 순조로웠다.

연수의 새 벗들

주말, 다람재에는 밤참거리가 푸짐했다. 방구석의 큰 자루에는 곶감을 만들고 남은, 말린 감 껍질이 가득했다. 득이 이모는 무를 껍질을 벗긴 다음 굵직하게 썰었다. 연수는 초록색이 연하게 스민 뿌리 쪽 조각을 하나 집어 먹었다. 참 달고 맛있는 야식이었다. 감또개의 달고도 텁텁한 맛과는 천양지차였다. 이모의 노스트라다무스 얘기는 더 맛깔스러웠다.

"1999년 9월 9일 오전 9시 9분 9초에 세계는 멸망한다, 이 말이다."

"정말? 정말 그렇게 될까?"

"그 예언자 말은 전부 맞아떨어졌거든. 그 사람 말대로 나폴레옹이 혁명을 일으켜서 황제가 됐잖아. 히틀러가 유대인 죽인 것도 예언했고, 심지어 자기 죽음도 예언했다. 언젠가 미래에는 물고기 모양의 기계가 하늘을 날아다닐 거라고 했는데, 그게 비행기잖아."

한꺼번에 수많은 정보가 쏟아지는 와중에도 연수는 1999년이라는 숫자만은 또렷이 접수했다.

"지금이 1984년이니까 내가 스물다섯 살이 될 때네? 그 나이면 죽어도 되겠다."

연수는 자못 단호하게 말했다.

"코딱지만 한 게 말하는 것 좀 봐라."

"천재들은 다 빨리 죽잖아? 나는 천재가 될 기다."

"천재는 되고 싶다고 되는 기 아니고, 그냥 그렇게 태어나는 기다. 우리가 아는 천재들은 지금 니 나이에 이미 다 천재였다. 모차르트라고 하는 작곡가가 있었는데……"

'모차르트'에 이어 득이 이모가 얘기해준 이름은 '베토벤'이었다. 얼마 지나지 않아 연수는 음악 시간에 그들의 자장가를 배웠다. 그런 노래를 풍금을 치며 가르쳐준 사람은 음악 선생님이었다. 도시 냄새가 물씬 풍기는 예쁜 선생님은 뽀얗고 통통한 얼굴에 분홍색이나 주홍색 루주를 바르고 하늘색이나 연두색 플레어 원피스를 즐겨 입었다. 학교 본관이 아니라 운동장 귀퉁이의 작은 별관, 음악실을 지날 때마다 베토벤의 「엘리제를 위하여」를 듣기도 했다.

하지만 학교에서도 '노스트라다무스'를 들은 적은 없었다. 그것은 영원히 다람재의 어둠침침한 겨울밤과 뒤섞여 섬뜩한 비밀처럼 남았다. 자글자글 타오르던 군불과 후끈하게 데워진 안방, 꺼질 듯 말 듯 위태로운 호롱불의 애처로운 불꽃, 유리창 너머 하늘을 서서히 잠식하는 칠흑 같은 어둠, 여기저기 찢어진 신문지 벽지와 그 위로 둥근 물결처럼 어리는 그림자, 깊이 잠든 외할아버지와 외할머니, 득이 이모와 성율이 외삼촌, 그리고 외사촌들, 때론 큰외삼촌과 큰외숙모…… 그 위로 '노스트라다무스'라는 기괴한 이름자와 1999라는 흉물스러운 숫자들이 떠다녔다.

연수는 시퍼런 어둠이 깔린 묏등 너머로 이 신기한 이름자가 제각기 동동 떠다니는 꿈을 꾸었다. 언뜻 잠결에 창밖을 보면 머리를 풀어헤친 귀신 셋이 묏등을 넘어가고 있었다. 시집가서 죽었다는 을이 이모의 원혼인지도 몰랐다. 양잿물을 먹고 반송장 상태로 다람재까지 기어 와서는 이삼일을 더 앓다가 죽었다고 한다. 시신은 거적에 말아 큰외삼촌이 지게에 지고 산속에 내다 버렸다고 한다. 을이 이모를 유달리 좋아한 은율이 외삼촌은 몇 날 며칠을 꺽꺽 울었다고 한다. 묏등이 무덤이라는 사실을 알고 나자 이 모든 것이 새마을 텔레비전 속 '전설의 고향'이 되었다.

다람재는 겨울이 혹독했던 만큼이나 찬연한 봄을 맞이했다. 덕유산에 진달래가 피어나면서 삭막한 흙색 사이로 진분홍색이 넘쳐났다. 연수와 수정이는 손에 잡히는 대로 진달래 꽃을 따 먹었다. "벌레들이 알 깐다니까!" 어른들은 다그쳤지만, 혀끝에 닿자마자 단맛을 내며 살살 녹듯 허물어지면서도 뭔가 얇은 것이 씹히는 느낌이 좋았다. 봄나물 덕분에 된장국의 건더기도 많아지고 반찬도 푸짐해졌다. 여느 버섯과는 달리 삐죽삐죽한 싸리나무를 닮은 국수버섯 볶음이 참 맛있었다. 연일 돌나물, 꽃다지, 원추리, 취나물, 참나물, 고들빼기 등 이름도 다 외우기 힘든 나물 대잔치였다.

복달이가 죽은 뒤에 데려온 로키는 앞마당의 작두 바로 옆, 말뚝에 묶여 있었다. 반구에서 내려와 앞마당을 지날 때는 항상 녀석의 이름을 부르며 미끼를 던졌다. 로키가 돌멩이 미끼를 향해 돌진하는 틈에 연수는 잽싸게 앞마당을 뛰어갔다. 연수가 마루청까지 간 다음에야 로키는 사태의 진상을 파악했다. 녀석은 한동안 허망한 표정을 지으며 작두 주위를 배회하다가 곧 자기 자리에 웅크리고 앉았다. 이런 시시한 속임수에 녀석은 번번이 넘어갔다. 그래서 연수는 로키를 무시했고, 무시하면서 또 무서워했다. 날이 풀리자 올챙이 잡는 재미도 쏠쏠했다. 빈 소주병이 몇 개나 올챙이로 가득 찼다. 묏등의 방아깨비도 잘 잡았다. 연수는 이제 반구와 묏등을 넘어 혼자서 산속에 들어가기도 할 만큼 용감해졌다.

연수의 가슴 설레는 봄기운에 찬물을 끼얹는 사람이 있었다. 연수보다 겨우 여섯 살 많은 막내 외삼촌이었다. 유성율은 걸핏하면 말대꾸한다며 으름장을 놓고 주먹질을 하기도 했다. 지금껏 아빠한테도 회초리 한 번 맞아본 적 없는 연수는 아픈 것보다도 짜증이 더 났다. 열 살이나 먹고서 남한테 맞아야 한다니! 이런 치욕에 동반자가 있는 건, 물론 비겁한 생각이긴 해도, 어떻든 다행이었다. 외삼촌에게 연수와 수정이는 영락없이 동네북이었다. 지난 일요일에는 다람재의 부엌 아궁이 앞에서 불쏘시개로 장난을 쳤다는 이유로 한 대 맞았다. 월요일에는 볼펜이 화근이었다.

"어, 볼펜이 어디 갔노?"

성율이 외삼촌은 책상 앞에 앉는 일이 거의 없던지라, 어쩌다 공부할 마음이 들었을 때는 신경이 예민했다. 연수는 미안하다면서 외삼촌의 볼펜을 잽싸게 갖다 주었다.

"미안하다고? 말도 안 하고 남의 물건 쓰는 건 도둑질이다! 어린것이 어디서 못된 것만 배웠노?"

"줄 하나만 긋고 갖다 놓으려 했다."

외삼촌이 성질을 부리자 연수도 눈을 부라리면서 응수했다.

"허허, 대가리에 피도 안 마른 것이 어른한테 말대꾸나 하고."

"중학생 주제에 어른은 무슨 어른이고!"

연수의 대거리에 대뜸 주먹이 날아왔다. 연수는 씩씩대며 외삼촌을 노려보았다.

"이년 보게, 지 어미를 닮아선 성질 부리는 꼬라지하곤!"

갑자기 엄마 얘기가 나오자 연수의 분노는 서러움으로 바뀌었다.

"이 돌대가리야! 깡패야! 힘없는 여자애나 쥐어패고, 니는 삼촌도 뭐도 아니다!"

외삼촌의 주먹이 계속 날아왔는데도, 넘어졌다가 다시 일어나고, 또 맞고 넘어지길 반복했다. 결국, 연수는 기절을 해버렸다. 눈을 떴을 때는 방 안이었다. 엄마가 함께 있을 때도 성율이 외삼촌과 싸우다가 기절한 적이 두 번이나 있었다. 의식을 잃으며 꿈도 없는 잠에 빠져들었다가 눈이 뜨이는 순간이 연수는 참 좋았다. 왠지 마음이 서늘해지고 세상이 한참은 다르게 보였다. 가만 보면 성율이 외삼촌도 마냥 나쁜 사람인 것은 아니었다. 연수를 자전거에 태워주기도 하고 읍내의 중학교에서 돌아올 때면 과자나 사탕을 사 오기도 했다. 논일과 밭일은 물론 경운기 배터리 충전도 혼자 도맡아 하는 든든한 일꾼이기도 했다.

전깃불도 들어오지 않는 다람재에 뜻밖의 물건이 있었다. 책이었다. 종율이 외삼촌이 두 동생을 위해 부산에서 사 부친 것인데, 전혀 손을 타지 않은 채 재각과 고방의 묵은 감자, 말린 고추 더미 속에 묻혀 있었다. 연수의 머릿속에서 책이란 아파트 큰아버지 집처럼 서재의 유리 책장 안에 고이 모셔져 있는 것이었다. 먼지나 흙이 묻어도 안 되고 김칫국물이나 간장을 흘려도 안 됐다. 『알프스 소녀 하이디』『빨강 머리 앤』『걸리버 여행기』…… 그것은 득이 이모 이야기 속의 신기한 이름으로 가득 찬 낯선 세계였다. 반면 연수에게 익숙한 현실 세계에서는 삼시 세끼도 모자라 어김없이 밤참이 들어갔다. 운을 뗀 건 성율이 외삼촌이었다.

"내가 무슨 니 종이가? 이 밤에 국수는 무슨……"

득이 이모는 이렇게 쏘아붙이면서도 자기도 국수가 먹고 싶었는지 슬슬 자리에서 일어났다. 문턱에서 큼직한 돌멩이 하나를 밟고 내려가면 흙바닥이었다. 이모는 가운데 작은 솥에 물을 갖다 부었다. 아궁이 앞에 쪼그리고 앉은 다음에는 마른 솔잎을 모아 불을 지폈다. 애초에 불씨가 살아 있었던 터라 불은 이내 활활 타올랐다. 성율이 외삼촌은 마당에서 장작을 갖고 왔다. 아이들은 고방에서 잽싸게 꺼내온 감자를 아궁이 속에 넣고 부지깽이로 매만졌다. 이모는 흙벽의 선반에서 국수 한 뭉치를 꺼내 부뚜막에 내려놓았다. 아궁이 불이 흐릿한 남폿불보다 훨씬 더 밝게 타올랐다. 이모는 팔팔 끓는 물에 빳빳한 국수를 집어넣고 긴 나무젓가락으로 휘저었다. 이모의 국수는 일품이었다. 면이 덜 익거나 너무 퍼지는 일 없이 항상 쫄깃쫄깃하고도 부드러웠다. 그동안 수정이는 찬장에서 간장을 꺼내 종지에 붓고 고춧가루도 좀 넣었다.

"저어기 소쿠리 가져와라, 연수야."

막 건져낸 국수의 물이 빠지는 동안, 이모는 솥의 물을 새로 갈고 큰 멸치 몇 마리를 넣었다. 이모는 손놀림이 무척 빨랐다. 봄이 완연하건만 덕유산 속 다람재의 밤은 꽤 추웠다. 덕분에 따뜻한 방 안에서 따뜻한 음식을 먹는 것만큼 큰 행복이 없었다. 밤참을 먹자마자 식구들은 곧바로 잠이 들었다. 이모만 연수와 호롱불을 사이에 두고 눈을 말똥말똥 뜨고 있었다. 흙벽에 반쯤 등을 기댄 이모의 배가 유리창 너머 묏등 처럼 봉긋하게 솟아 있었다.

"이모야, 있잖아, 동화는 우리가 사는 세상하고는 왜 이래 다를까?"

"다르게 써야지 재미있잖아."

"이모야, 나는 나이 들면 초록색 지붕 집에, 거기 다락방에 살 기다."

"맨날 동화책이나 보니까 쓸데없는 생각만 하지."

이모의 대답이 심드렁했음에도 연수는 계속 조잘댔다.

"사실 지금도 비슷하잖아? 엄마 아빠랑 떨어져서 고아처럼 살고 매튜 아저씨랑 마틸다 아줌마처럼 마음씨 좋은 사람들 도 옆에 있고. 머리만 빨간색이면 되겠네."

"아이고, 고마 자라."

득이 이모는 방 한구석에 놓인 요강에 앉아 오줌을 눴다. 이모는 엉덩이가 커서 요강을 다 덮었다. 연수도 갑자기 오줌 이 마려웠다. 이모의 체온 덕분에 요강 언저리가 따뜻했다. 내복과 팬티를 내리고 조심스레 자세를 잡았음에도 또 오줌 방울을 조금 흘리고 말았다. 왜 이런 일들은 동화 속에서는 일어나지 않을까. 야밤에 국수를 삶고 감자를 굽는 것도 왠지 초록색 지붕 집에 어울리지 않는 것 같았다. 대단한 모순이었 다. 그럴수록 연수는 일요일 밤 새마을로 내려갈 때 꼭 동화 책을 한 권씩 챙겼다.

읍내 구경

아빠의 등에 업혀 다람재에 올 때만 해도 가지만 앙상했던 아카시아가 하얀 꽃을 피웠다. 흐드러진 꽃의 향연에도 불구하고 득이 이모는 봄의 축제를 즐길 여가도 없이 바빴다. 눈을 뜨기가 무섭게 도시락 세 개를 쌌다. 이모 것, 외삼촌 것, 그리고 연수 것이었다. 그다음에는 재빨리 책가방을 싸고 옷을 차려입었다. 이 모든 것을 이모는 마파람에 게 눈 감추듯 해치우고 집을 나섰다. 읍내행 버스는 한 번 놓치면 끝이었다. 학교에서 돌아오면 이모는 책가방을 던져놓고 부엌으로 향했다. 그런데도 연수는 또 찔레꽃, 붓꽃, 분홍 싸리꽃을 잔뜩 갖고 왔다. 이모가 방바닥을 기면서 물걸레질을 하고 있었다. 연수가 연일 소주병에다 꽂아놓은 꽃가지의 꽃잎들이 지저분하게 널브러져 있었다. 연수는 너무 미안해서 눈물이 찔끔 나올 지경이었다.

"걸레 이리 도, 내가 닦을게."

"됐다 고마, 얼추 다 했다. 이거나 버리고 와라."

이모는 빈 소주병을 건넸다. 연수는 소주병과 함께 새로 뜯어온 꽃다발도 마루에 내놓았다.

"야생화는 줄기를 꺾으면 맥을 못 춘다. 밖에서 보면 되지 뭐 하러 자꾸 꺾어 오노?"

이모는 서너 살배기 꼬마 대하듯 차근차근 타일렀다.

"이거 한번 봐라. 너거 엄마가 선물 보냈더라."

이모가 건네준 검은 비닐봉지의 매듭을 풀자 엄마의 파마 머리처럼 '뽀글' 느낌을 주는 잔주름 치마가 나왔다. 영락없이 '라면땅'이었다. 파란색과 보라색, 갈색이 묘하게 섞이고 치마 끝자락에 굵은 실로 짠 레이스가 달려 있었다.

"우아, 진짜 예쁘다!"

"꼭 인디언 치마 같은데? 언니는 처녀 때부터 희한한 옷을 그리 좋아하더만."

연수는 얼른 치마를 입은 다음 한 바퀴 빙그르르 돌았다.

"우리 엄마가?"

"그래, 너거 엄마가 처녀 때 얼마나 멋쟁이였는지 아나? 머리도 치렁치렁 늘어뜨리고 엉덩이에 딱 달라붙는 미니스커트 입고…… 지금은 저래 노점상이나 하고 있지만."

연수는 엄마의 모습이 상상되지 않았다. 엄마는 항상 고무줄이 들어간 펑퍼짐하고 긴 '월남치마'를 입었다. 그나마도 그건 외출복이고 평소에는 펑퍼짐한 고무줄 바지에 플라스틱 슬리퍼 '풀 딸따리'를 신었다.

그사이 이모는 마당의 오른편, 자그마한 앵두나무 두어 그루 아래 수돗가로 갔다. 쪼그려 앉아 걸레를 빠는 이모의 엉덩이는 둥그렇고 통통하고, 그래서 예뻤다. 허리는 참 잘록했다. 몸을 숙일 때면 헐렁한 티셔츠 사이로 볼록한 앙가슴이 보였다.

"이모야, 나도 후제 이모 니처럼 가슴이 나오나?"

"그런 건 와 보노?"

이모는 몸을 움츠리고 걸레를 짠 다음 재빨리 툇마루로 올라갔다. 연수는 또 이모의 뒤를 졸졸 따라갔다.

"엄마도 처녀 때는 이모 니처럼 예뻤나? 그때는 기미 없었나?"

"너거 할매가 시집살이 오지게 시키고 너거 아빠가 술 먹고 속 썩이고…… 니는 이다음에 능력 있는 남자랑 결혼해라, 손에 물 안 묻히고 살 수 있다."

"이모 니는 그런 펜대 쥐는 사람 만나겠네. 고등학교 다니니까."

이모는 부엌으로 달려갔고 연수는 또 이모의 꽁무니를 쫓아갔다. 이모는 집에 오자마자 물에 담가놓았던 쌀을 가마솥에 부었다. 전기밥솥은 매일 산다는 말만 있을 뿐, 통 나타날 생각을 안 했다. 이모는 아궁이에 불쏘시개를 집어넣고 성냥으로 불을 붙이며 퉁명스럽게 말했다.

"요즘 고등학교도 안 나온 애들이 어디 있노? 나는 공부도 못하고, 대학을 가도 학비는 누가 대노? 연수 니는 공부 열심히 해서 후제 교대 가라."

"그게 뭔데?"

"교사, 선생님 하는 거. 여자는 그게 제일이다."

그때부터 연수는 진지하게 '교대'를 꿈꾸었다. 연수에게 선생님은 득이 이모보다 더 똑똑한 사람, 심지어 모든 것을 아는 사람이었다. 국어든 산수든 자연이든 모르는 과목이 없고, 그림도 잘 그리고, 붕어와 개구리 해부도 잘했다. 엄마의 선물에 들뜬 연수의 마음은 '장래 희망'을 위한 결의로 불타올랐다. 잠결에도 연수는 인디언 치마가 잘 있는지 만져보았다.

유득이는 지난주부터 미장원에 가야 한다고 고집을 부렸다. 일주일 내내 조른 끝에 제동댁에게 금쪽같은 돈을 받아내는 데 성공했다. 이 기회에 친구들에게 조카 자랑도 할 겸 머리도 깎일 겸 연수도 읍내로 불러냈다. 연수는 기어코 인디언 치마를 입고 나타났다. 유득이도 오늘은 나름대로 멋을 냈다. 무릎을 덮을락 말락 연한 연두색 치마에 비둘기색 스타킹과 하얀 커버 양말, 좀 낡았지만 단정한 검정 구두를 신었다. 교복 자율화 시대, 봄과 더불어 막 피어나는 젊음의 향연을 펼치는 처녀들은 너나 할 것 없이 다 예뻤다. 박애영은 주홍색 주름치마에 프릴과 레이스가 달린 하얀 블라우스를 입고 검정 구두를 신었다. 최순희는 몸에 좀 붙는 연한 하늘색 면바지에 옷깃이 빳빳하게 선 줄무늬 티셔츠를 입었다. 예쁜 이모들 사이에서 연수는 자신이 그런 처녀가 된 양 신이 났다. 자기보다 키가 훌쩍 크고 허리가 쏙 들어가고 발목이 잘록한 득이 이모의 뒤태는 오늘따라 더 예뻐 보였다.

여고생들은 치맛자락과 블라우스 소매를 팔랑거리며 읍내의 최순희 집으로 들어섰다. 흙벽 기와집이 아니라 시멘트 집이었다. 문도 하나같이 창호지 문이 아니라 미닫이 유리문과 여닫이 나무문이었다. 마당에는 목련과 벚꽃은 다 지고 초록빛들 이파리들이 무성했다. 툇마루로 올라간 처녀들은 걷는 내내 조잘거렸지만, 여전히 이야기꽃을 피웠다. 율 브리너, 엘리자베스 테일러, 브룩 실즈, 윤수일, 전영록, 혜은이…… 얼마 뒤 유득이와 박애영은 최순희 집을 나왔다. 박애영은 집에 가려고 버스 정류장으로 갔고, 유득이는 연수의 손을 잡고 미장원으로 향했다. 연수는 순희 이모의 뽀얀 얼굴과 유난히도 붉고 통통한 뺨을 상기했다.

"가는 집이 억수로 잘산다. 아까 안 봤나, 완전히 신식이잖아."

"그럼 애영이 이모는 우리처럼 촌구석에 사는데 와 예쁘노?"

"애영이가 예쁘다고? 걔는 키가 좀 크고 옷을 잘 입어서 그렇지, 예쁜 얼굴은 아닌데."

유득이는 입술을 삐죽이며 자못 못마땅하다는 표정을 지

었다. 고등학교 2학년이지만 실제 나이는 스물이었다. 그런데도 키는 간신히 160센티였고 먹는 것은 모두 살이 되었다. 얼굴빛 검은 거야 매력일 수 있다지만 코가 지나치게 크고 입술이 지나치게 두툼했다. 오죽하면 별명이 인순이였을까. 조카 눈엔 마냥 예뻐 보이는 유득이는 실은 외모에 열등감이 컸다.

좁다란 미장원에는 손님이 많았다. 주위에 다른 미장원도 없는데다 가격도 쌌기 때문이다. 뚱뚱한 주인 아줌마가 피로에 지친 얼굴로 손님을 맞이했다.

"야는 그냥 단발로 자르고 저는 핑클 파마요."

"저 좀 앉아서 기다리소. 내 이 사람부터 퍼뜩 끝내고……"

유득이는 연수의 손을 이끌고 옆쪽 의자로 갔다. 여자애 하나가 다가와 삶은 감자를 내밀었다.

"니 이거 먹을래?"

김이 모락모락 나는 감자를 보자 금세 식욕이 돌았다. 연수는 감자 그릇을 앞에 두고 하나씩 집어 호호 불며 먹었다.

"남이 보면 맨날 굶는 줄 알겠다."

이모는 기다리는 시간이 길어서인지 조금은 신경질을 부렸다. 연수는 배가 불러오는 느낌이 좋았다. 약간씩 졸음도 밀려왔다. 슬슬 감기는 눈앞으로 그 여자애가 왔다 갔다 했는데, 바닥을 쓸기도 하고 선반 따위를 닦기도 하고 미용사 아줌마의 시중을 들기도 했다. 저렇게 착한 딸이 또 어디 있을까 싶었다.

드디어 이모가 거울 앞에 앉았다. 미용사 아줌마는 이모의 머리카락을 가위로 정돈한 뒤 앞머리를 동그란 물건으로 감고 무슨 약을 칠했다. 그다음에는 머리 위에 수건을 둘러주었는데 어찌나 웃긴지 영락없이 「신드바드의 모험」의 주인공들이었다. 이모의 자리에 연수가 앉았다. 아줌마는 머리에 물을 뿌려서 빗질을 하더니 윗부분의 머리칼을 집게로 집어 올렸다. 연수는 들킬까 봐 심장이 콩닥콩닥, 가슴이 조마조마했지만 이(蝨)와 서캐에 이골이 난 아줌마의 말투는 심드렁했다.

"머리에 쌔가리 엄청 많네."

연수만 얼굴이 화끈거리고 입술도 씰룩씰룩, 곧 울음을 쏟아낼 태세였다. 득이 이모한테도 이것만은 숨겨왔다. 머리는 일주일에 한 번도 잘 감지 않았다. 양치질도 소금물로 입안을 헹구어내는 것이 전부였다.

"애가 워낙에 깔끔한데, 외사촌들한테 옮았나 보네요."

옆에서 이모가 연수를 두둔해주었다. 목을 덮었던 머리카락이 사라지자 가는 목이 훤히 드러나고 두 귀가 절반쯤 보일 만큼 깡똥한 단발머리가 됐다.

"머리통이 밤톨보다 작네. 니 얼굴에 허연 버짐이 와 피는 줄 아나? 머릿니가 피를 다 빨아먹어서 그런 기다. 월남 애들처럼 바싹 마른 것도 다 이 때문인 기라."

아줌마는 연수의 볼을 톡톡 쳤다.

"저어 가서 머리 감고 와라. 옥자야, 야 좀 수돗가로 데려 가라."

연수는 간만에 머리를 감았다. 고개를 들어보니 아까 그 여 자애가 어느새 산더미같이 쌓인 빨랫감을 치대고 있었다. 어 떻게 말을 붙여볼까, 좀 도와줄까 생각하다가 머쓱해서 그냥 미장원 안으로 다시 돌아왔다. 아줌마는 이모를 붙잡고 훈계 중이었다.

"요즘 이 죽이는 약 많아요. 성냥개비로 머리 사이에 한 방 울씩 찍어놓고 한숨 자면 고놈들이 맥도 못 추고 팍 죽어요."

이모는 줄곧 예, 예, 거리기만 했다. 그사이 날이 어둑해졌 고 옥자는 바닥을 쓸었다. 아줌마는 이모 옆에 드러누워 이모 의 머리카락이 볶아지길 기다렸다. 한 시간이 훨씬 더 지났을 때 아줌마는 이모 머리의 수건을 풀고 중화제를 뿌렸다. 또 기다려야 했다. 옥자는 아줌마가 뭐라고 하지 않아도 알아서 물건을 정리했다.

"이 가시나가 진짜! 그거는 저 밑에 서랍에 넣으라고 몇 번 을 말했노?"

이렇게 호통치는 아줌마도 축 늘어진 아랫배를 추스르면서 간신히 몸을 일으켰다. 옥자가 쓰레기 더미를 모아 밖으로 가 지고 나갔을 때 이모는 다시 거울 앞에 앉았다. 수건을 걷어 내고 앞 머리카락에 감았던 물건을 떼어내자 '주말의 명화극 장'의 여주인공들처럼 동글동글 말린 머리 모양이 되었다. 이모는 무척 만족스러워했다.

미장원 밖을 나왔을 때는 사위가 캄캄하고 정겨운 봄 햇살이 하나도 남아 있지 않았다.

"이모야, 아까 그 언니 있잖아?"

"누구, 그 집 식모?"

"아, 그 옥자 언니가 식모구나…… 그래, 남의 집에 얹혀사는 게 쉽나, 어데."

연수는 어디서 주워들은 말을 되뇌며 인디언 치마를 살짝 만져보았다. 밤바람이 불자 맨다리가 시렸다.

"어린것이 별소리를 다 한다. 야야, 연수아, 버스 떠난다, 뛰어라!"

연수와 이모는 용케 버스에 올라타긴 했지만 자리가 없었다. 덕유산 자락에 옹기종기 모여 사는 척박하고 왁살스러운 사람들의 사투리가 버스 가득 울려 퍼졌다. 'ㅋ''ㅌ''ㅍ''ㅎ' 발음과 함께 침도 같이 튀는 것 같았다.

새마을에 도착하자마자 연수와 유득이는 그들을 기다리고 있던 유성율, 수정이와 함께 다람재로 향했다. 날도 어둡고 산길도 비좁아 한 줄로 가야 했다. 연수는 죽어도 성율이 외삼촌이 맨 뒤에 서야 한다고 박박 우겼다. 왠지 귀신이 나타나면 맨 뒤의 사람을 먼저 잡아갈 것 같아서였다.

"아이고, 무서워라! 저 노란 불들은 다 뭐고! 저 시뻘건 건 또 뭐고!"

연수는 비명을 지르며 앞서가는 득이 이모의 허리를 꽉 붙잡았다.

"고놈 참, 시끄러워서 못 살겠네. 니 때문에 뱀이 더 놀라겠다, 좀."

야밤의 산길이 어찌나 무서웠던지, 반구에 이르러 외갓집의 불빛이 보이자 다리에 힘이 쭉 빠졌다.

식은밥을 국에 말아 먹은 다음 연수는 참빗질을 시작했다. 미장원에서 그 치욕을 당할 때만 해도 정말 죽고 싶었지만, 막상 들키고 나니 속이 후련했다. 촘촘한 참빗 위로 윤이 나는 이의 알집과 새카만 이들이 몇 마리씩 두둑 떨어졌다.

"언니 니도 이 생겼나? 어디 한번 보자."

연수는 수정이에게 순순히 머리를 내밀었다. 그다음에는 연수가 호롱불 옆에 붙어서 수정이의 머리카락을 뒤적였다. 머리숱이 많아서인지 수정이 머리에는 이와 서캐가 정말 많았다. 한 옴큼만 들어 올려도 이의 알집이 뽀얗게 포진해 있었다. 자세히 보면 쭉정이와 진짜 알집도 금방 표가 났다. 쭉정이는 납작하고 색깔이 하얬다. 반면, 새끼 이가 들어 있는 알들은 색깔이 약간 짙고 반짝반짝 윤이 났다. 놈들이 맺혀 있는 머리카락을 잘 골라내어 손으로 살짝 훑어낸 다음, 엄지손톱 위에 놓고서 반대쪽 엄지손톱으로 누르면 톡 소리가 나면서 터졌다. 머리카락 속을 헤집다 보면 하얀 두피 곳곳을 누비는 새까만 이들이 보였다. 어찌나 빠른지, 놈들의 이동 방향을 짐작하여 놈들의 한두 발짝 앞에 손을 갖다 대야만 잡을 수 있었다. 이렇게 손에 넣은 머릿니를 방바닥에 놓고 손톱으로 눌러 죽였다. 작은 놈인데도 발이 참 많이 달려 있었다. 연수는 '흡혈귀'라는 어려운 단어를 생각하며 이 잡기에 열을 올렸다.

마리, 폐품, 책벌레

　폐품과 채변 봉투를 같이 내라니 연수와 수정이 모두 짜증이 났다. 연수는 수정이와 둘이서 집 안에 쌓인 온갖 종이를 모은 다음 사이좋게 둘로 나누었다. 문제는 채변이었다. 연수는 저녁을 먹은 이후 신호가 오기를 기다렸다가, 학교에서 받아온 채변 봉투 속의 조그만 사각형 비닐봉지를 들고 부엌으로 갔다. 불도 침침한 비좁은 변소는 고도의 기술이 요구되는 이 일에 적합하지 않았기 때문이다. 연수는 부엌 바닥 한쪽에 신문지를 두 겹으로 깔아서 일을 본 뒤 나무 꼬챙이로 변 일부를 조심스럽게 퍼서, 위태롭게 벌어진 봉지 안에 살짝 집어넣었다. 잘못해서 입구에 묻지나 않을까, 손가락이 다 떨려왔다. 마침내, 거사를 치르고 신문지로 남은 변을 덮으려는데 부엌문이 열리면서 수정이가 나타났다.

　"언니야, 똥이 안 마렵다. 그냥 언니 니 똥을 가져가면 안 되나?"

　연수의 뿌듯한 끄덕임에 수정이는 곧바로 작업에 착수했다.

"다 했나?"

방 안으로 들어선 두 조카에게 유득이가 건성으로 물었다. 아이들은 은밀한 눈짓을 주고받으면서 고개를 끄덕였다. 그때 유득이는 텔레비전에 코를 박고 있었다. 금박, 은박이 번쩍번쩍 빛나는 재킷을 입은 윤수일이 「아파트」를 부르고 있었다.

"어쩜 저래 잘생겼을까. 내 주위에는 조용필만큼 생긴 남자도 없으니 말세다, 말세."

"이모야, 근데, 정말로 배 속에 벌레가 있는 애들이 있나?"

"그걸 말이라고 하나. 똥 다 누고 똥구멍에 손을 대면 꿈틀거리는 게 잡히기도 한다. 그놈이 사람 몸 밖을 나오면 정신을 못 차리지만, 속에서는 그리 빨리 움직인다고 안 하나."

기생충 얘기를 하는 동안에도 유득이는 텔레비전 속으로 빨려들 기세였다.

"별빛이 흐르는 다리를 건너, 아름다운 갈대숲을 지나, 언제나 나를, 언제나 나를 기다리던 너의 아파트……"

새마을 집은 다람재 집에 비하면 텔레비전까지 있는 공상과학소설의 세계였다. 방에는 형광등이, 마루와 부엌에는 백열등이 달려 있었다. 코딱지만 한 화장실 천장에도 백열등이 있었다. 할아버지가 만들었다는 앉은뱅이책상을 놓아둘 방도 따로 있었다.

다음 날 4학년 1반은 장례식장 분위기였다. 폐품과 채변 봉투 둘 중 하나라도 안 낸 학생들은 모두 소운동장에서 오리걸음을 했다. 폐품은 내일로 연기되었다. 채변 봉투는 오늘 학교에서 해결하라는 선생님의 준엄한 지시가 떨어졌다.

"남의 거 몰래 내는 사람, 들키면 가만 안 둔다!"

흠칫하는 아이들이 많았다. 거짓말 좀 보태서 삼 분의 일은 남의 똥, 심지어 개나 돼지의 똥이었다. 점심 도시락을 먹자마자 아이들은 채변 봉투와 나뭇가지를 챙겨서 화장실로 향했다. 남학생 한 두엇, 여학생 한 두엇만 일을 보면 됐다. 비단 이 일이 아니더라도 고자질하는 경우는 잘 없었다. 친구를 배신하는 건 더 나쁜 일이라고 혼쭐이 났기 때문이다.

윤병렬 선생님은 사소한 잘못에도 곧바로 체벌을 가했다. 신영자는 수업 시간에 잠깐 졸았다는 이유로 한 시간 내내 차가운 마룻바닥에 무릎을 꿇고 앉아 있었다. 그것도 모자라, 얌전하게 모은 신영자의 발바닥을 지휘봉으로 다섯 대나 때렸다. 다들 새벽부터 일하고 온 친구에게 너무 잔혹한 일이라고 생각했지만, 찍소리도 못했다. 음악 이론 시간에는 '#'의 이름을 물었는데 아무도 대답하지 못했다. 아이들 모두 지휘봉으로 손바닥을 세 대씩 맞았다. 산수는 아예 체벌을 위해 존재하는 과목이었다. '앞으로 나란히'는 벌 축에도 들지 않았다. 최소한 '책 읽기' 정도는 되어야 했다. 더 무서운 것은 '원산폭격'이었다. 팔을 뒤로 모아 등에 붙이고 두 손은 깍지

끼듯 접고 몸은 엎드리고 머리, 정확히 이마와 정수리는 마룻바닥에 박는 것이다. 너무 고통스러운 자세여서 대부분 '책 읽기' 십 분이 '원산폭격' 일 분보다 낫다고 생각했다. 그래도 '국민교육헌장' 외우기만큼은 관대했다. "우리는 민족중흥의 역사적 사명을 띠고 이 땅에 태어났다. 조상의 빛난 얼을 오늘에 되살려 안으로 자주독립의 자세를 확립하고, 밖으로 인류공영에 이바지할 때다." 앞의 두 문장만 외우면 충분했는데 더 듣기도 싫으신 것 같았다.

4학년 1반 아이들은 그런데 신기하게도 이 호랑이 선생님을 좋아하고 존경했다. 진주인지 울산인지 여하튼 도시에서 근무했다던 선생님이 이런 시골로 흘러온 사연에 대해 이러쿵저러쿵 말이 많았다. 젊었을 때 무슨 운동을 하다가 잡혀가서 모진 고문을 당했다는 둥 감옥살이를 했다는 둥 팔뚝의 흉터가 그 증거라는 둥…… 그래서인지 선생님은 영웅처럼 보였다. 크고 늘씬한 몸, 꼿꼿한 자세, 옆으로 툭 불거진 광대뼈, 날카로운 광채가 번득이는 두 눈, 그 눈을 감싸고 있는 금테 안경 등 외모부터가 사뭇 달랐다. 시골의 여느 선생님들에게서 보기 힘든 해박한 지식과 꼼꼼한 성격도 경외감을 불러일으켰다. 아이들의 글을 일일이 다 읽고 맞춤법을 고쳐주고 문장을 다듬어주는 사람은 전교에서 윤병렬 선생님밖에 없었다. 가정 방문에도 열성적이었다. 언젠가 영승에 사는 양순남의 집에 물난리가 났을 때는 곧장 달려가 양복바지를 걷어 올리고 물을 퍼내기도 했다. 이런 모습을 접하면서 아이들은 선생님의 부당한 체벌조차 묵묵히 받아들였다. 또 그와는 별개로 "나는 공산당이 싫어요!"를 외친 이승복 얘기를 읽고 독후감을 썼고, 학예제 때는 "물리치자 괴뢰군! 타도하자 공산당!"과 같은 빨간 표어를 써넣고 한 번도 본 적 없는 빨간 승냥이를 그리기도 했다.

5월, 4학년 1반과 2반 아이들은 봄 소풍을 갔다. 도시락은 삶은 달걀, 고구마, 감자가 제일 많았다. 드물게, 밥에 참기름과 깨소금과 김치를 버무려 김에 말아온 아이도 있었다. 아이들의 소풍 장소는 마리면을 관통하는, 웬만한 강만큼 넓은 개천의 한가운데 자리 잡은 자그마한 섬이었다. 아이들은 우르르 버스에서 내려서 섬을 향해 걸어갔다. 그리고 자기 몸보다 조금 작을 뿐인 가방을 메고 혹은 비닐봉지나 헝겊 주머니를 들고 동글동글 징검다리 위를 잘도 뛰어갔다.

멀리서 볼 때는 요정이 살 것만 같던 섬도 막상 들어서니 다람재의 산속과 하나도 다르지 않았다. 아름드리나무가 빼곡히 차 있고 그 틈으로 싸리나무, 개암나무, 백양나무, 아카시아가 보였다. 다람재처럼 널찍한 반구도 있었다. 아이들은 그곳에 둘러앉았다. 반구 위에 차려진 식탁은 가히 만찬이었다. 윤병렬 선생님의 큰 가방이 열리자 아이들의 입에서는 감탄이 흘러나왔다. 유통기한이 한참 남은 바삭바삭하고 짭조

름한 새우깡과 자갈치, 라면땅, 뽀빠이, 보름달, 노란 크림빵, 하얀 크림빵, 팥빵, 곰보빵, 카스텔라, 땅콩크림 샌드위치 등이 넘쳐났다. 초코파이도 두 상자나 들어 있었다.

점심을 먹은 다음에는 손수건 돌리기를 했다.

"밀과 보리가 자라네…… 농부가 씨를 뿌려 흙으로 덮어서 발로 밟고 손뼉 치고 사방을 둘러보지요……"

그동안 2반 남학생은 빙 둘러앉은 아이들 뒤를 돌며 손수건 놓을 사람을 찾았다. 그 아이의 손수건이 연수 뒤에 살짝 놓였다. 연수는 화들짝 놀랐다. 쭈뼛거리면서 앞으로 나가 아이들의 한복판에 서자 모두의 시선이 자기에게로 향하는 것이 무섭기까지 했다. 무엇보다도 연수 뒤에다 손수건을 놓은 남학생의 시선이 불편했다. 학교를 오가며 곧잘 마주치던 그 아이는 3학년 1반 할아버지 선생님의 손자이기도 했다. 연수는 파르르 떨리는 목소리로 「나뭇잎 배」를 부른 다음 손수건을 손에 쥐고 아이들 주위를 맴돌기 시작했다.

아이들이 섬에서 빠져나올 때도 날은 여전히 밝았다. 연수와 미영이, 순남이는 뽀얀 먼지가 이는 신작로를 타박타박 걸어갔다. 신나게 놀았던 만큼이나 집으로 가는 길은 허탈하고 피곤했다. 이런 음식을 다시 먹으려면 가을 소풍과 운동회까지 반년은 족히 기다려야 했다. 신작로를 사이에 두고 새마을과 영승이 갈리는 곳에서 아이들은 헤어졌다. 새마을 쪽 시멘트 길에는 연수와 미영이, 그리고 그 손수건 남학생뿐이었다.

"연수야, 니, 자 아나?"

키가 중학생처럼 큰 미영이가 몸을 약간 구부려 연수의 귀에다 속삭였다.

"모른다. 이 동네 사는가 보제."

연수는 괜히 거짓말을 했다. 화끈거리던 얼굴이 붉어지는 것 같아 고개는 자꾸만 미영이 반대편으로 돌아갔다. 시멘트 길가에는 코스모스의 가느다란 줄기가 산들바람에 가볍게 흔들렸다. 미영이는 계속 뒤를 힐끔힐끔 돌아봤다. 그때마다 미영이의 가늘고 곱슬곱슬한 머리카락이 산들바람에 사뿐사뿐 너울을 그렸다.

"옛날부터 니 얘기 묻고 다닌다던데. 광호라고, 공부도 잘한다. 아버지도 읍내 면서기고."

연수는 '광호'라는 두 이름자를 혼자 속으로 몇 번 되뇌어 보았다.

두 소녀는 커다란 플라타너스가 서 있는 마을 어귀에 다다랐다. 광호는 플라타너스 옆을 지나 오른쪽으로 방향을 틀었다. 광호가 완전히 사라지자 연수도 마음이 놓였다. 잠시 뒤 조그만 시냇물이 나왔다.

"나 간다."

미영이는 손을 한 번 흔든 뒤 시냇물 앞의 집으로 들어갔다. 연수는 경사가 완만한 오르막길을 올라갔다. 맨 윗집에

도착할 때까지 오솔길의 질경이 사이로 돌멩이가 툭툭 밟혔다.

*

태양이 아이들 손바닥 두 개만 한 창문의 한 귀퉁이에 박혀 있었다. 검은 머리와 까무잡잡한 얼굴이 차례로 창문을 가렸다. 연필, 공책, 지우개 같은 낱말이 창문을 탁탁 때렸고 그동안에도 자잘한 생명체가 연수의 몸 어딘가를 갉아먹었다. 연수는 열린 창문 너머로 물건을 내주고 돈을 받았다. 똑같이 생긴 새카만 아이들이 지평선 끝까지 줄을 서 있었다. 뱀 몇 마리를 잡아다 머리에 꼬리를 붙여놓은 것 같은 검은 선 위로 하늘은 파랗기만 했다. 검은 선이 꼼지락거리며 일시에 움직이는 듯싶더니 어느새 거무스름한 들판으로 변했다. 그 위로 작은 언덕이 솟아올랐다. 그중 가장 귀엽고 동그란 언덕이 다람쥐의 뒷등으로 바뀌었다. 갑자기 아이들마저도 사라지고 뒷등만 덩그러니 남았다. 뭔가가 콩콩거리면서 뒷등을 넘어갔다. 을이 이모의 원혼인지도 몰랐다. 머리 풀어헤친 귀신은 팔다리도 없이 몸뚱이 전체로 엄청난 도약력을 자랑하며 방아깨비처럼 저 혼자 박자를 맞추며 뒷등을 넘고 있었다……

연수는 비명을 지르며 잠에서 깨어났다. 비좁은 문방구 안, 창문은 열려 있고 아이 하나가 다가왔다.

"지우개 하나 도, 오십 원짜리."

연수는 창문 너머로 지우개를 내주었다.

"흰색 말고 노란색 없나?"

"다 떨어졌다."

아이는 하는 수 없다는 듯 흰색 지우개와 함께 사라졌다.

연수는 눈을 비비면서 창밖을 바라보았다. 하늘은 꿈속에
서처럼 파랬지만, 검은 뱀처럼 늘어선 줄도, 묏등도 보이지
않았다. 삐죽삐죽 솟은 산을 배경으로, 모내기가 한창인 논뿐
이었다. 반면 문방구 안은 비좁고 갑갑하고 후텁지근했다. 오
두막과도, 창고와도 비슷한 이 조그맣고 비좁은 목조 건물에
는 낡은 학용품들이 쌓여 있었다. 열 칸 공책, 줄칸 공책, 모
나미 연필, 플라스틱 고무지우개, 검은 똥 모나미 볼펜, 스케
치북, 4절지 도화지, 4B연필, 12색 크레파스, 은색 철 튜브로
된 12색 물감 등. 조그만 미닫이 창문과 나무 쪽문을 빼면 공
기와 빛이 어디로 오가는지 알 수 없었다. 아무리 졸렸기로서
니 이런 데서 잠이 들다니. 겨드랑이며 사타구니가 참을 수
없이 가려워졌다. 연수는 문방구 문을 활짝 열었다.

학교의 문방구에서 일한 지 벌써 일주일째였다. 문방구는
학교의 건물 뒤편, 조그만 공터에 있었다. 몇 걸음만 가면 나
지막한 울타리가 있고 그 너머는 그냥 논밭이었다. 실습용 개
구리나 붕어를 잡기도 하고 농번기에는 지렁이를 잡기도 했

다. 부산의 문구점과는 달리 이곳에는 주인이 따로 없었다. 반년 단위로 아이들이 교대로 상인 역할을 맡아 물건 파는 법, 돈 계산하는 법을 배웠다. 오후 수업까지 아직 십 분은 더 남았지만, 연수는 마지막 손님에게 연필 한 자루를 내주고 창문을 닫았다. 밖에서 문을 잠그고 교실로 걸어가는 중에도 티셔츠 안에 손을 넣어 몸을 벅벅 긁었다.

도시락을 다 먹은 아이들이 운동장으로 뛰어나와 화단 앞 빈터에서 삼삼오오 짝을 지어 놀고 있었다. 허리 다친다고 그렇게 말려도 말타기는 제일 신나는 놀이였다. 짓궂은 남자애들이 면도칼로 고무줄을 아무리 끊어대도 여자애들은 여분의 고무줄까지 챙겨와 놀았다. 딱지치기 패들도 적지 않았다. 여자애들은 자갈돌을 모아놓고 공기놀이에 열을 올렸다. 어쩌다가 도회지의 친척에게 플라스틱 공깃돌을 선물 받은 아이는 모두의 시새움을 받았다. 몇 초 동안 고개를 두리번거리던 연수는 화단 옆에 모여 있는 미영이와 다른 아이들을 발견했다. '철강산'이 막 끝난 상태였다.

"한 번 더 할까?"

미영이가 일동을 둘러보며 물었다. '철강산'은 두 명이 팔을 위로 쭉 뻗은 채 고무줄을 들고 서 있고 나머지는 다리를 거의 180도로 쫙 뻗어서 고무줄을 발목에 걸어 내린 다음 시작하는 놀이였다.

"야, 우리 '전우의 시체' 하자."

연수는 다급한 마음에 얼른 큰 소리로 외쳤다. 시계탑 바늘, 칠 분밖에 안 남았단 말이다!

"가시나, 키가 작으니까 맨날 '전우의 시체' 좋아하제?"

미영이는 그러면서도 한쪽 끝으로 가서 고무줄을 내려 무릎에다 걸고 섰다.

"순남아, 니도 빨리 서라."

순남이의 무릎에 고무줄이 걸쳐지자 연수와 정희는 고무줄을 넘기 시작했다.

"전우의 시체를 넘고 넘어 앞으로 앞으로, 낙동강아 잘 있거라 우리는 전진한다……"

내리쬐는 햇볕 사이로 뽀얀 먼지가 일어나고 등에서는 땀이 줄줄 흘러내렸다.

"아라비아 이에프지, 적군을 물리치고서, 하얀 담배 연기 속에 사라지는 전우야……"

이제는 연수와 정희가 고무줄을 무릎에 걸었다. 한자리에 가만히 서 있으니 몸이 더 가려워졌다. 수업 종이 쳤다. 아이들은 다급하게 고무줄을 걷고 교실로 달려갔다. 딱지 모으는 소리, 공깃돌이 부딪치는 소리, 기수들이 우르르 뛰어내리고 말들이 무너지는 소리가 요란스러웠다. 운동장은 삽시간에 뽀얀 먼지로 뒤덮였다. 교실 안 창문으로 내다보면 운치 있는 풍경이었다.

"꼭 하얀 담배 연기 같다."

연수가 미영이에게 말했다.

"그게 담배 연기가 아니고 총이랑 대포 연기라더라."

"진짜가? 근데, 미영아, 내 몸이 자꾸 가려운데."

"니도 그렇나?"

수업 시간에도 연수는 선생님의 눈치를 살피며 배와 가슴을, 나중에는 손을 힘겹게 뒤로 돌려 등을 긁었다. 땀이 마른 몸은 끈적끈적해지면서 더 가려웠다.

연수는 날이 어두워지길 기다렸다. 득이 이모가 앵두나무 옆에서 목욕할 때 연수도 따라나섰다. 유달리 가려운 배와 가슴을 빡빡 밀었다. 비누가 묻은 손에 작고 까슬까슬한 부서진 모래알 같은 것이 잔뜩 만져졌다. 바가지로 물을 퍼서 몸을 헹군 다음에는 수건으로 물기만 대충 닦고 후다닥 마루 위로 올라왔다. 수돗가에는 잎과 새파란 열매들로 뒤덮인 앵두나무만 시커멓게 덩그러니 서 있었다. 갑자기 팔다리도 없이 몸통만으로 저 혼자 잘도 콩콩거리던 머리 풀어헤친 귀신이 눈앞에서 번쩍거렸다.

연수가 방 안으로 들어서자 텔레비전을 보고 있던 수정이가 소리를 질렀다.

"세상에, 언니 니 몸에 그게 뭐고?"

연수의 몸 곳곳에 자잘한 것이 올록볼록 돋아났고 여기저기 발간 언덕이 생겨 있었다.

"책벌레네. 니 지금 문방구 당번이제?"

득이 이모가 서랍장을 뒤져 연고 하나를 찾아냈다. 납작해진 튜브를 짜니 노르스름한 점액이 마지못해 한 줄 나와주긴 했다. 연고 덕분인지 환부에는 뱀의 허물 같은 허연 버짐이 일어나고 거무칙칙한 흉터가 생겼다.

일주일 뒤에 연수는 문방구 문을 활짝 열어두고 문밖에 앉아 있다가 손님이 오면 안에 들어갔다. 물건을 꺼내고 돈을 받는 그 짧은 동안에도 오두막의 나뭇결들 사이로, 공책과 스케치북과 도화지 구석구석에 하얀 점들이 보였다. 벌레들은 보호색을 가진 곤충처럼 종잇장 위에 교묘하게 붙어 있었다. 움직이지 않으면 생명체라는 사실도 믿기 어려울 만큼 작았다.

논밭 너머에서 소리 소문도 없이 유숙이가 나타났다. 연수는 엄마와 이름에 성까지 같은 숙이와 친해지고 싶었지만 잘 되지 않았다. 연수와 같은 학년, 같은 반이었지만 몸집이 6학년은 족히 되어 보였다. 학교에도 거의 매일 오긴 했지만 교실에서는 보기 힘든 아이였다. 그저 이렇게 복도, 운동장, 분수 옆, 문방구, 근처 논밭을 고양이처럼 조용히 나타났다가 사라지곤 했다. 그렇다, 숙이의 움직임에는 소리가 없었다.

"숙이 왔나? 점심은?"

마침 따분했던 연수는 숙이가 몹시 반가웠다. 숙이는 벼들이 푸릇푸릇해진 논과 녹음이 짙어진 덕유산을 배경으로 그림처럼 서서 배시시 웃기만 했다. 연수를 바라보는 눈빛은 그윽하고 은근했지만 초점 없이 조용히 흔들리고 있었다. 사라질 때도 올 때처럼 소리소문없이 스러졌다. 이 역시 한 폭의 '전설의 고향'이었다.

손톱 끝에 봉숭아

다람재의 앞마당, 감나무에서 모서리가 동그란 네모 모양의 샛노란 꽃이 피어났다. 아이들은 감꽃을 따서 무명실로 엮어 목걸이와 팔찌를 만들었다. 감꽃의 꽃잎은 잘 문드러지지도 않았고 바싹 마른 다음에도 모양이 살아 있었다. 감꽃이 시들자 초록색 감들이 조그맣게 생겨났다. 연분홍빛 복사꽃이 피자 아이들은 꽃나무 가지를 꺾어 귀신 쫓는 놀이를 했다. 외할머니는 외할아버지나 큰외삼촌이 술주정하면 복숭아나무 가지로 부정한 힘을 몰아내곤 했다. 아이들은 복사꽃을 흩날리며 나뭇가지를 휘둘러댔다. "휘이, 휘이, 썩 물러가라, 썩." 귀신 쫓기 놀이가 끝날 무렵이면 후렴구처럼 초록색 복숭아가 맺혔다. 배꽃이 떨어진 자리에는 주근깨투성이 배가 열렸다. 하나같이 땡감에 돌복숭아에 돌배였다. 수돗가 옆 앵두나무에만 진짜 앵두가 열렸고 빨갛게 익어갔다.

새마을 집 앞마당, 봉숭아꽃도 흐드러지게 피었다. 아이들은 봉숭아꽃을 색깔별로 따고 초록색 잎사귀도 몇 장 뜯었다.

마룻바닥에 비닐봉지를 넓게 펴고 꽃과 잎을 공이로 마구 으깨고 백반을 넣었다. 그리고 서로의 손끝에 짙은 초록 물이 가득 밴, 짓이겨진 봉숭아꽃과 잎을 적당한 크기로 떼어 얹고 비닐로 덮은 다음 무명실로 꽁꽁 묶어주었다. 수정이는 반나절도 견디지 못해서 손톱 끝에 연한 주홍색만 남았지만, 연수는 열 손가락을 동여맨 채로 하룻밤을 꼬박 견뎌낸 대가로 짙은 다홍빛 손톱을 얻었다. 손톱 주변 살에 배어 있던 붉은 물은 금방 사라졌다. 손톱의 다홍빛도 점점 줄어들었다. 손톱 끝의 봉숭아가 첫눈이 올 때까지 남아 있으면 첫사랑이 이루어진다고들 했다. 산골 소녀들의 꿈에서는 덕유산 아카시아 꽃과 찔레꽃의 아찔한 향내가 뿜어져 나왔다.

6월이 오자마자 꽃을 피우는 코스모스도 있었다. 드문드문 피어난 흰색, 연분홍색, 보라색 꽃잎은 가느다란 실처럼 흐느적대는 초록색 줄기, 여린 이파리들과 어우러져 조화로운 우주가 되었다. 토요일 오후, 연수는 오전 수업을 마치고 미영이와 함께 집에 가는 중이었다. 뿌연 흙먼지 이는 신작로를 지나 시멘트 길도 절반쯤 걸어왔을 때 앞쪽에 분홍색 글자가 보였다. '김연수 바보.' 분명히 광호 짓이었다. 연수는 공책을 찢어서 자기 이름자를 지웠다. 분홍색 분필이 시멘트 바닥으로 넓게 번질수록, 그래서 이름자가 흐릿해질수록 얼굴은 더 빨개졌다.

다음 주 월요일 아침, 연수는 어김없이 시냇가 맞은편 미영이의 집에 들렀다. 미영이와 함께 플라타너스 옆을 막 지나치려는데, 옆쪽 길에서 남학생 한 명이 걸어 나왔다. 미영이는 연수의 팔을 툭툭 쳤다. 연수는 그 남학생이 광호임을 알아채자마자 미영이의 손을 더 꼭 잡은 채 시멘트 길로 들어섰다.

"미영이 니는 머리가 곱슬이라서 파마 안 해도 되겠다."

"나는 니 같은 참머리가 부럽다. 곱슬머리가 좋으면 파마하면 되지만, 참머리는 어떻게 만드노?"

"파마머리 푸는 기술도 있다던데? 스트레이트 파마인가."

그동안에도 등 뒤로 광호의 시선이 꽂히는 것이 느껴졌다. 세 아이는 줄을 선 모양새로 학교까지 반 시간 남짓을 더 걸어갔다. 연수는 이후에도 학교나 동네에서 광호와 몇 번 더 마주쳤다. 그때도 말 한마디 주고받지 못하고 그저 상대방의 시선이 얼굴이나 뒤통수에 꽂히는 것을 느낄 뿐이었다.

일요일이 왔다. 가짜 먹이로 로키를 골려주던 연수는 저쪽 반구에서 광호를 발견했다. 재빨리 방 안으로 뛰어들어갔다가 나오니 보이지 않았다. 연수는 반구 쪽으로 올라갔다. 갑자기 숲속에서 광호가 튀어나왔다.

"니 전학 간다던데, 진짜가?"

광호가 여전히 멀찍이 떨어져서 따지듯 물었다. 처음 건넨 말치고는 너무 터무니없는 질문이었다.

"어디서 들었는데?"

"애들이 그러던데."

광호는 한쪽 발로 땅바닥만 툭툭 치다가 갑자기 호주머니를 뒤적였다. 찌그러진 초코파이가 나왔다.

"깔고 앉았더니 망했네."

광호는 민망한 듯, 무안한 듯 웃었다. 연수도 그냥 어색하게 웃기만 했다.

"그만 간다, 소 풀어놓고 왔거든."

그러고도 한동안 발장난을 치면서 뭉그적댄 다음에야 돌아섰다. 광호는 돌부리에 채지도 않고 용케 잘도 뛰어갔다. 아빠의 어린 시절 얘기에 등장하는 노루가 꼭 저런 모양새였을 것 같았다. 숲속으로 사라진 광호는 흐드러지게 핀 개망초 더미 사이로 한 번 더 모습을 드러냈다가 영영 사라졌다. 보이는 건 풋풋한 연두색 줄기와 작은 이파리, 샛노란 꽃판과 하얀 꽃잎이 가득한 개망초밭뿐이었다.

연수는 미영이와 함께 책가방을 메고 학교를 나섰다. 한 십오 분쯤 걸어가면 언덕이 나왔다. 언덕을 넘을 때 버스가 지나가면서 흙먼지가 뽀얗게 일었다. 두 아이는 나무 옆에 주저앉아 주위의 돌멩이를 모았다. 옆에는 조그만 도랑이 하나 있었다. 새마을이나 다람재의 숲속에서 조붓하게 흐르는 맑은 계곡물, 시냇물과는 달리 탁한 물이었다. 밑바닥에도 갈색 모래알이나 돌멩이 대신 질퍽한 진흙이 고여 있었다. 송사리나

피라미도 전혀 보이지 않고 진흙에 꼭 어울리는 거머리 천지였다. 시커멓다고도 할 수 없는 기분 나쁜 색깔에, 뱀이나 지렁이처럼 정직하게 길면 모를까, 몸이 잔뜩 줄어들었다가 두배로 커졌다가 하는 요사스러운 몸짓이 정말 징그러웠다. 그래도 공기놀이를 하는 동안에는 거머리도 뭣도 다 잊을 수 있었다. 둘이서 하면 차례가 빨리 돌아왔다. 미영이의 감시를 받으며 손가락을 쫙 벌려 뚝뚝 떨어져 있는 자갈 다섯 개를 한꺼번에 집는 순간, 갑자기 알록달록한 등에 검은 솜털이 잔뜩 난 송충이가 위에서 툭 떨어졌다.

"이놈의 송충이가 너무 더워서 미쳤는갑다. 소나무에 안 붙고 백양나무에 사노."

연수의 호들갑에 미영이는 송충이를 잡아 논두렁 쪽으로 획 던져버렸다. 그때 한 무리의 남학생이 언덕을 넘어 내려왔다. 광호도 섞여 있었다. 그날 이후 광호는 유난히 쌀쌀맞아졌다. 어쩌다 점심시간에 운동장에서 잠시 마주쳤지만 말을 거는 일은 없었다. 마침내 광호와 친구들이 개천 옆을 지나가게 됐다. 연수는 그쪽을 보지 않았지만 저도 모르게 뒷골이 시려오는 것을 느꼈다. 아이들이 다 지나갔을 때는 고개를 돌려 그들의 뒷모습을 바라보았다. 괜히 마음 한구석이 서늘해지고 만사가 귀찮아졌다.

"미영아, 그만 가자. 목말라 죽겠다."

아이들은 다시 집을 향해 걸어갔다. 뒤에서 우체부 아저씨의 목소리가 들렸다. 마침 신작로 한가운데로 버스 한 대가 지나가면서 먼지가 뽀얗게 일었다. 아저씨는 잠깐 자전거를 세웠다.

"니 김연수 맞제? 제동댁 외손녀? 옛다! 부산에서 편지 왔다."

'부산'이라는 말에 연수는 아까보다 더 가슴이 뛰었다. 우체부 아저씨의 자전거가 저만치 멀어지자 연수는 봉투를 뜯었다. 곱게 접힌 하얀 편지 속에는 사진 한 장이 들어 있었다. 지난겨울, 어느 주말에 종율이 외삼촌이 잠깐 다람재에 들렀을 때 찍은 사진이었다. 네 발을 땅에 딛고도 연수의 엉덩이 높이까지 오는 황톳빛 로키가 늠름한 자세로 서 있고 연수의 품에는 가슴을 다 덮고도 남을 만큼 살이 찐 나비가 눈을 반쯤 감은 채 안겨 있었다. 연수 옆에는 연희가 바짝 붙어 있고 엄마는 형우를 안은 채 서 있었다. 사진을 보는 순간, 가슴이 뭉클해지면서 눈물이 쏟아질 것 같았다. "연수에게— 외갓집에서 어른들 말씀 잘 듣고 공부 열심히 하고 있을 줄로 안다. 몸도 건강하고……"로 시작되는 아빠의 편지는 16절지 가득 이어졌다. 연수는 편지를 사진과 함께 봉투에 담아 가방 속에 넣었다.

새마을 어귀, 한쪽으로는 넓은 논이 이어졌고 반대편으로는 강처럼 넓은 시냇물이 콸콸 흐르고 있었다. 미영이가 나지막한 어조로 말했다.

"연수 니는 좋겠다, 부산 가니까.""

"와 시골이 싫나?"

"이런 산골짝에서 우리 엄마처럼 사는 거 정말 싫다. 어른 되면 죽어도 도시 나가서 살 기다. "

햇볕은 사정없이 내리쬐는 평일 오후, 어느덧 7월이 코앞이었다.

다람재도 모내기가 한창이었다. 연일 가정학습의 날이었다. 경운기가 바쁘게 돌아갔고 어른이나 아이나 죄다 검은 장화를 흥건한 물속에 담근 채 하루를 보냈다. 모판의 모를 네다섯 줄기씩 뽑아 들고 논을 가로질러 드리워진 줄에 맞추어 심으면, 논의 양 끝에 선 사람들이 줄을 조금씩 앞으로 당겼다. 그 움직임에 따라 모 심는 사람들은 한 두어 걸음을 뒤로 물러선 뒤 새로 드리워진 빨간 줄에 모를 심었다. 장화를 신어도 수시로 거머리가 종아리에 엉겨 붙었고 논의 한 귀퉁이, 구석진 바위 밑에서는 시뻘건 실지렁이들이 바글거렸다. 외숙모와 득이 이모가 큰 쟁반과 대야에 새참을 날라 왔다. 배추김치, 깍두기, 미역 냉채, 오이무침, 둥근호박볶음 등 반찬이 푸짐했다.

"여기는 오늘 끝내고 내일은 가재로 가야겠네."

"형부가 장사가 잘되나 보던데요."

"김 서방도 성깔이 있어서 남 밑에서 일하는 거보다 그게 낫겠지."

"방학하면 애를 데려간대요."

유득이가 연수를 가리키면서 제동댁에게 말했다.

"아이고, 잘됐네. 지 자식 떼놓는 것도 할 짓 아니제."

건성으로 한마디 한 다음 제동댁은 다시 논으로 들어갔다.

연수는 외할머니가 자기를 별로 좋아하지 않는다고 생각했다. 무를 깎아도 연두색이 섞인 뿌리 부분은 해욱이에게 주었다. 같은 큰외삼촌의 자식이라도 수정이나 수미, 수운이도 좋은 대접을 받지는 못했다. 손자가 아니라 손녀였기 때문이다. 거의 모든 것이 해욱이 차지였다. 어쩌다 자반고등어라도 한 손 밥상 위에 오르면 살이 가득한 몸통 부분은 해욱이 차지였고 꼬리 부분은 수정이나 수미, 수운이가 먹었다. 연수는 내장 찌꺼기와 가시가 잔뜩 박힌 뱃살 부분도 못 먹기 일쑤였다. 외할머니는 이모를 대하는 태도와 막내 외삼촌을 대하는 태도도 달랐다. 남자인 외할아버지가 아들과 딸을 차별하는 것은 이해가 되었지만, 여자인 외할머니가 그러는 것은 참 수수께끼였다.

*

유종율이 휴가를 받아 올라왔다. 연수의 짐은 인디언 치마를 비롯한 옷가지 몇 개, 교과서와 일기장, 공책, 연필 몇 자루가 전부였다. 두고 갈 수밖에 없는, 그래서 아쉬운 것은 딱 하나, 할아버지의 앉은뱅이책상이었다.

7월 말, 연수는 아침 일찍 외삼촌과 함께 읍내로 나갔다. 외삼촌은 국민학교 동창을 만난다며 관청 건물로 들어섰다. 앞섶에 잔주름이 달린 하얀색 블라우스와 폭 넓은 감색 치마를 단정하게 차려입은 아가씨와 외삼촌은 밥집으로 장소를 옮긴 다음 꽤 오랫동안 얘기를 나누었다.

"병원 일은 어떻노?"

"워낙 큰 병원이라 대우가 참 좋다. 그래도 여자 직업으로는 일 점잖은 면사무소나 군청이 제일이지."

어른들의 대화를 들으며 연수는 세상에서 교사 다음으로 좋은 직업이 공무원이라는 믿음을 갖게 됐다.

"부산까지 가려면 서둘러야겠네? 몇 시 차고?"

"슬슬 일어나야지. 88올림픽 고속도로가 개통돼서 네 시간도 안 걸린다."

시외버스가 가조면을 빠져나가기가 무섭게 연수는 속이 메슥거렸다. 한바탕 다 게워낸 다음에는 거의 실신했다. 차 안의 구토는 어느덧 익숙했지만 그래도 고통스러웠고 시간은 더디게 갔다. 도중에 눈을 뜨면 어느덧 초록색 벼가 빼곡히 들어찬 논이 빠른 속도로 지나갔다. 왠지 다시는 못 볼 풍경 같아서 눈물이 핑 돌았다. 다시 잠 속으로 들어갔다가 눈을 뜨니 고령역, 그다음 현풍역이었다. 연수는 아픈 아랫배를 붙잡고 외삼촌과 함께 화장실을 찾아갔다. 휴게소에서 좀 떨어진 곳에 허름한 시멘트 집 같은 것이 있었다.

화장실은 최악, 극악이었다. 비좁은 직사각형 구멍으로 똥이 가득 차올라 넘치기 일보 직전이었고, 구린내가 코를 찔러 숨이 막혔다. 연수는 엉덩이를 최대한 높이 들어 쪼그려 앉았다. 맞은편에 검정 매직으로 엉덩이 두 짝과 그 사이에 막대기를 꽂아놓은 그림이 그려져 있었다. 뭔지 몰라도 굉장히 징그러웠고 소름이 끼쳤다.

시외버스는 다시 속력을 냈다. 연수는 창밖을 보는 둥 마는 둥 스르르 잠이 들었다. 완전히 눈을 떴을 때는 논 대신 강이 보였다. 낙동강이었다. 온몸이 종잇장처럼 힘이 없고 허기가 하염없이 몰려왔다. 창밖 세상의 모양새가 달라졌다. 빼곡하게 들어찬 높은 건물, 화려한 색깔의 세련된 버스와 택시, 큼직한 트럭과 자동차, 알록달록 복잡한 간판, 양 갈래로 끝없이 이어지는 가로수…… 어느덧 어스름이 내려 도시의 불빛이 한껏 멋을 부렸다. 불과 네다섯 시간 만에 연수는 자신이 어마어마한 세월의 강을 건너왔음을 깨달았다.

버스에서 내리자마자 엄마가 달려왔다.

"아이고, 우리 딸, 그새 많이 컸네! 배고프제? 종율아, 니도 욕봤다. 올림픽 고속도로는 어떻드노?"

엄마는 연수를 덥석 끌어안더니 굵은 옹이가 박인 거친 손으로 얼굴을 마구 쓰다듬었다.

　연수는 엄마 손을 꼭 쥔 채 다시 한 번, 이 놀라운 단절에 대해 생각했다. 오늘 아침만 해도 다람재에 있었는데, 오전만 해도 거창읍에 있었는데 이제 그곳은 동화 속의 머나먼 나라가, 저 신비한 우주 안드로메다 은하가 되어버렸다. 아주 짧은 순간이지만 어쨌든 굉장히 낯선 느낌이었다. 그게 시간의 느낌이었다. 마찬가지로, 겨우 육 개월 동안 연수는 마법의 물약이라도 꿀꺽 삼킨 듯 훌쩍 자란 것 같았다.

다시,
황령산 자락에서

시장, 지하상가, 학교

연수의 두번째 부산 집은 4년 전 정태네 집보다 훨씬 좋았다. 기찻길 위 산동네가 아니라 기찻길 아래 평지였다. 새로 다닐 학교도 육교 하나만 건너면 됐다. 단칸방이지만 넓고 창문도 컸고 부엌도 깔끔했다. 부전시장도 큰길을 몇 번 건넌 다음 서면 지하상가를 지나 쭉 가면 금방이었다. 수영 팔도시장보다 열 배는 족히 큰 것 같았다. 상점과 노점이 빽빽이 들어차 있고 어딜 가나 썩고 문드러지고 찌그러진 쓰레기가 밟혔다. 손수레와 '돌돌이'가 지나갔다. "비켜요, 비켜!" 거칠고 굵은 소리가 울려 퍼졌다. 트럭에서 과일이나 채소, 생선, 고기 상자를 내리는 사람도 많았다. 미로와 같은 골목길을 몇 번 꺾자 '무지개 카바레'가 나왔다. 건물의 계단 옆, 두 개의 공중전화 부스 앞에 그 부스보다 훨씬 작은 엄마가 무 파는 아줌마와 나란히 앉아 있었다. 세상에, 볶은 보리와 옥수수와 곤소금을 파는 노점상이라니. 일이 잘 풀렸다고 하더니. 역시 세상은 동화 속과는 달랐다.

경사가 완만한 시멘트 바닥 아래, 반지하 느낌의 청과물 시장이 있었다. 텁텁하고 갑갑한 공기에 과일 썩는 냄새가 코를 찔렀다. 입구에서 세번째 가게, 앞쪽에는 뚜껑이 열린 과일 상자가 진열되어 있고 안쪽에는 조그만 평상이 마련되어 있었다. 옆쪽에는 뜯지 않은 과일 상자가 높이 쌓여 있었다.

"김 사장 배달 갔는데요? 둘째 딸인가 보네요."

"어데요, 큰딸요. 학교를 한 해 빨리 들어가서 키가 좀 작아요."

유숙이는 속상해서 묻지도 않은 말을 늘어놓았다. 어두운 지하의 끝에서 김준호가 나타났다. 흙먼지와 땀에 전 얼굴은 시커멨지만 몸놀림에서는 젊음과 건강이 넘쳤다.

"삼창상회 갔다 왔다. 연수야, 저리로 올라가자."

김준호는 깨끗한 종이 한 장과 모나미 볼펜 하나를 꺼내 연수에게 내밀었다. 옆 가게 사장도 평상에 걸터앉았다.

"선생 한번 써봐라. 한자 교본에 나오잖아, 다 외웠제?"

연수는 몸을 약간 구부려서 볼펜으로 '先生'을 썼다.

"그래, 먼저 선, 날 생, 옳지."

김준호는 신이 났다.

"4학년이 한문도 잘하네요. 우리 아들은 아직 한글도 똑바로 못 쓰는데."

이 말에 김준호는 우쭐거리면서 멋쩍게 웃었고 얼굴은 더 발개졌다.

"한 학기 동안 시골에 있어서 부산 애들 따라갈 수 있을지 걱정입니다."

김준호는 큰딸이 거창에 있을 때 이미 초급 한자 교본을 사 뒀다. 까막눈이나 다름없는 김준호가 보기에 연수는 배움과 익힘의 속도가 빨랐다. 둘째와 셋째는 자연스레 첫째를 따라 가리라는 믿음도 있었다. 잠시 장 보러 나갔던 유숙이가 나타 났다.

"콩나물 다듬어놓고 쌀도 씻어 물에 담가놓고, 아침 먹은 그릇은 씻었나? 걸레도 좀 빨아야 할 긴데."

유숙이는 연수 손에 장바구니를 들려주며 짐짓 미안한 표 정을 지었다.

"지하상가까지라도 데려주고 와라. 길 잃을라."

"연수는 똑똑해서…… 혼자 갈 수 있제?"

연수는 타박타박 시장에서 집까지 걸어갔다. 반 시간도 훨 씬 넘는 거리였다. 시장, 약국, 식당, 아스팔트, 지하상가, 전 포국민학교, 오뚜기 문방구, 육교, 떡볶이집……

개학하자마자 연수는 전포국민학교로 등교했다. 이번에도 정이 이모가 함께 가주었다. 비가 추적추적 내리는 날, 연수 는 사촌 오빠의 반소매 남방과 반바지를 입었다. 돈 아깝다고 엄마가 머리도 아주 짧게 깎아버렸다. 선생님이 연수를 소개 하자 뒤에서 키득거리는 소리가 들렸다.

"선생님, 그런데, 쟤 남자예요, 여자예요?"

한 남학생의 질문에 선생님이 얼른 말을 받았다.

"머리가 짧아서 그렇지, 얼굴도 예쁘게 생겼는데."

그러자 아까 그 남학생의 짝이 손을 번쩍 들었다.

"선생님, 쟤 한국 사람 맞아요? 혹시 베트남이나 캄보디아에서 왔나 싶어서요, 헤헤."

선생님이 그 남학생 둘을 야단쳤지만, 연수는 금방 주눅이 팍 들고 기가 확 죽었다. 확실히 부산에는 자기처럼 얼굴이 까무잡잡한 아이도, 바싹 마른 아이도 잘 없는 것 같았다.

김준호는 돈을 빌려 트럭을 한 대 샀고 경상도의 과일 산지를 누비고 다녔다. 물건 싣고 내려오면 캄캄한 밤이었다. 유숙이는 새벽부터 저녁까지 장사하다가 집에 들어와 집안일하고 잠시 눈을 붙였다가 어둑새벽에 시장에 나갔다. 성수기에는 가게에서 자는 일도 허다했고 과일 선별은 동생들의 도움도 받았다. "별 보고 나가서 별 보고 들어오고……" 이 말을 입에 달고 살았지만, 농사일보다는 훨씬 낫다고 생각했다.

아이들도 낮에 엄마가 집에 없는 상황에 익숙해졌다. 연희의 아침과 점심을 챙기는 건 연수 몫이었다. 학교 갔다 오면 맨 먼저 설거지와 방 청소를 하고, 여덟 살임에도 천방지축 놀러만 다니는 연희의 소재를 파악해야 했다. 도시락도 문제였다. 어느새 연수는 아이들 사이에서 결식아동이 되었다.

"연수야, 엄마가 많이 바쁘시나?"

선생님의 호출과 질문이 있고 난 다음에야 비로소 엄마는 도시락통을 사 왔다. 자존심이 상했는지 도시락을 싸주긴 했다. 반찬은 항상 김치였고 간혹 쥐포나 마른오징어 볶음이 꿉사리로 끼어 있었다. 그나마도 다른 아이들처럼 살이 포동포동 오른 도톰한 쥐포나 길쭉하고 맛깔스러운 오징어 흰 살이 아니라 값싼 얇은 쥐포나 오징어 찌꺼기 볶음이었다. 어묵도 가운데 구멍이 뚫리고 쫄깃쫄깃한 세련된 것이 아니라 부전시장의 도매상에서 산 넓적한 어묵을 썬 것이었다. 그 흔한 포장 김도 못 사서, 밥을 비벼 먹어야 하는 김 부스러기가 전부였다. 나중에는 그마저도 챙겨주지 못해, 연수가 알아서 깍두기만 담아 갈 때도 많았다. 도시락을 같이 먹는 친구도 자연스레 반찬의 수준에 따라 결정되었다.

오늘도 교문 옆에서는 종이 상자 속의 연노랑 병아리들이 삐악거렸다.

"이럴 줄 알고 오늘은 책도 들고 왔다, 건강한 병아리 고르는 법!"

한 남자아이가 정말로 허벅지 위에 책을 펼쳐놓고 상자 속의 병아리를 하나씩 꺼내 항문을 유심히 들여다보았다.

"아이고, 다 건강하다. 너거들이 그래 만지면 오히려 병든다."

처음에는 타이르듯 조용히 말하던 아주머니도 화를 낼 기세였다. 마침내 아이는 흐뭇한 표정을 지었다.

"이거 주세요."

아이는 백 원짜리 병아리를 손에 쥔 채 득의만만한 표정으로 연수와 친구들 옆을 지나갔다.

"니, 그거 진짜로 키울 자신 있나?"

"말이라고! 귀여운 놈, 얼른 자라서 맛있는 닭고기가 되어라, 헤헤."

연수도 병아리를 사고 싶었기에 더더욱 얼른 영아, 진희와 함께 교문 앞을 벗어났다. 대로 맞은편으로 아빠가 지나가고 있었다.

"아빠!"

연수를 보지 못했는지 아빠는 그냥 획 사라졌다. 연수는 친구들과 노닥거리며 육교를 건넜다. 집 근처 떡볶이집이 미어터졌다. 조그만 접시에 이십 원짜리 떡볶이와 삼십 원짜리 군만두를 담은 메뉴가 최고로 인기 있었다. 영아와 진희도 말하자면 깍두기 도시락 반찬 부류였다. 영아는 아빠도 없이 엄마 혼자 고깃집을 경영했는데, 호주머니에는 항상 백 원짜리 몇 개가 있었다. 그래도 연수 마음에는 왠지 영아가 자기보다 더 안된 것 같았다. 진희는 엄마 아빠가 모두 변변찮은 가게도 없이 노점에서 생선을 팔았다. 오늘 진희한테 돈이 생긴 건 어제 이모가 와서 용돈을 주었기 때문이다.

"연수 니는 왜 안 먹는데?"

"점심을 너무 많이 먹었는지 속이 더부룩하다."

연수는 저축할 욕심에 군침을 꿀꺽 삼켰다.

"이 집 떡볶이 참 맛있제? 아까 그 병아리는 어찌 되겠노?"

연수도 궁금했다.

항상 열려 있는 대문을 밀고 들어가자 비좁은 통로가 나왔다. 몇 발짝 더 가자 갑자기 안쪽에서 문이 열렸다. 아빠였다. 부엌 바닥에는 물이 번져 있었다. 막 샤워를 하고 옷도 새로 갈아입은 아빠는 어느 때보다도 더 미남으로 보였다. 눈썹이 짙고 이목구비도 또렷했다. 키도 작지 않고 다리도 길고 곧았다. 막 감은 머리카락에서는 검은 윤기가 흘렀다. 하지만 아무리 깨끗한 옷도 먼지와 구정물 때문에 오전이면 남루해졌다. 과일 상자는 결이 곱지 못한 나무로 만든 것이라, 아빠의 옷과 팔뚝에는 여기저기 긁힌 흉터도 많았다. 머리카락도 새집처럼 뭉쳐 있었다. 아까 학교 앞을 지나던 아빠의 모습이기도 했다.

"아빠, 아까 나 못 봤어요? 큰 소리로 불렀는데."

연수는 반년의 공백 이후에, 이상하게도, 아빠에게 높임말을 쓰게 됐다.

"아, 그랬나? 연희는 또 놀러 나갔나? 저래 노는 걸 좋아해서 내년에 학교 가겠나."

거짓말이라곤 통 못하는 양반이 의뭉을 떨려니 얼굴에 곤혹스러움이 가득했다. 입술마저 씰룩거렸다.

"아빠 또 시장 가요?"

"어, 또 산지 간다. 연희 데려와서 글자 좀 가르치고!"

아빠는 그러고서 횡하니 나갔다. 연수는 아빠 등 뒤에 대고 큰 소리로 외쳤다.

"잘 다녀오세요! 술 많이 마시지 말고요!"

연수가 책가방을 풀어놓고 설거지를 하자마자 연희가 들어왔다.

"어디 갔다 오노? 방 좀 닦아라."

"알았다. 나중에 하께."

"나중은 무슨! 지금 해라."

"치이, 언니 니는?"

"나는 설거지하잖아, 보면 모르나?"

"그럼 내가 설거지할 테니까 언니 니 방 닦아라."

"요 가시나가! 그럼 내가 방 닦을 테니까 니 빨래할래?"

"정숙이 집에는 세탁기도 있는데, 우리 집은 다 꼴았다."

"그런 거 말하면 뭐 하노. 연희 니, 내가 아침에 쓰라고 한 거 다 썼나?"

연희는 연수의 재촉에 뭉그적대면서 공책을 꺼냈다. 어제 저녁에 연수가 써준 글자만 있었다. 이름을 가르쳐주었을 때만 해도 신기해하며 열심히 써보더니 낱말로 들어가자 흥미가 똑 떨어진 모양이었다. '一했습니다'가 들어가는 문장을 베껴 쓰라고 했을 때는 하품까지 했다. 쌍받침이 많아서 숨이 막힌다는 것이었다.

"나이도 한 살 많은데 이래 공부를 안 해서 어쩔래?"

연수는 애가 탔지만, 정작 연희는 배시시 웃으며 애교를 부렸다.

"언니 니는 학교 들어갈 때 이름 석 자만 쓸 줄 알았다며? 그래도 공부 잘하잖아? 내가 김연수 동생인데 설마 공부 못 할까 봐? 달리기를 못하면 못했지, 헤헤."

천하태평 연희에게는 근심이 없었다. 수중에는 항상 오십 원 정도는 꼭 있었지만 한 시간도 안 돼서 어디론가 사라졌다. 혹시 돈이 남으면 언니와 동생 준다며 과자를 한 봉지 사 들고 왔다.

형우는 엄마와 함께 시장에 나갔다. 하루하루 자랄수록 엄마를 따라가지 않는 날도 많았다. 어린 동생을 돌보는 것은 연희의 몫이었다. 형우는 주로 골목 시장 위 놀이터나 오락실에서 놀았다. 놀기 좋아하는 명랑한 남매는 찰떡궁합, 단짝이 되었다. 둘 다, 4학년이나 됐는데도 두어 학년은 더 어려 보이는 연수가 엄마처럼 잔소리하면 한 귀로 듣고 그냥 흘려버렸다. 어쩌다가 큰집 사는 할머니가 올 때는 셋 다 행복했다. 할머니가 들기름을 발라 구운 김에 금방 지은 밥을 싸 먹으면 그 맛이 기가 막혔다.

파국은 늘 갑자기

　점심도 먹지 않고 김천으로 올라간 남편이 자정이 넘도록
돌아오지 않았다. 유숙이는 잠든 아이들의 얼굴을 보고 시장
에 나와 있었다. 너무 늦은 시각이라 과수원 주인에게 전화
하기도 꺼려졌다. 물건이 도착하기 전에 한숨 자두려고 담요
를 덮고 전기장판 위에 누웠다. 원래 못 하나 제대로 못 박을
만큼 손이 둔하고 기계에는 완전히 젬병인 양반이 트럭을 몬
다는 것 자체가 싫었다. 애간장이 다 녹아내리는 기분이었다.
어떻게 잠이 들었는지 어떤 남자 목소리에 퍼뜩 잠에서 깼다.
　"김씨 아줌마, 빨리 와서 전화 좀 받아보소!"
　현풍, 즉 창녕의 병원이었다. 발견되었을 때부터 줄곧 혼수
상태였다고 한다. '혼수상태'라는 말에 유숙이 눈앞이 노래졌
다. 막상 가서 보니, 붕대와 링거와 병상이 특이할 뿐, 남편은
얼굴도 멀쩡하고 말도 곧잘 했다. 그제야 비로소 울음이 터졌
다. 내리막길에서 문자 그대로 한 바퀴 구른 것치고는 운이
좋았다.

"아버님이 도왔다, 아이고, 아버님!"

유숙이는 훌쩍대면서 시아버지를 또 한 번 불렀다.

김준호는 부산의 병원으로 옮겨졌다. 아이들은 팔에 깁스한 채 다인실 침대에 누워 있는 아빠 모습이 낯설었다.

트럭은 폐차 수준은 아니었다. 하지만 사과가 모조리 만신창이가 되었다. 지난번 포도 때의 손해를 만회하려고 욕심을 부린 것도 문제였다. 자릿세도 줘야 했다. 마누라는 두툼한 잠바를 껴입고 잠바 주위로 커다란 앞치마를 두르고, 또 목도리와 싸구려 스카프로 얼굴과 목을 가린 채 눈만 내놓고 새벽부터 돌멩이처럼 찬 바닥에 앉아 있다. 손이 곱은 지 오래고, 얼굴의 기미는 더 짙어졌다. 어떨 때는 마누라를 보고서 "할머니, 소금 세 봉지만 주세요"라고 하는 사람도 있었다. 퇴원한 김준호는 트럭부터 헐값에 팔아버렸다. 아무래도 사업도아무나 하는 것이 아닌 모양이었다. 김준호는 새해가 밝기 전에 지하 청과물 시장의 막노동꾼이 되어 있었다. 수영 공판장과는 달리 겨울에도 일감이 떨어지는 일은 없었다. 그래도 일수업자에게 빌린 돈을 갚기에는 역부족이었다. 전세금을 빼면 당장 길바닥에 나앉아야 했다. 하필 이럴 때는 항상 겨울이었다. 개명골댁이 납시어주셨다.

"엄마가 니 차 산다고 했을 때 오뉴월에 씨 불알 터지는 소리 한다고 그래 안 말렸나, 엉?"

어미 된 죄, 공부 못 시키고 죽도록 일만 시킨 죄, 부산으로 나오라고 한 죄를 모조리 뒤집어썼다. 며느리 볼 낯도 없었다. 개명골댁은 윗옷을 걷어 올리고 두툼한 배 주위를 두른 복대를 풀었다. 비닐봉지로 싼 다음 노끈으로 꽁꽁 묶어놓은 돈뭉치가 나왔다.

"백만 원이다. 월세를 안 끼면 단칸방도 못 얻겠네, 우짜겠노? 사람 안 죽었으면 됐지, 뭐."

괄괄한 개명골댁도 눈물을 훔치지 않을 수 없었다. 준우까지 아들 여섯이 팔자가 이렇게 달랐다. 준덕은 교수가 된 뒤로 수입은 줄었어도 생활은 더 윤택해졌다. 선물도 수시로 들어왔다. 지금은 준서 집에 살면서 준서의 둘째 아이인 태훈이를 봐주었다. 어린 손자를 등에 업고 폐지나 빈 병을 모아다가 파는 재미가 쏠쏠했다. 그 모양이 처량해 동전 몇 개, 심지어 천 원짜리 지폐를 찔러주는 사람도 있었다. 그때마다 개명골댁은 불쌍한 거지를 연기하며 쾌재를 불렀다. '이놈들, 내가 누군데! 내 밑구멍에서 교수가 나왔다!'

개명골댁의 복대 속 돈이 그런 돈이었다. 다음 복대는 방송통신대학을 졸업하고도 준호 못지않게 절절매며 사는 준규한테 가게 될 것이었다. 그다음 복대는 영문과를 졸업하고 이제 막 학원 강사가 된 막내 준성의 결혼 자금이었다. "가지 많은 나무 바람 잘 날 없다더니, 무자식이 상팔자다!" 김준호의 집을 떠나며 개명골댁은 읊조렸다.

보증금 백만 원에 월세 삼만 원짜리 단칸방은 말이 반지하지, 사실상 완전히 지하였다. 쪽문처럼 달린 나무문을 열고 가파른 계단을 내려가면 마당이 분지처럼 파여 있었다. 계단 옆으로 네 칸의 방이 닥지닥지 붙은 채로 이어졌다. 모두 창문 하나 없는, 지하의 벽이 곧 창문인 방이었다. 김준호 가족의 방은 밖에서 두번째였다. 이사는 반나절 만에 끝났다. 근처 사는 공장장 김준규가 도와준 덕분이었다. 화창하고 쌀쌀한 겨울날이었다. 아이들은 울음을 터뜨릴 기세였다.

　"아빠, 여기가 우리 집이가? 이렇게 좁은데?"

　연희의 말에 형우가 금방 추임새를 넣었다.

　"누나야, 세상에 창문 없는 방도 있나? 이 시퍼런 건 뭐고?"

　"곰팡이 같은데. 삼촌, 책상이랑 의자를 여기다 두는 거예요?"

　연수가 한쪽 벽을 가리키며 물었다. 지난번에 새로 산 철제 책상을 벽에 바싹 붙였다.

　"공부할 때는 의자에 앉아서 하고, 다 하고 나면 이래 들어서 책상 위에 올리면 안 되나."

　그렇게라도 하지 않으면 다섯 식구가 밥상 앞에 둘러앉을 수도 없을 만큼 비좁고 흉측한 방이었다.

　"언니야, 방이 이래 꼴아서 친구도 못 데려오겠다, 그자?"

연희는 잔뜩 골이 난 언니를 보면서 입을 삐죽거렸다.

아이들의 실망과 원망이 담긴 말에 김준호와 유숙이는 묵묵부답 짐만 날랐다. 형님 내외를 대신해서 준규가 한마디 했다.

"사람이 살다 보면 원래 밑으로 갈 때도 있는 기다. 지금이 제일 밑이니까 앞으로는 올라가기만 할 기다."

"쥐구멍에도 볕 들 날 있다!"

연희가 외치자 연수가 대뜸 소리쳤다.

"모든 쥐구멍에 다 볕이 드는 줄 아나? 평생 빛 한 번 안 드는 쥐구멍도 천지다."

"언니 니는 맨날 그리 삐딱하게만 생각하노? 동길이 아저씨 집에는 엄마도 없잖아. 그자, 엄마?"

"그래, 그래. 어여, 삼촌, 우리 뭐 라면이라도 끓여 먹을까?"

"형수도 참. 나도 인제 돈 많이 벌어요. 자장면이랑 짬뽕 시키고 탕수육도 하나 시킵시다. 연수 니가 쪼르르 가서 주문하고 와라. 바로 옆에 중국집 하나 있더만."

"아이고, 이봐라, 또 쓸데없는 데 돈 쓴다. 삼촌이 이러니까 선형이 엄마가 속이 타잖아."

유숙이는 진심으로 시동생을 만류했다. 김준규도 벌써 딸아이가 다섯 살이었다. 하나 낳고 말 것도 아닌데 세상 모든 사람한테 지갑을 열어놓았다. 아이들이 나가자 유숙이가 준규에게 잔소리 삼아 한마디 했다.

"삼촌도 이제는 직장 옮길 생각하지 말고 진득이 다녀라."

똥 묻은 개가 겨 묻은 개 나무라는 격이 아니라, 과부 사정 홀아비가 아는 격이었다. 김준규는 사람만 좋지, 물러터지고 쓸데없이 자존심만 세서 수시로 직장을 옮겼다. 다른 형제들을 본받아 독한 마음먹고 대학 졸업장을 딴 것까지는 좋았다. 그 졸업장이 밥 먹고 사는 데는 오히려 방해만 됐다. 내가 대학까지 나와서 이런 일을, 이런 식이었다. 준규의 아내도 사람이야 그보다 순하고 털털하기 힘들었지만 무슨 천생연분인지 남편처럼 헤펐다. 집 안의 거의 모든 물건이 월부였다. 유숙이가 조심스레 뭐라고 하면 예의 그 넉넉한 미소를 지으며 손사래를 쳤다. "형님, 우리가 살면 얼마나 살기라요?" 돈은 버는 족족 흔적도 없이 사라졌다. 반면 펜대 쥐는 일을 할뿐 더러 내외가 다 알뜰하고 쫀쫀한 김준서 집은 나날이 살림이 늘어갔다.

*

사람들은 이 집을 민경이네 집이라고 불렀다. 민경이는 이 집에 산 지 제일 오래된 6학년짜리 여자아이였는데 대학생, 고등학생인 오빠 둘과 함께 살았다. 일주일에 한두 번씩 엄마가 찾아오긴 했지만 무슨 영문인지 같이 살지는 않았다. 민경이의 오빠는 둘 다 키가 훤칠하게 크고 얼굴이 갸름한 미남이었다. 민경이는 얼굴의 구성 성분만 보면 오빠 둘을 많이 닮

앉는데 이상하게도 전혀 예쁘지 않았다. 무엇보다도, 다리가 비정상적으로 짧았다. 아무도 앞에서는 뭐라고 하지 않았지만 뒤에서는 다들 "아, 그 난쟁이!"라고 했다. 하체는 짧아도 상체는 정상, 즉 길어서 민경이는 여러 불편함이 있었다. 대변 뒤처리도 신문지 조각이 들린 손을 두 다리 사이로 뻗어야 했다. 뒤가 아니라 앞을 닦는 셈이었다. 공중전화기의 수화기를 들 수도 없고 선반 위에 있는 물건을 꺼낼 수도 없었다. 친구들과 공기놀이는 해도 고무줄 뛰기는 하기 힘들었다. 그럼에도 민경이는 무척 밝은 아이였다.

민경이네 집은 뜨내기들을 빼면 고정적인 거주자는 별로 많지 않았다. 우선 이 집에서 가장 부자인 문방구 주인이 있었다. 늙수그레한 아저씨가 덧셈, 뺄셈도 잘 못했기 때문에 가게 일은 아줌마가 보았다. 그 옆, 역시나 방이 두 칸인 집에는 연탄집 주인이 살았다. 아줌마는 얼굴색이 보통이었지만, 아저씨는 연탄처럼 새카맸다. 매일 당근을 즐겨 먹어 피부가 곱다는 딸은 회사에 다녔고 아들은 대학교 1학년이었다. 맞은편 단칸방에는 쌀집 아줌마가 살았다. 바싹 마르고 성질이 괄괄해 보이는 아줌마는 남편 죽고 자식들 시집, 장가보낸 다음 혼자 살았다. 간혹 딸이 아이를 데리고 놀러 왔는데, 뽀얀 얼굴에 눈코입이 오목조목 박힌 것이 예쁘장한 여자였다. 혼자 살아서인지 쌀집 아줌마는 똥차 맞이하는 일, 전기세와 물세를 모으는 일을 도맡아 했다. 화장실 옆, 위층에는 선주네가 살았다. 큰딸 선주와 선경이가 각각 연수, 연희와 같은 학년이어서 엄마들은 사소한 일에서도 경쟁하려 들었다.

연수네 집은 부엌에 수챗구멍조차 없어 세수든 설거지든 빨래든 모두 공동 수돗가를 써야 했다. 여름에는 연탄집의 벽과 담벼락 사이의 조그만 틈까지 호스를 끌어다 물이라도 끼얹을 수 있었다. 그 집 전화도 간혹 쓸 수 있었다. 화장실은 계단 바로 옆에 붙어 있었다. 총 여덟 가구에 스무 명도 넘는 사람이 함께 쓰는 것이었다. 쌀집 아줌마가 염산을 뿌린 직후에는 코를 막고 일을 봤는데, 신발 근처로 구더기가 꿈틀거렸다. 연수는 어느덧 직접 집게를 움직이고 손의 힘을 조절해 연탄을 갈 수 있게 되었다. 빨래는 연희의 도움을 많이 받았다. 언니가 빨래를 치대면 동생이 옆에서 헹궜다. 물을 잔뜩 머금은 빨래를 옥상까지 들고 갈 때는 이웃들이 도와주었다. 비가 올 때는 연희가 우산을 받쳐주었다. 이런 날의 빨래는 모두 비좁은 부엌에 널고 세숫대야나 냄비 같은 것을 밑에 받쳐두었다. 비 오는 날엔 어김없이 부침개를 부쳤고 그 냄새가 빨래에 속속들이 배어들었다.

김준호 일가는 땅바닥을 포복하듯, 하루하루를 근근이 살아냈다. 큰딸은 5학년이 됐고, 반장으로 뽑혔고, 저금통을 사달라고 했다. 둘째 딸은 이제 막 학교에 들어갔다. 크레파스는 꼭 24색이어야 하고 구두도 꼭 하나는 있어야 했다. 언니가 입던 치마도 좋지만 기필코 그 치마에 어울리는 새 블라우스가 있어야 했다. 한글도 제대로 못 뗀 연희는 공부도 곧잘 따라가고 선생님과 친구들한테 두루 귀여움을 받았다. 유일한 걱정거리는 형우였다. 날이 갈수록 느는 것은 딱지와 구슬밖에 없었다.

연수의 위업

연수의 시력이 각각 0.4, 0.5로 측정되었다. 시장에서 돌아온 엄마와 함께 '서독 안경점'에 갔다. 가게 주인은 이 동네 사람답지 않게 잘생긴 얼굴에 하얀색 와이셔츠를 입은 말쑥한 남자였다. 그가 연수에게 권한 건 크고 둥근 테, 일명 '잠자리 안경'이었다. 안경 값이 비쌌다. 반장이라는 것도 이름값을 했다. 적십자 성금 모금에 펑크가 나도 반장이 메워야 했다. 최소한 삼천 원은 족히 하는 화분도 사 가야 했다.

금요일에는 학급 회의가 있었다. 월요일 아침 운동장 조례와 교장 선생님 말씀 다음으로 싫은 것이었다. 쓰레기통, 물통, 대걸레를 어디에 어떻게 놓을지를 두고 찬반 투표가 벌어졌다. 반장은 회의를 진행하고 부반장은 칠판에 바를 정(正)자를 써가며 투표수를 확인했다. 이십 분만 지나도 아이들은 떠들었다. 반장은 나지막한 목소리로 딴에는 점잔을 떨어가며 주의를 환기했다.

"여러분, 조용히 좀 해주십시오. 이제 건의 사항을 받도록 하겠습니다."

또다시 시끄러워졌다.

"야, 니가 말해라. 전에 칠판 닦기 싫다고 했잖아."

"앞으로 나란히 하는 거 싫다고 해라."

반장이 주먹으로 교탁을 탁탁 두드렸다.

"할 말 있으면 손들고 해주십시오."

상원이가 손을 번쩍 들었다. 연수가 손짓을 하자 자리에서 일어났다. 순간, 사위가 조용해졌다.

"어, 그러니까 말입니다. 흠흠, 김연수, 빨리 끝내고 집에 가자. 니 동생들 지금 집에서 울고 있잖아."

상원이는 히죽거렸고 다른 아이들도 따라 웃었다. 연수도 지금 책상에 앉아 있었더라면 같이 웃었을 것이다. 하지만 교탁 앞에 서 있는 이상, 다시 교탁을 주먹으로 쾅쾅 두들기 며 장난치지 말라고 꾸짖었다.

"조그만 게 잘난 체하기는…… 니도 학급 회의 하기 싫잖 아, 내 말 틀렸나?"

아이들은 휘파람을 불고 손뼉을 치며 상원이를 응원해주 었다.

"야, 박상원, 니 한 번만 더 헛소리하면 가만히 안 둔다."

연수의 단호한 말에 아이들의 야유와 외침은 잦아들었지 만 상원이는 더 호기를 부렸다.

"가만히 안 두면 어쩔 건데? 난쟁이 똥자루만 한 게 왕눈

이같이 눈만 커서는."

"입 다물고 자리에 앉아라. 자꾸 헛소리하면 진짜 가만히 안 둔다!"

하지만 상원이는 자리에 앉기는커녕 계속 약을 올렸다.

"아이고, 무서워라, 진짜로 사람 패겠네!"

상원이의 말이 채 끝나기도 전에 연수는 교탁에서 물러나 2분단과 3분단 사이로 걸어갔다. 아이들은 물론이고 상원이도 호기심 반, 두려움 반을 갖고 사태를 관망했다. 연수는 누가 봐도 키 작은 말라깽이였고 상원이는 몸집은 크지 않아도 전교에서 싸움을 제일 잘하기로 소문난 녀석이었다. 연수는 숨을 고르며 몇 초간 아무 말도 하지 않고 상대방을 노려보기만 했다. 지금까지 장난기 있는 웃음을 띠던 상원이의 얼굴도 사뭇 진지해졌는데, 전적으로 호기심 때문이었다. 그때 연수의 가느다란 팔이 위로 올라가는가 싶더니 조그맣고 얇은 손바닥이 상원이의 뺨을 스치고 지나갔다. 찰싹! 이 소리에 제일 놀란 건 상원이였다. 너무 놀라서 아플 틈도 없었다. 교실 문이 열렸고 선생님이 나타났다.

"회의 끝났나? 상원이 뺨이 와 저래 벌겋노?"

상원이는 너무 부끄러웠다. 맞을 때는 몰랐는데 의외로 상당히 아팠다.

"제가 때렸어요. 너무 말을 안 들어서요."

연수는 선생님을 올려다보며 야단맞을 각오로 또박또박 말했다. 하지만 선생님은 웃음을 참는 듯한 표정을 짓더니 상원이를 타박했다.

"그래? 박상원, 반장 말 잘 들으라고 했지? 왜 떠들었어, 엉?"

따귀 사건 이후로 상원이는 친구들 사이에서 톡톡히 창피를 당했다. "코딱지만 한 가시나"에게 뺨이나 맞은 한심한 녀석이라는 것이었다. 어릴 때부터 골목대장 자리를 굳건히 지켜왔던 상원이로서는 이만저만한 치욕이 아니었다. 연수는 상원이의 보복이 은근히 두려웠다. 하지만 상원이는 학교나 동네에서 연수를 보면 자기 쪽에서 무안해하며 피했다.

"야, 박상원!"

집 근처 골목길, 연수는 이번에도 로키가 꼬리를 내리듯 슬그머니 내빼는 상원이를 불러 세웠다. 상원이가 힐끔 뒤돌아보았다. 막상 불러놓고 나니 연수도 할 말이 없었다.

"저어기…… 그때……"

상원이는 피식 웃더니 제 갈 길을 갔다. 연수는 상원이 등을 향해 큰 소리로 외쳤다.

"야, 박상원, 날도 더운데 밥 잘 먹고 다녀라!"

이 말에 상원이는 또 한 번 걸음을 멈추었지만 이번에는 돌아보지도 않았다. 2학기 때부터는 상원이를 다시 볼 수 없었다. 하사관인 아빠를 따라 경기도 어디로 가버렸다고들 했다.

연수는 그때 미안하다는 말을 하지 못한 것이 오래도록 후회되었다.

*

연수와 연희는 머리를 맞대고 앉아 막 코팅해 온 종이를 오리느라 분주했다. 다 쓴 공책의 뒤표지를 장식한 각 나라의 국화(國花)와 명승고적을 찍은 사진이었다. 영국의 장미, 네덜란드의 튤립, 러시아의 해바라기, 스위스의 에델바이스, 그리스의 올리브 등. 네덜란드의 풍차, 인도의 타지마할 묘당, 그리스의 파르테논 신전, 프랑스의 베르사유 궁전, 미국의 횃불 든 자유의 여신상 등. 코팅의 인기는 이루 말할 수 없었다. 5, 6학년만 돼도 커다란 연예인 사진을 코팅해서 벽에 붙이거나 걸어놓는 아이들도 많았다. 그에 비하면 연수와 연희의 취미는 무척 검소한 편이었다. 만화 영화 주제곡의 가사를 외우는 것도 즐거웠다. 연수는 공책에다 「빨강 머리 앤」, 「바람돌이」, 「고깔모자 삼총사」 등의 가사를 빼곡히, 그것도 네 줄씩 끊어서 적어두었다. 정이 이모 집에 갈 때도 이 공책은 『탐구생활』과 함께 꼭 챙겼다. 책가방의 앞주머니에는 멀미용 비닐봉지와 하얀 가제 손수건을 넣었다. 아빠는 연희도 같이 가라고 했다. 여자는 절대 혼자 다니면 안 된다는 게 아빠의 지론이었다. 엄마는 삐뚤삐뚤한 글씨로 버스 번호와 이모 집 전화

번호를 적어주었다.

"혹시 무슨 일 있으면 공중전화 찾아서 이모한테 전화하고, 알겠제? 동전 다 있제? 산복도로 지나서 세번째 정거장이다, 알았제?"

두 딸아이는 고개를 몇 번씩 끄덕인 뒤 밖으로 나갔다. 걸음걸이에서는 필요 이상의 당돌한 투지가 넘쳐났다. 어른 없이 자기들끼리만 차를 탈 만큼 먼 곳에 가보기는 처음이었다. 형우한테서 해방된 것도 기뻤다.

손명석 가족의 집은 김준호 가족이 처음 부산 생활을 시작했던 정태네 집 못지않은 고지대에 있었다. 그래도 길이 그만큼 비좁지도, 가파르지도 않았다. 집도 넓었다. 부부는 방 두 칸을 썼고, 곁채에는 유종율이 혼자 살았다. 실은 이 집도 유종율이 장만한 것이었다. 직장이든 교회든 그의 단정한 몸가짐과 강직한 성품에 호감을 보이는 여자가 적지 않았다. 그런데도 그는 여자라는 것에 상당히 무심한 것처럼 보였다. 오죽하면 김준호가 처남이 혹시 육체적으로 문제가 있는 건 아닌가 의심할 정도였다.

한편 손명석은, 김준호 부부의 우려대로, 그다지 성실한 가장이 못 됐다. 결혼 생활 초기에 큰자형 밑에서 일을 하다가 사업을 시작한 건 부모의 사망 직후 유산을 받은 덕분이었다. 그때만 해도 손명석 내외는 넓은 집에서 떵떵거리며 살았다.

그 무렵 유정이는 '아두골반 불균형'이라는 아리송한 진단에 제왕절개수술을 받았다. 옛날 같으면 애 낳다가 죽을 팔자라는 소리였다. 힘들게 낳은 만큼, 또 샘이 많았던 만큼 유정이는 딸내미를 그야말로 공주처럼 키웠고 유치원도 보낼 생각이었다. 그런데도 남편은 사업을 말아먹고 일없이 빈둥거리는 날이 많아졌다. 둘째가 선 건 그 무렵이었다. 유정이는 언니를 찾아와 울고불고 신세 한탄을 했다. 유숙이는, 정작 그 자신도 그러지 못했기 때문에 더더욱 매정한 충고를 해주었다. 배 속 아이를 포기하더라도 이혼하라는 거였다.

"남자 술 먹는 건 참아도, 게으른 건 절대 안 된다. 나이도 젊은데 딸 하나 못 키우겠나."

그러고서 부전시장에 나오면 남의 일을 거드는 자리라도 알아봐주겠다고 했다. 유정이는 펄쩍 뛰었다.

"언니야, 내가 중학교까지 나왔는데……"

제과점이나 사무실에서 경리를 보던 몸을 어떻게 그 험한 시장 바닥에서 굴리겠느냐는 것이었다.

유정이는 남편 곁으로 돌아갔고, 둘째를 낳았다. 손명석은 아내의 수술 당일 돈을 구하기 위해 백방으로 뛰어다닐 만큼 바보였다. 이후에는 어느 시멘트 회사에 취직했다. 변변찮다고 생각되는 돈벌이로 네 입을 먹여 살려야 했다. 그 와중에 강짜가 심한 유정이는 걸핏하면 속아서 결혼했다고 투정을 부렸고 옆집 남자 운운하며 손명석의 자존심에 상처를 입혔다. 한 시절 가슴 달떴던 모든 연인처럼 유정이와 손명석도 애증과 연민으로 연명하며 살았다.

언니라는 것이 버스만 타면 오리처럼 꽥꽥 토악질을 해댔다. 연희는 언니 등을 두들겨주고 미리 챙겨온 봉지를 입 앞에다 대주고 손수건으로 입도 닦아주었다.

"아이고, 한심해라, 언니 니는 진짜 촌놈이다!"

자매는 산복도로를 지나 슈퍼마켓 앞 정류장에서 내렸다. 살짝 열린 대문을 밀자마자 정이 이모가 민규를 업고 나왔다. 민규는 엉금엉금 잘도 기어 다니고 간혹 의자 같은 것을 잡고 설 줄도 알았다. 얼굴도 정이 이모를 닮아 올망졸망 귀여웠다. 누나인 새미는 이모부를 닮아 눈이 작고 입술이 위로 살짝 들려 있어 예쁘다는 소리는 나오지 않았다. 그래도 말을 배우면서 상냥하고 애교스러운 이모의 표정이 조금씩 나왔다. 새미는 어제 거창에서 내려온 득이 이모와 놀고 있었다. 조카들이 오면 정이 이모는 분주해졌다. 밀가루 반죽을 우동 면처럼 만든 다음 꼬아서 튀기기도 하고 핫케이크나 도넛을 만들기도 했다. 삶은 감자와 달걀을 으깨고 각종 채소를 다져 넣고 마요네즈에 비빈 '사라다'는 기본이었다. 어떨 때는 양배추와 오이, 당근을 채썰어 마요네즈와 케첩에 버무려주기도 했다. 연수와 연희가 달걀이 먹고 싶다고 하자 아예 한 판을 삶아준 적도 있었다. 그날 연수와 연희는 삶은 달걀에는 혀를 내두르게 되었다.

"연수 멀미해서 배고프겠네? 뭐 먹을래? 튀김 사주까?"

이모는 호주머니에서 천 원짜리 한 장을 꺼내주었다. 아이들은 가방을 마루에 던져놓고 득이 이모를 앞세워 집 앞 포장마차로 향했다. 이 집에는 오징어튀김, 고구마튀김, 고추튀김 외에 식빵을 대각선으로 잘라 튀김옷을 묻혀 튀긴 것이 있었다. 오직 이모 집에서만 누릴 수 있는 식도락이었다.

"형부는 이제 일 잘 다니나?"

"잘 안 다니면 우짜겠노? 남자는 아침에 밥숟가락 놓으면 나가야지, 서방이 대낮에 집에서 뒹굴면 얼마나 쪽팔리는 줄 아나. 득이 니는 고3이 이래 놀아서 되겠나?"

"이모야, 고3이 뭔데?"

연희가 식빵 튀김을 뜯어 먹다 말고 물었다.

"고등학교 3학년, 수험생을 말하는 기다. 종율이 오빠가 전문대라도 들어가면 학비는 대준다잖아. 요즘은 여자도 배워야 시집도 잘 가는데."

"흥, 시집 그거 뭐라고? 어디 돈 많은 영감이라도 하나 있으면 모를까."

"어린 게 말하는 것 좀 봐라."

정이 이모가 정색했지만 득이 이모는 꿋꿋했다.

"물주를 하나 물어야 하는데 말이지."

득이 이모는 얄궂은 표정까지 지으며 키득거렸다. 외국 영화를 많이 본 탓인지 이모는 사고방식이 좀 괴상했다. 가수나 영화배우에 대해서도 누구는 걸레라느니, 누구는 대통령과 어찌어찌해서 자궁을 들어냈다느니 하는 말을 곧잘 툭툭 내뱉었다. 그래도 연수는 평범한 아줌마일 뿐인 엄마나 정이 이모와 달리, 어딘가 도발적인 데가 있는 득이 이모가 좋았다.

저녁밥을 먹기 전에 아이들은 모두 텔레비전 앞에 붙어 앉았다. 연수, 연희, 새미까지 만장일치로 「빨강 머리 앤」이었다. 빨강 머리에 주근깨투성이 앤과 검정 머리를 예쁘게 땋은 다이애나는 모든 소녀들의 로망이었다. 연희는 다소 어이없게도 매튜 아저씨의 열렬한 팬이었다. 목이 짧고 두툼한데다가 동작도 굼뜨고 항상 어리바리한 표정을 짓지만 정이 많다는 이유에서였다. '앤 놀이'를 할 때도 배역이 저절로 정해졌다. 연수는 앤처럼 계속 종알대거나 울음을 터뜨렸고 연희는 마릴다 아줌마처럼 엄하게 한두 마디로 야단을 치거나 매튜 아저씨처럼 목을 어깨 속으로 움츠리며 난처하고 안타까운 표정을 짓곤 했다.

저녁 식탁에는 된장찌개와 갈치조림이 올라왔다. 옛날에는 돼지고기볶음은 기본이고 통닭도 시켜주었다. 저녁 장을 보면서 이모가 계속 칠백 원, 천 원, 천삼백 원, 이러면서 돈을 세는 것부터 수상쩍긴 했다. 아이들은 은근히 미안한 마음이 들었다. 퇴근한 이모부와 말다툼하는 것을 보니 더 그랬다.

득이 이모는 종율이 외삼촌 앞에서 한참 동안 인상을 쓰고 있었다. 외삼촌은 나이가 들수록 인생을 '바른 생활'과 '슬기로운 생활'처럼 살며 '즐거운 생활'을 멀리했고, 훈수 두는 버릇은 더 심해졌다. 절대 고분고분하지 않은 득이 이모였지만 부산에 정착하려면 작은오빠의 도움이 절실히 필요했기 때문에 묵묵히 듣고만 있었다. 잠들기 전에는 두 조카 사이에 누워 정윤희의 서구적인 미모와 동양적인 우수, 아담한 몸매에 대한 품평을 늘어놓고 「목로주점」을 흥얼거렸다. 연수는 그날 밤 「목로주점」의 가사를 절반 이상은 다 외웠고 따라쟁이 연희도 노랫가락을 흥얼거렸다. 사흘 뒤 버스 타고 산복도로를 내려갈 때는 낙타와 사막에 대해 생각했다.

*

유숙이는 아침부터 마음이 다급했다. 오늘은 가을 운동회 날이었다. 유정이의 치마를 얻어다 놓았지만 허리가 껴서 밥도 많이 먹으면 안 됐다. 아침 장사를 끝내고 집에 들어와 세수도 깨끗이 하고 딴에는 화장도 하고서 학교로 갔다. 미장원에 들러 드라이를 했으면 싶었지만 돈도, 시간도 너무 아까웠다. 선생님 선물로 준비한 부사 다섯 개 때문에 이미 출혈이 적지 않았다. 김준호는 하다못해 만 원이라도 갖다 드리라고 말했지만, 유숙이는 얼토당토않은 소리라며 으름장을 놓았다. 한 달 방세가 삼만 원인데!

유숙이가 학교에 도착했을 때는 이어달리기 순서였다. 똑같은 체육복 틈에서 저만치 처진 아이가 연수였다. 몸놀림이 너무 굼떠서 달린다기보다는 팔다리를 흐느적대며 달리는 시늉만 하는 것 같았다. 점심시간이 되자 딸내미와 함께 교실로 들어갔다. 운동장이나 화단 근처에서 먹는 사람이 대다수인데 딸내미 덕분에 교실 입성이었다. 유행에 뒤떨어진 옷차림과 뽀글뽀글한 파마머리가 계속 신경이 쓰였다. 교실 안의 엄마들은 하나같이 중고등학교는 나온 것 같았고 옷은 물론 구두와 가방도 값비싸 보였다.

"그동안 찾아뵙지도 못하고 죄송합니다. 우리가 별 보고 나가고 별 보고 나오고…… 맨날 장사한다고 너무 바빠서…… 저어기, 이거 우리가 파는 사과 중에서 제일 좋은 긴데……"

유숙이는 담임 선생님에게 시커먼 비닐봉지를 내밀었다. 동시에 선생님 책상 위에 올려진 선물 꾸러미를 보는 순간 손까지 떨려왔다. 그 귀한 바나나 한 송이가 통째로 올려져 있는가 하면 거봉 한 상자, 다양한 과일이 들어간 과일 바구니, 화려하게 포장된 각종 선물 꾸러미가 가득했다.

"엄마, 자가 연수다!"

저쪽에서 여자애 하나가 소리쳤다. 그 아이 엄마가 유숙이 쪽으로 다가왔다. 어깨에 닿을락 말락 한 파마머리에 앞가르마를 타고 드라이를 해서 넘긴 굵은 웨이브가 무척 세련되어 보였다.

"우리 애가 연수 얘기를 어찌나 많이 하던지. 가정 형편도 어려운데 공부도 잘하고 반장도 한다고……"

또 다른 애 엄마가 다가왔다. 뜻밖의 환대에 유숙이는 너무 불편해서 몸 둘 바를 몰랐다. 원래는 조용히 선생님 얼굴 한 번 보고 도시락 건네준 다음 다시 시장에 나갈 생각이었다. 점심까지 먹게 되자 얼굴이 화끈 달아올랐다. 거창에서라면 요리 솜씨도 둘째가라면 서러운 유숙이였지만, 부산 아줌마들의 휘황찬란한 도시락에는 눈이 돌아갈 지경이었다. 쇠고기 불고기, 찜닭, 육전까지 포함된 다양한 부침개, 소시지와 햄 볶음, 감자 샐러드, 돈가스 등 완전히 진수성찬이었다. 유숙이의 도시락은 김치와 달걀부침, 삶은 햇밤이 전부였다. 딸내미 창피할까 봐 부끄러운 기색을 보여도 안 됐다.

점심을 다 먹은 뒤에는 그 엄마들 틈에 끼여 교문 밖으로 나왔다. 자가용을 가져온 엄마도 있었다. 유숙이는 그 무리에서 빨리 해방되려고 일부러 학교를 한 바퀴 둘러 집으로 갔다. 집에 오자마자 허리가 너무 조였던 치마부터 벗었다. 코끝이 찡했지만 빨리 옷을 갈아입고 시장으로 달려갔다. 허리께에 하반신을 거의 다 덮는 두툼하고 넓적한 앞치마를 찼을 때는 볶은 보리차와 소금을 포장하느라 여념이 없었다.

사실 유숙이는 남편 몰래 비자금을 모아두고 있었다. 저까짓 무시래기, 배추 우거지를 주워다 말려 판 돈이 얼마나 될까. 정말이지 티끌 모아 태산까지는 안 돼도 언덕 정도는 되었다. 여기에 틈틈이 시장에서 하역을 도와주고 번 무수한 삼천 원과 오천 원도 보태졌다. 2년 뒤 유숙이가 백만 원이 넘는 거금을 내놓으며 과일 가게를 열자고 했을 때 김준호는 혀를 내둘렀다.

목욕탕과 추석

추석맞이 연중행사를 치러야 했다. 유숙이는 머리에 대야 하나를 이고 아이 셋을 끼고 공중목욕탕으로 향했다. 연수 손에 들린 큰 비닐봉지 안에는 빨랫감이 가득했다.

"엄마, 나 아빠랑 가면 안 되까?"

여탕 문 앞에서 여섯 살 형우는 엄마 손을 쥔 채 궁둥이를 뒤로 쑥 뺐다. 누나들 따라 요강 위에 털썩 주저앉던 때가 언제였냐 싶었다.

"아이고, 우리 아들, 많이 컸네! 부끄러운 것도 다 알고. 학교 들어가면 그때는 남탕 가라."

유숙이는 아들 궁둥이만 톡톡 칠 뿐이었다. 형우는 울상이 돼서 목욕탕으로 끌려 들어갔다.

"저 봐라, 머슴애들도 많잖아. 니보다 머리통 하나는 더 큰 놈도 있네. 연수야, 비누 좀 잘 챙겨라."

두 딸은 각자에게 맡겨진 물건을 들고 욕탕 안으로 들어 갔다.

목욕탕은 그야말로 사람 콩나물을 심어놓은 콩나물시루였다. 욕조의 수면 위로 솟은 얼굴들 옆에 진회색 때가 둥둥 떠다녔다. 그래도 그 주변에 궁둥이 붙일 자리를 잡는 사람은 운이 좋은 거였다. 유숙이는 아이 셋을 앞세워 비교적 작은, 그래서 물이 좀 더 깨끗한 욕조 옆으로 비집고 들어갔다.

"아줌마, 여기도 비좁아 죽겠구먼."

"죄송합니다, 애들이 많아서요, 좀 봐주이소."

말은 공손했지만 세 남매를 앞세워 몸을 들이미는 기세는 참 막무가내였다. 자리를 잡자마자 자기 몸과 아이들 몸에 동시에 물을 끼얹었다. 탕에 들어가는 건 순서대로 했다. 행여 모조리 자리를 뜨면 이 귀한 자리를 빼앗기기 십상이었다. 아이들이 하나씩 뜨거운 탕에 들어갔다가 나오면 유숙이는 사정없이 때를 밀었다.

"엄마, 아프다, 살살 좀 해라!"

"또 언제 목욕탕 올 기라. 구백 원이 뉘 집 개 이름이가."

유숙이는 이참에 세 남매의 묵은 때는 물론 연한 살갗마저 싹싹 벗겨야 직성이 풀렸다. 형우 저 꼬맹이마저도 사백 원이나 내야 했다. 본전을 뽑으려고 배, 등, 팔, 다리, 겨드랑이, 사타구니 안쪽까지 무작스러운 대패질을 감행했다. 심지어 두 딸내미의 얼굴조차 저 공포의 '이태리타월'로 박박 문질러 댔다. 그때마다 딸들은 눈을 질끈 감은 채 죽음의 고통을 감

내했다. 유숙이는 아이들의 비명과 투정에는 아랑곳하지 않고 거의 신들린 사람처럼 가쁜 숨을 몰아쉬며 자기 일에 몰두했다. 두 딸과 아들의 등판이 시뻘개지고 겨드랑이나 사타구니에 속살마저 보이면 드디어 안도의 한숨을 내쉬었다.

"언니야, 나 여 좀 봐도, 너무 따갑다."

이제 막 고문에서 풀려난 연희가 언니 앞으로 엉덩이를 쑥 내밀었다.

"엄마, 좀! 연희 엉덩이에 피날 뻔했잖아!"

"아이고, 개안타. 금방 아문다. 이제 너거 둘은 머리 감아라."

엄마는 진즉에 냉탕에서 물장난을 치는 형우를 낚아채 왔다. 여탕 들어가기 싫다고 징징대던 형우는, 어느새 자기처럼 수난받는 남자애들과 어울려 노느라 정신이 없었다. 엄마는 형우를 사정없이 온탕에 푹 담그고 때가 불기를 기다렸다. 어디 도망갈까 봐 형우의 어깨도 꽉 쥐고 있었다.

"앗, 뜨거! 엄마, 뜨거워 죽겠다, 좀!"

"오냐, 오냐, 이제 꺼내준다, 좀 있어봐라."

정말로 좀 있다가 온탕에서 해방되긴 했다. 형우는 아직은 몸집이 콩알만 했기 때문에 그야말로 엄마의 밥이 되었다. 엄마는 형우를 엎었다 뉘었다, 앉혔다 세웠다, 접었다 폈다 하면서 곳곳의 때를 말끔히 벗겨냈다. 궁둥이 사이, 발가락 사이, 귓구멍 안쪽도 싹싹 씻겨주었다. 그동안에 형우는 몇 번이나 울음을 터뜨렸다. 주변의 늙은 아줌마들이 키득거렸다. "아이고, 고놈 고추 참 귀엽게 생겼네." "저것도 잠깐인 기라. 좀 있으면 털 숭숭 나고……" "저 아줌마 모타리 저래 쪼맨해서, 자식들 셋 씻기는 거 쉽잖을 텐데." 그렇게 자기들끼리 노닥대다가 한증탕으로 들어갔다.

유숙이의 전투적인 손놀림 덕분에 세 남매는 번데기에서 나비가 되는 변태를 겪었다. 몸의 껍질이 벗겨지자 아이들은 일제히 냉탕으로 달려갔다. 이제 유숙이는 본격적으로 빨래에 돌입했다. 속옷뿐만 아니라 보름씩, 한 달씩 입은 겉옷까지 모조리 꺼내 왔다. 뜨거운 물을 마구잡이로 쓸 수 있고 증기마저 가득해 비누도 잘 스며들고 때도 쏙쏙 빠졌다. 유숙이 옆으로 시커먼 구정물이 줄줄 흘렀다. 오늘도 어김없이 이 비좁은 목욕탕 안에서 열심히 빨래를 치대는 사람이 적지 않았다. "저 아줌마, 진짜 보통내기 아니네. 잠바까지 들고 오는 사람은 육십 평생 처음 본다." 눈살을 찌푸리며 수군대는 사람은 있어도 목욕탕 주인한테 고자질하는 사람은 없었다. 빨래까지 마친 다음에야 비로소 유숙이는 자기 몸을 씻었다. 등은 연수가 밀어주었다.

"아이고, 빨래 대야도 잘 못 드는 가시나가 손힘은 와 이리 세노. 엄마도 이제 돼 죽겠다, 아이고."

어느새 삼십대도 중반을 넘겨버린 유숙이는 가쁜 숨을 몰아쉬었다. 연수는 이참에 복수라도 하겠다는 듯 엄마 등을 박박 문질렀다. 국수 자락만큼 굵은 때가 뚝뚝 끊기며 떨어졌다. 무척 작은 엄마였지만 아직은 엄마의 등이 학교 운동장처럼 넓게만 느껴졌다.

다들 속옷을 입자마자 체중계 위로 올라갔다.

"아야, 너거 엄마가 50킬로도 안 된다. 하긴 이래 고생을 하는데 우째 살이 찌겠노, 아이고."

"엄마는 키 작아서 40킬로만 나가도 되는데."

연수가 쿡쿡대면서 체중계 위로 올라갔다.

"우와, 33킬로!"

"우아, 언니야, 나도 이제 28킬로 다 됐다!"

자매들은 해마다 불어나는 체중을 보면서 환호성을 질렀다. 두 누나는 막내를 체중계 위에 얹다시피 세웠다. 아직 20킬로도 안 됐다. 형우의 관심사는 그러나 체중이 아니라 냉장고였다.

"엄마, 딸기우유 하나만!"

"바나나우유가 더 맛있는데."

"나는 초코우유가 좋다."

아이들의 삼중창에도 유숙이는 묵묵부답이었다.

"엄마, 그냥 흰 우유라도 하나 사도, 어? 우리 셋이 나눠 먹을게, 어, 엄마?"

연수가 그나마 가장 합리적인 방안을 내놓았다. 유숙이는 빨래를 한 번 더 꽉 짜서 대야에 차곡차곡 담는 중이었다.

"고마 집에 가서 물 먹자. 엄마는 세상에서 물이 제일 맛있더라, 몸에도 좋고."

유숙이는 대야를 머리에 훌쩍 얹었다. 아이들은 그 와중에도 몇 번이나 엄마를 붙잡고 애원했다. 유숙이는 전략과 전술을 살짝 바꾸며 아이들을 타일렀다.

"원래 이런 데는 우유 하나도 억수로 비싸다. 엄마가 집에 가면 훈이네 가서 우유랑 요구르트 실컷 사주께. 연수랑 연희는 비누, 샴푸 잘 챙겨라."

해마다 반복된 감언이설을 아이들은 이번에도 철석같이 믿었다. 집에 도착하자마자 또 우유와 요구르트 타령이 시작되었다. 하지만 유숙이는 물 한 그릇을 게걸스럽게 들이켠 다음 아이들에게도 물그릇을 내놓았다. 목이 말랐던 아이들은 일단 물로 목을 축이고 또 노래를 불러댔다. 엄마 요구르트, 엄마 초코우유, 엄마 바나나우유, 엄마 딸기우유!

"아이고, 주전부리 뭐 하러! 보리랑 옥수수가 들어가서 얼마나 고소한지, 물이나 한 번 더 먹어라."

아이들은 울상이 됐다. 역시, 집에 가서 사준다는 말은 거짓말이었다! 그 배신감은 엄마의 고달픈 모습을 봐도 쉽사리 사라지지 않았다. 옥상에다 빨래를 널고 오자마자 유숙이는 죽은 사람처럼 곯아떨어졌다. 거뭇거뭇 기미로 뒤덮인 싯누런 얼굴에 입을 약간 벌리고 눈을 질끈 감고 양미간에 두세 줄의 주름을 바싹 세운 채로 말이다.

*

다음 날 가족은 모두 새벽 여섯시에 일어나 일곱시도 되기 전에 큰집으로 향했다. 반소매를 입기엔 약간 쌀쌀하고 긴소매를 입기엔 버거운, 어쨌든 쾌청한 날이었다.

큰집, 즉 김준덕의 문화아파트는 서대신동 구덕운동장 맞은편에 있었다. 다섯 형제의 가족이 다 모이면 30평 남짓한 아파트가 터질 듯 꽉 찼다. 어른들이 제사상을 차릴 동안 아이들은 사촌 오빠 둘의 문간방에 모여 앉아 '부루마블 게임'에 열을 올렸다. 방바닥 가득 판을 펴놓고 주사위를 던져 나오는 숫자만큼 말을 움직였다. 그동안 지구본을 돌리듯 시드니, 취리히, 카이로, 베를린, 리우데자네이루, 베이징 등 세계를 돌 수 있었다. 어느 말이 무인도에 떨어진 순간, 밖에서 호출이 있었다. "자, 동생들아, 그럼 이 오빠는 큰일을 위해서 잠시 자리를 비우겠다!" 이렇게 말하는 큰 사촌 오빠, 즉 명훈이 오빠는 벌써 중학교 2학년이었다. 그 동생인 정훈이 오빠는 6학년이었다.

사촌 오빠들의 방은 웃통을 벗어젖히고 얄궂은 자세에 웃긴 표정을 짓는 남자 사진으로 도배되어 있었다. 쿵후 선수 이소룡이었다. 정훈이 오빠는 그에 대해 반 시간은 족히 떠들

수 있었다. 그때마다 성룡 비하 발언도 나왔다. "성룡은 그냥 연기하는 거고, 이소룡은 진짜 선수랄까, 흐음." 정훈이 오빠가 이소룡 못지않게 좋아하는 것은 『삼국지』와 과학 잡지였다. 과학적으로 틀린 그림 찾기에 유독 열을 올렸는데, 투포환 선수가 든 투포환이 사각형이라거나 기차가 달리는 방향과 바깥 사물의 모양이 어긋나 있거나 그랬다. 뉴턴의 물리법칙, 아인슈타인의 상대성이론, 멘델의 유전법칙 등을 담은 만화책도 즐겨 보았다. 암호문 같은 책을 좋아하는 정훈이 오빠는 훗날 정말로 이소룡처럼 쿵후를 잘하는, 아인슈타인 같은 과학자가 될 것만 같았다. 거실의 유리 탁자와 소파 뒤 서가를 가득 채운 큼직한 오디오, 음반, 책은 명훈이 오빠의 것이었다. 최근 들어 클래식 음악에 빠지면서 피아노를 배우고 '엘피'를 수집했는데, 앞으로는 '콤팩트디스크', 즉 CD가 활성화될 것이라고 했다. 이런 고급한 취미에 앞서 두 사촌 오빠는 유치원 시절부터 영어를 잘했다. 학과 공부, 특히 수학과 과학 성적도 탁월해서 공학도나 의학도가 되리라고 다들 생각했다.

큰엄마의 방이라 불리는 침실에는 조각이 아름다운 장롱과 침대, 화장대가 있었다. 이 아파트에서 제일 넓고 햇빛이 잘 드는 방이었다. 큰엄마와 사촌 여동생들이 만화광이라 곳곳에 순정 만화책이 뒹굴었다. 오래전 수영 살 때 연수가 굴다리를 지나 찾아갔던 정은이도 지금은 여기서 함께 살았다. 큰

오빠가 음악을 너무 크게 틀어서 만화책 읽는 데 방해가 된다고 투덜댔다. 그것도 꼭 차이코프스키나 라흐마니노프처럼 웅장한 러시아 음악만 좋아한다고, 기왕이면 쇼팽의 피아노 소품이나 모차르트의 실내악을 들으면 좋겠다는 말도 덧붙였다.

제사를 지낸 다음의 밥상과 식탁은 무척 화려했다. 맑은 탕국, 잡채와 불고기와 갈비찜, 깨나 땅콩이나 노란 콩이 들어간 쌀강정과 찹쌀강정, 시루떡과 인절미와 송편, 조기와 도미구이, 데친 문어, 돼지고기 수육, 통닭, 명태전과 쇠고기 산적과 동그랑땡과 튀김 등. 어른들이 술잔을 돌릴 때 아이들은 명훈이와 정훈이의 지휘하에 우르르 아파트의 지하로 향했다. 명훈이는 군림하되 통치하지 않는 근대적 왕이었고 정훈이는 이소룡과 『삼국지』의 숭배자답게 전장에서 몸소 칼을 휘두르는 고대적, 중세적 왕이었다.

그들이 맨 먼저 간 곳은 탁구장이었다. 정훈이는 반대편에 연수를 세우고 공을 쳐서 넘기는 방법부터 가르쳤다. 하지만 아무리 애써도 오른손의 라켓과 왼손의 공이 만나질 못했다. 할 수 없이 명훈이와 정훈이가 일종의 시범처럼 현란한 탁구 게임을 선보였다. 그다음에는 롤러스케이트장에 갔다. 이번에도 연수는 스승의 크나큰 가르침에도 불구하고 두 발로 서는 법조차 배우지 못했다. 반면, 연희와 형우, 형우보다 한 살 어린 준서와 준규의 딸은 몇 번 무릎을 찧더니 금세 걸음마를 시작했고 시간이 갈수록 속도가 붙었다. 연수 몫의 한 시간은 나머지 아이들이 십 분씩 골고루 나누어 가졌다.

개명골댁은 크고 작은 아이들로 구성된 사단을 거느리고 개선장군처럼 아파트로 올라왔다. 슬슬 또 배가 출출해졌다. '큰큰집'으로 이동할 시간이 되었다는 의미였다. 김준우의 집은 문화아파트 근처의 넓은 골목길에 대궐처럼 웅장하게 자리 잡고 있었다. 대문을 열고 돌계단을 따라 올라가면 푸른 잔디로 뒤덮인 정원, 풀장, 그네가 나왔다. 좀 부자는 아파트에 살고, 많이 부자는 이런 저택에 산다고 아이들은 생각했다. '큰큰아버지'가 어릴 때 할머니한테 구박받다가 부산에 나와 미군부대에서 껌과 초콜릿을 팔며 혼자 힘으로 대학까지 졸업하고 높은 자리에 올랐다는 전설이 있었다. 해외개발공사란 세상 최고의 직장인 모양이었다.

집 안은 영락없이 텔레비전 속 세상이었다. 내부가 훤히 뚫린 3층짜리 저택 안에 방과 거실이 열 칸은 족히 되는 것 같았다. 1층의 안방에는 윤이 나는 검정 바탕에 알록달록 장식이 박힌 자개농이 있었다. 화장대, 서랍장, 장식장도 자개였다. 주로 여자 손님을 받는 방이었다. 부엌 겸 식당의 한구석에는 양주가 빼곡히 들어찬 바가 있고 그 옆에 햇빛이 잘 드는 넓은 거실이 있었다. 팔걸이가 왕골로 된 안락의자가 길어서 아이들 네다섯 명은 거뜬히 앉을 수 있었다. 거실 안쪽에는 하얀색 그랜드피아노가 안방의 자개농보다 더 위엄 있는 모양새로 서 있었다. 김준우가 큰딸을 위해 산 것이지만 큰딸이 고등학생이 되면서 뚜껑이 열리는 일은 거의 없었다. 그래도 매년 조율을 해두었고 명절 때는 명훈이가 한 번씩 쳐주곤 했다. 아이들의 방은 모두 2층에 있었지만, 오늘 개방되는 방은 김준우의 막내아들의 방뿐이었다. 철민이의 벽장에는 장난감과 만화책이 가득했고 책상 위에는 조립 전함, 조립 로봇이 전시되어 있었다.

김준호와 김준규는 아직 훤한 대낮임에도 얼굴이 시뻘겋고 콧김만 내뿜어도 술 냄새가 퍼졌다. 김준덕도 만만치 않게, 바바리코트를 깔고 앉은 채 손가락으로 무작스럽게 코를 파거나 안주를 입안에 넣고 반쯤 질질 흘렸다. 술 반대론자들은 일찌감치 그만 자리를 접자고 말했다. 술 옹호론자들은 더 의기양양해졌다. 술기운을 빌려 평소의 울분을 풀자는 식인 김준호와 김준규가 그랬다. 장남의 책임 의식에 짓눌린 김준덕도 그랬다. 자기 딴에는 최선을 다했으나 동생들은 항상 불만이었다. 힘들게 방송통신대학까지 졸업하고서도 일이 잘 풀리지 않자 김준규가 아파트로 찾아와 한바탕 소동을 벌이기도 했다. 준서 형과 준성이는 대학까지 시켜줬으면서 왜 자기는 애초에 공고를 보냈냐는 거였다.

"이 망할 놈, 또 술 사러 갔더나?"

정종을 한 병 들고 방으로 들어서는 김준규를 보고서 개명골댁이 고래고래 고함을 질렀다.

"오늘 같은 날 아니면 언제 이래 먹어보겠소? 이리 내봐라."

김준호가 반쯤 풀린 눈에 질펀한 웃음을 띤 채 손을 내밀었다.

"아이고, 이 망할 놈의 자식아, 저거 아버지 술 처먹고 다리 밑에 떨어져 죽었는데 정신을 못 차리고! 두 놈 다 술독에 빠져 죽어라!"

개명골댁은 말만 내뱉었지만, 김준서의 아내는 잽싸게 손을 뻗어 술병을 빼앗았다.

"싼 술도 아닌데, 챙겨놨다가 어디 선물이나 해요."

제수의 무례한 태도에 김준호는 순간 술이 확 달아나는 기분이었다.

"제수씨 무서워서 술도 마음 놓고 못 먹겠네."

하지만 준서 아내도 쉽게 수그러들지 않았다.

"그만 좀 하세요. 애들이 뭘 보고 배우겠어요? 명절날에는 항상 술타령이니……"

"계집년이 어디서 사내들한테 이래 저래라 나서노?"

개명골댁은 이참에 준서네 집에 살면서 쌓인 감정들을 한꺼번에 쏟아냈다. 김준서의 아내도 지지 않았다. 고분고분 굴수록 더 사람을 깔보는 것이 그녀가 파악한 시어머니의 아주 못된 습성이었다.

"어머니, 제가 틀린 말한 것도 아니잖아요."

"맞아요, 맞아. 송희 엄마 말 백번 천번 옳지. 연수 아빠도 정신 좀 차려요, 제발!"

유숙이도 동서 편을 들었는데, 정말 그런 심정이었다. 동서가 라면 상자를 이고 정태네 집까지 와준 일이 매번 상기되었다. 동서의 살림 솜씨며 알뜰한 씀씀이며 생활 전반에 대한 해박한 지식이 부럽기도 해서 전기제품을 살 때면 항상 조언을 구했다.

"아이고 참, 좋은 날 다들 왜 이러실까. 어머니도 진정하고, 형님들도 고마 잘못했다 하세요. 선형이 아빠, 술병 따요, 나도 한잔하지, 뭐."

말다툼을 중재한 건 김준규의 아내였다. 자포자기적 원망이라기보다는 차라리 긍정적인 체념의 태도였다.

"올라잇, 제수씨들 말씀이 다 옳습니다. 그래, 준호야, 여한잔 따르고, 오케이, 이너프!"

술을 따르는 김준호의 손이 떨려, 김준덕의 바지를 흥건히 적셨다. 김준호는 민망해하고 겸연쩍어 더 광대처럼 굴었다. 가뜩이나 후줄근한 옷차림에 단추도 풀어지고 바지의 지퍼도 반쯤 열려 있었다.

"아이고, 아주버님, 그 비싼 바지를!"

"동서, 저 양반 술 때문에 버린 옷이 한두 개가 아니야. 이

집은 유전자에 술이 들어 있다니까."

　김준덕의 아내가 지금까지 가만히 사태를 지켜보다가 나지막한 어조로 말했다. 서울에 머문 건 이화여대 학부와 석사 과정에 다닌 7년 정도였지만 강의는 물론이고 일상 대화에서도 그녀는 서울 말씨를 썼다. 이목구비가 또렷하고 얼굴이 꽤 예뻤음에도 화장도 별로 하지 않고 옷차림도 수수한 편인데다가 매사에 조용한 성격이었다. 한마디로, 모든 점에서 '있는 집' 태생의 '배운 사람'다웠다.

성장소설의 매혹

"앞니 빠진 갈가지 개울가에 가지 마라……"

날고구마를 세게 베어 물다가 남아 있던 앞니 하나마저 톡 빠졌다. 아픈 줄도 몰랐는데 잇몸에서 피가 줄줄 흘렀다. "아이고, 고게 어째 그래 싹 빠졌노, 신통하네." 엄마는 짜디짠 조선간장을 입에 물고 있으라고 한 다음 이빨을 옥상으로 휙 던졌다. 새 앞니의 이뿌리가 올라왔고 혀끝으로 이빨을 매만지면서 연희는 국민학생이 됐다. 또래보다 한 살 많았지만, 심지어 생일 빠른 친구들보다는 두 살이나 많았지만, 그늘이라곤 없는 아이였다. 재주도 좋아 공부뿐만 아니라 그림, 공작, 노래, 달리기, 피구 등 못하는 것이 없었다. 2학년은 1학년보다 더 멋졌다. 엄마가 학교에 얼굴 한 번 내민 적 없는데도 선생님은 연희를 부반장으로 뽑아주었다. 민경이네 집 단칸방을 보자마자 친구도 못 데려오겠다며 울상을 지은 것이 언제였냐는 듯, 수시로 친구들을 데려왔다. 아이들은 방과 마당과 쌀집 아줌마네 툇마루를 오가며 민경이네 집이 떠나갈 듯 시끄럽게 놀았다.

개학하고 얼마 지나지 않아 신체검사가 있었다. 연희는 아이들 앞에서 옷을 벗는 것이 부끄러워 자꾸만 뭉그적댔다. 벗고 나니 얼굴이 새빨개졌다. 팬티와 러닝셔츠는 보통 일주일 정도 입는데, 그래도 오늘은 새로 갈아입었다. 참 너덜너덜했다. 팬티의 가랑이 부분은 축 늘어졌고 엉덩이 부분도 민규의 기저귀가 하나는 족히 들어갈 만큼 헐렁했다. 러닝셔츠의 목과 겨드랑이도 후줄근하게 늘어지고 끄트머리는 주름치마의 끝자락처럼 벌어져 있었다. 연한 파란색 꽃무늬는 하얀 바탕 위로 번진 얼룩처럼 보였다. 신체 발육은 나쁘지 않았지만 키, 체중, 시력을 재는 내내 연희는 입이 불퉁하게 나와 있었다. 가슴둘레를 잴 때는 겨드랑이 때 때문에 팔을 들어 올리기가 민망했다. 이를 매일 닦지 않는 것도 기어코 들통났다.

집에 돌아와서 연희는 서랍 속 속옷을 다 꺼내봤다. 전부 부전시장에서 서너 장에 천 원씩 주고 산 것이었다. 게다가 연희 것은 대부분 언니가 입던 것이라서 곱절로 낡았다. 칫솔도 엉망이었다. 솔은 다 퍼지고 뭉그러져서 운동화 빠는 데나 쓰면 제격이었다. 그날 밤 연희는 엄마가 곯아떨어질 때까지 팬티와 러닝셔츠 노래를 불렀다. 다음 날 저녁, 엄마는 시장에서 돌아오는 길에 기적을 가져왔다.

"못 사주는 니 어미 속은 편한 줄 아나, 이 철없는 년아. 또 딸 낳았다고 호적도 늦게 싣고……"

엄마는 눈물까지 글썽이며 새 속옷을 내놓았다.

"울 엄마가 최고다!"

연희는 엄마 목을 한 번 끌어안고 볼에 뽀뽀를 해주었다. 습기와 곰팡이 때문에 이불 한 채가 고스란히 썩어버린 음침한 반지하 방에는 참 어울리지 않는 장면이기도 했다.

친구들과 어울리기 위해서 연희는 필요한 것이 많았다. 2학년이 되니 '마로니' 인형도 있어야 했다. 생필품도 아닌 인형 같은 사치품에 큰돈을 쓰다니, 설전이 오갈 수밖에 없었다.

"학생이 공부 잘하면 되지, 인형이 무슨 필요가 있노?"

김준호는 호통을 쳤다. 그래도 혹시 작은딸 기죽을까 봐 큰딸과 비교하는 일은 자제하려고 애썼다. 그러자 연희는 작전을 좀 달리했다. 마로니 인형만 사주면 공부도 더 열심히 하고 형우에게 한글도 가르치겠다는 것이었다. 앞으로 설거지, 다 쓴 연탄 버리는 일도 도맡아 하겠다고 떵떵거렸다. 엄마 아빠를 간질이고 볼에 뽀뽀하는 건 기본이었다. 엄마 아빠는 연희가 영감에 차서 남발하는 공수표를 절반도 믿지 않았지만, 큰딸과는 너무 다른 딸내미의 귀여운 처세술에 혀를 내둘렀다.

연희가 처음 손에 넣은 마로니 인형은 금발의 '미미'였다. 한동안 연희는 세상을 다 얻은 양 기뻐했지만, 그것도 잠시였다. 맨날 똑같은 옷만 입는 미미가 불쌍하다는 거였다. 곧 인형 옷, 작은 구두 같은 장신구가 몇 개 더 붙었다. 친구들끼리 소품을 서로 바꾸기도 했다. 나중에는 갈색 머리 '안나'까지 가세했다. 그런데 미미도, 안나도 아무리 예쁘게 꾸며봤자 팔과 다리를 전혀 움직이지 못했다.

"세라 인형은 팔다리가 다 돌아가는데 내 인형은 병신이다."

"걔들 거는 관절도 있나 보네."

언니를 통해 '관절'이라는 어려운 말을 들은 것도 그때였다. 관절 인형들은 얼굴도 자연스럽게 움직일 수 있었다. 그래도 연희는 그것까지 사달라고는 하지 않았다. 사람이 제 분수를 모르고 욕심을 너무 많이 부리면 망한다는 것을 본능적으로 체득한 터였다. 친구들이 마냥 부러운 것도 아니었다. 세라만 해도 단칸방에 살았다. 그런데도 세라 엄마는 일도 나가지 않을뿐더러 집에서도 파마머리를 드라이하고 화장도 하고 있었다. 세라의 생일이나 어린이날도 꼭 챙겼다. 어린 연희의 눈에도 이런 것이 마냥 좋아 보이지는 않았다.

세라 말고도 연희에게는 진수, 순미가 있었다. 이들은 반에서 사총사라고 불렸다. 그중에서 세라는 유치원을 다닌 유일한 애였다. 반장인 진수는 이 중 제일 부자였지만, 어릴 때는 몹시 가난했다고 한다. 고만고만한 아이들 사이에서 제일 경쟁심을 불러일으키는 것은 외모였다. 진수는 예쁘장한 얼굴에 원피스를 입고 에나멜 구두를 신고 다녔지만, 키가 좀 작았다. 세라의 얼굴은 반 전체에서도 단연코 일등으로 손꼽혔다. 큼직한 눈과 짙은 속눈썹 때문에 어른들은 곧잘 "이다음에 크면 미스코리아 대회 나가도 되겠다"고 말하곤 했다. 종아리가 짧고 다리가 약간 휜 것은 아직 눈에 들어오지 않을 나이였다. 순미 역시도 이목구비가 오목조목 귀염성 있었다. 키라면 연희가 제일 컸지만, 눈에 쌍꺼풀이 없었다.

"쌍꺼풀 없으면서 눈두덩이 얇고 눈 안 작기가 쉬운 줄 아나?"

언니는 개성 운운하며 자신감을 불어넣어주었다. 실제로도 연희 눈은 가느다란 반달 같았고, 작고 갸름한 연희의 얼굴에 잘 어울렸다. 어린것이 벌써 코도 오뚝하게 서고 입술 선도 또렷했다. 그럼에도 연희는 밤마다 길쭉하게 오린 유리 테이프를 눈두덩에 붙이고 잤다. 아침마다 변함없는 외꺼풀에 실망하면서도 말이다. 나이가 더 들어서는 '아이참'을 붙였다. 수년에 걸친 노력이 성과가 있었는지, 오른쪽 눈에 연한 쌍꺼풀이 생기는 날도 더러 있었다.

2학년이 끝날 무렵, 연희 빼고 삼총사가 모두 피아노 학원에 다녔다. '익돌이 피아노 학원'은 이 동네에서 제일 괜찮은 학원이었는데, 언니와 같은 반인 익수 오빠의 엄마가 운영하는 곳이었다. 연희는 넉살 좋게 친구들을 따라가서 피아노 학원 귀퉁이에 앉아 있는 일이 잦아졌다. 가끔 친구들 옆에서 피아노를 한두 번 두들겨볼 때도 있었다. 어느새 「고양이 춤」
과 「젓가락 행진곡」 도사가 되었다. 또다시 엄마 아빠와의 드
잡이가 시작됐다. "집안 형편이……" 어쩌고 아무리 타일러
도 소용이 없었다. 연희는 앞으로 저녁밥을 먹지 않겠다고 선
언했다. 그렇게 해서 식비를 줄여주면 학원비는 나오지 않겠
느냐는 기괴한 발상이었다.

"니 같은 먹보가 밥 안 먹고 어지간히 잘살겠다."

하지만 연희는 그날 정말로 저녁을 걸렀다. 물론, 다음 날
아침에는 밥 두 공기를 먹고 학교에 갔다. 이런 시위가 무려
사흘씩이나 이어졌다. 이번에도 엄마 아빠가 승복했다. 항상
배시시 웃기만 하고 매사에 물러터진 것처럼 보이는 작은딸
의 의지력에 감동했기 때문이다.

"또 딸 낳았다고 너거 할매가 호적도 한 해 늦게 싣고, 농
번기에 젖 한 번 마음 놓고 못 물리고…… 니가 맨날 젖배
를 곯아서 제비 똥을 주워 먹고…… 맨날 언니 옷만 받아 입
고……"

유숙이는 물을 만난 물고기처럼 괜히 또 혼자 감상에 젖어
눈물을 글썽였다. 유숙이의 넋두리는 끝을 모르고 이어질 태
세였다. 하지만 연희는 엄마의 농염한 넋두리에 자기만의 담
백한 방식으로 응수했다.

"엄마, 그러니까 피아노 학원 보내주는 거제? 호적 늦게 실
은 거 아무 상관없다. 언니 옷도 괜찮다. 언니는 옷을 얌전하

게 입어서 완전히 새 옷 같다. 그러니까 학원 보내줄 거제, 어?"

유숙이는 딸내미의 명랑하고 해맑은 웃음에 어이가 없어졌다. 연희는 자랄수록 더 밝아졌다. 어디 가서 기죽는 법도 없었고 그렇다고 너무 나대지도 않았다.

"아이고, 이건 누굴 닮아서 이래 뻗대고, 어?"

"엄마 딸인데 엄마 닮았겠지, 헤헤."

또 엄마 목을 껴안고 볼에 뽀뽀했다.

다음 날, 연희는 학교를 마치자마자 곧장 학원으로 돌진했다. '익돌이 피아노 학원'이라고 써진 커다란 노란색 가방, 『바이엘 100번』, 『어린이동요곡집』 등이 생겼다. 재주 좋은 연희는 금세 친구들을 따라잡았다. 하지만 그때부터 예의 저 게으름이 시작되었다. 5학년 즈음 『체르니 40번』에 이르자 연희는 싫증을 넘어 염증을 느꼈다. 『바흐』, 『쇼팽』, 『베토벤』은 입학 전 쌍받침을 외우고 쓰는 일과 다름없었다. 연희는 가뿐히 피아노 학원을 그만두었다. 따분한 것을 떨쳐내자 인생은 더 신이 났다.

*

형우는 큰누나의 저금통을 무척이나 아꼈다. 사실 큰누나의 저축 습관의 가장 큰 수혜자는 형우였다. 큰누나는 동전이 생길 때마다 꼬박꼬박 토끼 저금통에 넣었다. 빨간 돼지 저금통 하나를 꽉 채워 종이 통장으로 옮긴 다음 두번째로 산 저금통이었다. 형우는 큰누나의 하얀 토끼 저금통에서 야금야금 동전을 빼냈다. 이런 습관이 연희에게도 있었다. 언니와는 비밀이 없을 만큼 친했지만, 이것만은 무덤까지 가져갈 비밀이었다. 연희는 애교를 부려 언니한테 오십 원씩 얻어내는 재주가 있었고, 또 언니의 저금통에 손을 대면서도 양심의 가책을 느끼지 않을 만큼 담대하기도 했다.

큰누나가 오기 전에 끝내야 했다. 백 원짜리가 걸린 건 기쁘지만 통 나올 생각을 안 했다. 형우가 토끼 저금통 틈새에 손가락을 쑤셔 넣고 씨름할 때 작은누나가 책가방을 메고 방으로 들어왔다.

"야, 김형우, 뭐 하는 짓이고?"

인기척에 깜짝 놀란 형우는 연희의 명목상 훈계에 오히려 안도의 한숨을 내쉬었다. 작은누나는 큰누나보다는 더 자기를 좋아하고 또 자기와 비슷한 부류라고 생각했다.

"아이고, 바보야, 그럴 때는 젓가락을 써야지!"

연희는 '바른 생활'을 집어던지고 동생과 더불어 '슬기로운 생활'과 '즐거운 생활'을 하기 위해 부엌에서 젓가락을 들고 왔다. 이젠 둘이 작당을 하고 토끼 저금통을 후벼댔다. 하지만 아무리 단련된 연희라고 해도 확실히 백 원짜리는 힘들었다. 게다가 토끼 저금통은 돼지 저금통보다 몸체도, 구멍도 작을뿐더러 플라스틱도 두껍고 단단했다. 우선은 저금통을 뒤집어 동전들이 구멍 쪽으로 쏠리도록 하고, 한 놈이라도 걸렸으면 연희가 손가락으로 구멍의 한쪽을 힘껏 누르고 형우가 엄지와 집게손가락을 이용해서 동전을 뽑아냈다. 십 원이 나오면 섭섭하고 오십 원과 백 원이 나오면 선방한 것이고 오백 원이 나오면 복권 당첨이었다. 둘이 함께하니 일이 쉬워졌다. 누가 먼저 엄마 아빠에게 일러바칠 일도 없었다.

옆집 아이들은 엄마가 집에 있어서 매일 간식을 만들어주었다. 형우는 매일 아침 점심, 김치와 마른 멸치볶음과 된장국이 다였다. 하루 용돈 백 원은 군것질거리를 사기에도 부족했다. 아침마다 큰누나를 쫓아가며, 심지어 육교까지 따라가며 징징대기도 했다. "누나야, 오십 원만, 오십 원만!" 등굣길에 너무 부끄러웠던 누나가 마지못해 마침 호주머니 속에 있던 백 원짜리 동전을 쥐여주었다. 돈은 수중에 들어오자마자 사라졌다. 구슬을 사면 떡볶이와 군만두 먹을 돈이 없었다. 어쩌다 백오십 원이 있어도 그런 것을 사 먹으면 손가락을 쫄쫄 빨며 남의 오락을 구경하는 수밖에 없었다. 그런데 큰누나의 하얀 토끼 속에는 연일 새 동전이 들어갔다. 형우는 온갖 기술을 동원해 동전을 꺼냈다. 작은누나가 좌우명으로 삼는 '적당히'라는 것을 잘 모르는 아이였다. '도둑질'이라는 단어는 아예 떠오르지도 않았다. 아슬아슬하게 벌어진 입구 사이로 오백 원이 보이자 군침이 돌았다. 그때 큰누나의 책상 위에 얹힌 과도가 형우의 눈을 찔렀다. 그야말로 눈에 칼이 꽂힌 양, 형우는 칼을 잡고 하얀 토끼의 등에 뚫린 작은 구멍에 꽂았다. 톱질하듯 쓱싹쓱싹 움직이자 하얀 토끼의 등이 쩍 갈라지면서 엄청난 동전이 쏟아졌다. 보물섬이 따로 없었다. 학교에서 돌아온 연희는 화들짝 놀랐다.

"형우 니 미쳤나? 언니가 알면 우짜노, 어?"

하지만 무서운 마음은 금방 사라지고 연희의 눈앞으로 미미와 안나의 원피스, 케첩 바른 핫도그, 돼지바가 고속으로 지나갔다. 그 바쁜 와중에도 두 눈을 빨갛게 뜨고 있는 하얀 토끼 사체를 구석에 숨기는 것을 잊지 않았다.

그날 저녁 연수는 엉엉 울었고 연희와 형우는 아빠 앞에 무릎을 꿇었다. 그동안 함께 저금통에서 동전을 야금야금 끄집어낸 일은 금방 실토했다. 하지만 토끼 등을 가른 것에 대해서는 증거가 명명백백한 상황임에도 왠지 둘 다 입을 꾹 다물었다. 연희는 누나라는 자리 때문에, 형우는 평소의 행실 때문에 더 야단을 맞았다.

"아빠는 어릴 때부터 지게만 지고 살았어도 남의 물건에 손 한 번 댄 적이 없다, 이놈의 자식아! 거기다가 거짓말까지! 도대체 내 자식 놈이 어디서 이런 못된 짓을 배웠노, 어?"

이참에 김준호의 울분도 한꺼번에 폭발했다. 평일과 휴일을, 밤낮을 가리지 않고 시장 바닥에서 몸을 굴려도 사는 건 똑같았다. 형제들 틈에서 자기가 추레한 것은 괜찮았지만, 조카들 틈에서 겉도는 자식들의 모습을 보자니 속이 터졌다. 앞날이 캄캄한 정도가 아니라 숫제 앞날이 있기나 한가 싶었다.

다음 날 곧바로 연수는 새 저금통을 샀다. 연희와 형우도 저금통을 건드리는 습관은 없어졌다. 하지만 연수와 형우의 반목은 폭발할 구멍을 찾는 마그마처럼 끓어올랐다. 형우가 저금통 사건을 말끔히 잊었을 때에도 원한이 깊은 성격인 연수는 형우의 괘씸한 장난을 잊지 않았다. 이 집안의 암적인 존재, 싹수가 노란 망나니가 형우였다. 인디언처럼 새카맣게 탄 얼굴로 방 안에 들어서는 동생을 보니 또 부아가 치밀었다. 연수는 토굴처럼 컴컴하고 곰팡내 나는 방에서 피리 연습 중이었다.

"저리 안 가나!"

"누나 니는 왜 맨날 성질만 부리노? 나도 한 번만 불어보자."

형우는 계속 큰누나 옆에서 치근댔다. 긴 막대기에서 노랫가락이 흘러나오는 것이 몹시 신기했다. 그럴수록 큰누나는 자꾸 등을 돌렸고 형우는 급기야 피리를 손으로 빼앗다시피 거머쥐었다. 형우가 피리에 대뜸 입을 대고 후 불자 연수는 거의 광분했다.

"아씨, 더럽게 뭐 하는 짓이고!"

연희는 막 불붙은 언니와 동생의 싸움을 말렸다. 그때 김준호가 집 안으로 들어섰다. 여느 때 같으면 항상 큰딸 편을 들던 그가 오늘만은 공평했다.

"동생이 피리 한 번 분 것 갖고 뭐 그리 화를 내노?"

김준호의 비교적 점잖은 꾸지람에도 연수는 분을 가라앉히지 않았다.

"침도 묻히고 더럽잖아요."

이 말에 김준호는 완전히 이성을 잃었다. 남매간의 불균형을 불안스럽게 지켜봐 온 김준호의 눈에는 형우의 미래가 영락없이 자신의 현재를 반복할 것만 같았다.

"큰누나가 동생을 챙겨도 뭣할 때 더럽다고 욕을 해!"

김준호는 형우의 손에서 피리를 냉큼 빼앗더니 곧장 벽에다 내동댕이쳤다. 애꿎은 피리가 보기 좋게 두 동강이 나버렸다. 세 남매는 일시에 얼음이 되었다. 절대로 수그러드는 법이 없는 연수마저 대경실색했다.

아빠가 등에 물을 끼얹고 다시 시장으로 간 다음 연수는 잔뜩 골이 난 얼굴로 밥상을 폈다. 철제 책상 위에는 항상 의자를 비롯한 각종 세간이 얹혀 있어서 이 방법밖에 없었다.

"책상 하나 제대로 못 사주는 주제에, 아빠는 무슨!"

연수의 입에서 이런 욕이 튀어나왔다. 이럴 때는 몸을 사리는 게 상책이건만 어린 형우는 또 예의 그 오십 원 타령을 시작했다.

"누나야, 오십 원만!"

연희가 옆에서 형우를 툭툭 치고 눈치를 주어도 멈추지 않았다. 연수는 벌떡 일어나 형우를 한쪽으로 밀쳤다. 예상치 못한 일격에 형우는 하필이면 나지막한 서랍장의 모서리에 콧대의 정중앙을 찧고 말았다. 금세 피가 철철 났다. 연수는 깜짝 놀라 수건으로 형우의 코를 닦아주었다. 연희는 민경이 언니 집으로 달려가 약을 얻어왔다. 피는 금방 멎었지만 형우의 콧대 정중앙에는 영원토록 푹 파인 흉터가 남게 됐다. 마치 연수의 왼쪽 눈 밑 칼로 그어진 흉터처럼, 또 연희의 아래턱 깊은 곳의 꿰맨 흉터처럼 말이다.

*

가정 방문은 원래 받아본 적이 없었고 학기 초라도 엄마가 얼굴을 내밀 일도 없었다. 하지만 가정 환경 조사는 피해갈 수 없는 통과 의례였다. 부모의 학력란에 '국졸'이라고 쓰는 것에는 관성이 생겼다. 사지선다형으로 작성된 질문서에서 엄마가 일하는 이유를 고르는 것도 어렵지 않았다. 동그라미는 항상 '생계유지'가 아니라 '학비보조'에 쳐졌다. 그 외 질문도 연수가 또박또박 읽어주면 엄마는 "어, 그래, 그거"라고 대답하는 식이었다. 엄마는 한글을 거뜬히 읽을 수 있다고 말했지만 아예 글자를 쳐다보지도 않았다. 서류 작성과 제출은 문제도 아니었다.

6학년이 되자 수업 시간에 가정 환경을 조사했다. 먼저 눈을 감으라고 하셨다.

"자, 전화기 없는 사람 손 들어보세요."

연수는 눈을 감은 채 손을 번쩍 들었다. 집에 전화기가 없었기 때문이다. 하지만 왠지 동시에 눈도 절로 떠졌다. 손을 든 건 자기 혼자뿐이었다. 갑자기 얼굴이 화끈거렸다. 선생님은 교탁 앞에 서서 종이에 체크를 하시는 중이었다. 연수는 분했다. 분명히 전화기가 없는 건 자기 혼자만이 아닌데.

"다음, 냉장고 없는 사람?"

이번에는 연수도 손을 들지 않았다. 눈도 꼭 감고 있었다. 그래, 우리 방엔 냉장고가 없다. 하지만 문방구 아줌마 집 냉장고에 김치를 넣어두니까 있는 것이나 다름없다.

"세탁기나 탈수기 없는 사람?"

역시나 연수는 손을 무릎 위에 올리고 주먹을 불끈 쥐었다. 세탁기는 물론 없었다. 하지만 탈수기라면 작년 겨울 민경이 언니네가 새로 샀다. 빨래의 양이 많을 때는 민경이 언니한테 부탁하면 됐다.

"선풍기는 다들 있죠? 혹시 없는 사람?"

선풍기야 다들 있는 것이기 때문에 더더욱, 그게 없는 아이는 손을 들 수 없었다.

아이들의 차림새와 학용품만 봐도 견적은 바로 나왔다. 연수의 짝지인 정덕이는 가만히 있어도 고약한 냄새가 나는 아이였다. 감지 않은 머리에는 척 보기에도 머릿니가 득실거릴 것 같았다. 다들 정덕이와 짝지 하는 것을 싫어했기 때문에 반장인 연수가 희생해야 했다. 정덕이가 엄마 아빠도 없이 할머니랑 산다는 건 누구나 다 알았다. 하지만 정덕이가 가엾은 것과 정덕이의 악취를 참는 것은 별개였다. 교실에 들어설 때는 오늘은 연필도 빌려주고 미술 시간에는 물감도 같이 쓰자고 다짐했다. 그러나 못난 얼굴을 보자마자, 그 냄새를 맡자마자 눈과 머리가 아파 왔다. 정덕이의 눈에는 항상 노르스름한 눈곱이, 코에는 싯누런 콧물이 붙어 있었다. 입에는 쌍욕을 달고 살았고 수업 시간에도 잘 집중하지 못해 성적이 엉망이었다. 정덕이는 결국 '동백반'에 가게 되었다. 정말로 '특수한' 아이들이 있는 특수반에서는 말도 잘하고 글도 읽을 줄 알고 구구단도 거의 다 외우는 정덕이가 모범생 대접을 받았다.

쉰 명이 넘는 아이들은 끼리끼리 어울렸다. 어디든 차이와 다름은 있었다. 부반장 집만 가봐도 연수는 자기 집, 즉 단칸방이 그들 집의 변소 수준도 안 된다는 것을 알 수 있었다. 최소한 누구나 '방'이 아니라 '집'이 있었다. 마당도 웬만큼 넓고 연보랏빛 수국이 소담하게 피어 있었다. 화장실도 점차 아파트 큰집과 같은 수세식이 많아졌다. 변기 속이 훤히 보이는 구식 변기라도 최소한 바닥과 벽은 타일이었다. 구더기가 들끓는 변소는 동네 어디에도 없었다. 민경이 언니네 집으로 이사 온 뒤로 새 옷을 산 적도 없었다. 연수는 머리도 늘 깡똥한 단발로 잘랐고 원피스나 투피스는커녕 무르팍에 옷감을 덧댄 볼썽사나운 남자 바지만 입어야 했다. 죄다 사촌 오빠들 옷이었다. 「사랑하는 사람아」의 정윤희와 「로미오와 줄리엣」의 줄리엣의 혼합이라는 착각에 젖은 것도 잠시였다. 그런데도 소위 김연수 부대가 생겼다.

백성민, 윤원만, 김익수는 장난꾸러기 삼총사였다. 그중 백성민은 명색이 남자 반장이면서도 구제 불능 수준으로 까불어서 청소 시간마다 물통을 나르고 막대 걸레질을 해야 했다. 김익수는 계집애처럼 곱상한 얼굴에 항상 체크무늬 재킷을 입고 다녔다. 옷도 자주 바뀌었다. 피아노 학원 원장인 엄마가 립스틱을 빨갛게 바르고 학교를 찾는 일이 잦아서 별명이 '마마보이'였다. 윤원만은 전교에서도 소문난 말썽꾸러기였다. "윤원만, 니는 왜 그리 별나노? 이름처럼 좀 원만하게 살아라, 엉." 선생님도 곧잘 윤원만을 놀렸다. 윤원만은 집이 가난한 탓에 항상 '추리닝'만 입었다. 그마저도 딱 두 벌이었고 또 그마저도 무릎과 팔꿈치 부분에는 더 낡은 운동복의 옷감을 덧댄 것이었다. 하지만 '추리닝'이라고 놀림을 받아도 윤원만은 항상 실실대며 넘겼다.

그들이 왔을 때 연수는 방바닥에 밥상을 펴놓고 숙제를 하던 중이었다. "동창이 밝았느냐 노고지리 우지진다……" 열심히 시조를 읊조리며 연수는 공책을 채워나갔다. 창문도 없는 반지하라 낮에도 형광등을 켜야 했다.

"너거들 왜 남의 집에 와서 이 소란이고, 엉?"

쌀집 아줌마의 날카로운 목소리가 들려왔다.

"아줌마, 여기 김연수 집 맞죠?"

백성민의 목소리였다. 연수는 화들짝 놀라 마당으로 나갔다. 아이들이 비좁은 계단에 줄지어 서 있었다. 일부는 저 위, 대문 옆에서 웅성댔다. 원래의 삼총사에 바람잡이까지 몇 명 붙었다.

"야, 너거들, 왜 허락도 없이 남의 집에 와서 이렇게 떠드는데?"

연수는 다짜고짜 소리부터 질렀다. 남학생들의 방문을 받았다는 사실 자체가 이미 충분한 조롱거리였다. 게다가 이 지저분한 쪽문을, 이 누추한 마당을 다 봤다! 당장 내일이면 학교에 소문이 파다할 것이다.

"윤원만이 오자고 했다."

김연수의 호령에 백성민이 금세 목소리를 낮추고 몸을 움츠렸다.

"맨 먼저 말을 꺼낸 건 김익수잖아."

일동의 시선 세례에도 불구하고 정작 김익수는 아무 말도 하지 못하고 얼굴만 붉혔다. 평소처럼 체크무늬 재킷을 입었지만 또 새 옷이었다. 빼입은 걸로 치자면 윤원만이 압권이었다. 웬일로 와이셔츠에 반바지를 입고 무르팍까지 올라오는 하얀 양말까지 신은 것이었다. 연수는 저도 모르게 피식 웃음이 나왔다.

"야, 그래도 우리 선물도 갖고 왔다!"

윤원만은 일동의 눈치를 슬금슬금 살피며 연수 앞으로 한 발짝 다가와 꽃을 내밀었다. 윤원만이 연수의 손에 들려준 건 웬만한 담장 밑 어디에나 피어 있는 봉숭아꽃이었다. 뿌리째 서너 줄기 뽑아 뿌리 부분을 칼로 잘라낸 흔적이 역력했다.

"니 여름마다 봉숭아 물 들인다면서? 히히."

백성민이 옆에서 씩씩하게 말했다. 그럴수록 김익수는 더 얼굴을 붉혔다.

"그래도 손님이 왔는데 물이라도 한잔 도! 너거 집 어딘데? 여기가?"

윤원만은 금방이라도 부엌으로 들어설 기세였다. 연수는 봉숭아 줄기를 바닥으로 내동댕이쳤다.

"야, 너거들 빨리 안 꺼지나!"

단단히 마음의 준비를 했지만 셋 모두 일시에 얼어붙었다. 마당과 수돗가와 집을 오가던 쌀집 아줌마는 계속 쿡쿡거렸다. 백성민과 윤원만은 계속 뭐라고 웅얼거렸다. '우리 셋 중 누구냐?'라는 질문을 던져야 했고 확답도 받아야 했다. 연수를 제일 좋아하면서도 애초부터 합류하지 않겠다고 버티던 김익수를 데려온 것도 이 '셋'이라는 숫자를 채우기 위해서였다.

"야, 너거들, 좋은 말 할 때 안 꺼지면 가만히 안 둔다!"

아이들은 작년 연수의 따귀 사건을 다 아는지라, 썩 꺼지는 편이 나으리라 생각하면서도 미련을 못 버렸다. 혹시 따귀를 맞는 놈이 있으면 그놈이 바로 간택된 셈이기도 했다. 연수는 정말로 모조리 한 대씩 따귀를 갈기고 싶었다. 또래 남자들은 덩치만 컸지, 돌멩이 수준으로 멍청하고 우스웠다.

"아줌마, 애들한테 거 구정물 좀 퍼부어주세요. 병신 쪼다라서 사람 말을 잘 못 알아들어요."

쌀집 아줌마는 정말로 설거지하던 물이 담긴 대야를 번쩍 들고 일어섰다. 그제야 아이들은 후다닥 계단을 뛰어 올라갔다. 마당이 텅 비자 연수는 아까 내팽개친 봉숭아 줄기를 다시 주워들었다.

"가시나 예쁘장하니까 저래 머슴애들이 끓는다, 아이고, 우스워라, 맹랑한 것들 같으니."

이제 쌀집 아줌마는 대놓고 웃었다.

"내가 예쁘긴 뭐가 예뻐요? 요새는 살까지 뒤룩뒤룩 쪄서……"

"그게 다 크려고 찌는 살이다. 이제 슬슬 거도 좀 가려야겠구먼."

아줌마는 턱을 까딱하면서 연수의 가슴을 가리켰다. 연수는 얼굴을 확 붉히며 방으로 뛰어들어갔다. 월요일마다 '국기에 대한 맹세'를 하는 것이 부담스러웠다. 오른손을 올려놓는 왼쪽 가슴팍에 종기 비슷하게 뭔가가 돋아난 지 꽤 되었다. 안 그래도 여학생들을 강당에 모아놓고 성교육을 할 것이라는 얘기가 있었다. 뒷자리에 앉은 여학생 중 한둘은 벌써 '뭔가'를 시작했다는 소문도 퍼졌다.

2학기가 시작될 무렵 엄마는 정이 이모와 함께 브래지어를 사 왔다. 부끄러워 죽겠는데도 이모는 꼭 자기가 보는 데서 해봐야 한다고 우겼다. 어떻게 착용하는지 시범을 보여주기도 했다. 브래지어에 익숙해지기도 전에 더 큰 일이 터졌다. 오줌이 나오는 곳은 아닌 것이 분명한 어딘가에서 뭔가가 나온 것 같았다. 팬티를 보니 희뿌연 액체가 묻어 있었다. 얼마 지나지 않아 걸쭉하고 물컹한 젤리 같은 느낌의 뭔가가 뭉텅뭉텅 쏟아졌다. 이번에는 핏덩어리였다. 연수는 팬티를 새로 갈아입고 연탄집 전화를 빌려 정이 이모에게 전화했다. 이모의 다독거림에도 불구하고, 연수는 엄마가 집에 올 때까지 계속 팬티를 갈아입으면서 울었다. 젖가슴과 초경이 사랑, 연애, 결혼, 임신 같은 단어와 어떤 관계가 있는지는 아직 알 수 없었다. 중학교 입학 준비물에는 아무튼 '영어'처럼 생소한 과목뿐만 아니라 생리대가 포함되었다.

꿈꿀
권리

쥐구멍 속 아이들

여름이 가까워질 무렵 김준호는 사업자 등록을 했다. 장고 끝에 생각해낸 상호명은 '성득상회'였다. 첫날 유숙이는 동 트기 전에 소주 한 병을 땅바닥에 뿌리며 "아버님, 도와주이 소!"를 되뇌는 의식을 거행했다.

이사도 했는데, 민경이네 집 안이긴 해도 문방구 아줌마네 집이었다. 보증금 육백만 원에 월세 육만 원이었다. 백만 원 이 없어서 개명골댁 신세를 진 것이 엊그제 같은데 어느덧 이 런 큰돈이 모였다. "연수 엄마, 이 집이 재수가 좋은 집이다. 우리도 여기서 자식들 시집 장가 보냈잖아." 유숙이는 문방 구 아줌마의 말을 철석같이 믿었다. 내친김에 당장 점집부터 찾았다. 좋은 점괘에 덧붙여 상아색 종이에 시뻘건 그림 글자 가 쓰인 부적도 석 장이나 받아와 큰방, 큰방 옆의 쪽방, 부엌 에 하나씩 붙였다.

이사 전날에는 의미심장한 꿈도 꾸었다. 고제 골짜기 수내 마을, 아궁이 앞에 앉아 불을 지피는 중이었다. 이놈의 마른 솔잎이 타들어갈 생각을 안 했다. 성냥은 죄다 물을 먹어서 잘 그어지지 않았다. 힘없이 부지깽이로 솔잎을 휘젓는데, 시커먼 장작 속에서 조그마한 불씨가 보였다. 유숙이는 솔잎을 그쪽으로 밀었다. 순식간에 솔잎 더미가 활활 타올랐다. 유숙이는 남편한테 꿈 자랑을 했다. "연수 아빠, 아버님이 이제 더 많이 도와줄 기란 소리 아니겠나. 아이고, 아버님 잘되게 도와주이소." 도저한 무신론자를 자처한 김준호는 아내의 낙천적이고 진취적인 태도에 웃음을 흘렸다.

두 칸짜리 방에서 연수와 연희는 문자 그대로 춤을 추었다. 문을 열면 현관이랄 것이 있고 툇마루도 몸을 뻗을 만한 길이와 넓이는 됐다. 큰방은 거짓말 하나도 안 보태고 반지하 방의 두 배였다. 방이 사다리꼴처럼 비뚤어진 것도 좋았다. 무엇보다도 마당을 향해 큰 창문이 나 있었다. 이제는 대낮에 불을 켜지 않아도 되었다. 엄마 아빠가 쓰는 쪽방에는 꽤 넓은 다락이 딸려 있었다. 큰방에서 부엌까지 가려면 이 쪽방을 거쳐야 했다. 부엌은 상당히 넓을뿐더러 입식이었다. 부엌과 담장 사이 틈새에는 큰 물동이를 세웠다. 그 위로 작은 양철 지붕이 있어 샤워도 할 수 있었다.

유숙이는 큰집에서 쓰던 큼직한 아이 옷장을 큰방에 떡하니 갖다 놓았다. '큰큰집'에서 버린 검정 자개농도 골방으로 모셨다. 덕택에 골방은 그야말로 요 하나 크기가 됐다. 5단

246

짜리 서랍장은 새로 산 것이었다. 그 위에다 큰 선인장 화분도 두 개나 떡하니 올렸다. 유숙이는 일주일에 두세 번씩 화분을 옮겨 물 주는 수고를 감수할 만큼 애지중지 키웠다. 두 딸을 위해 목제 책상도 하나 사들였다. 2단짜리 책꽂이와 등이 딸려 있고 서랍도 잘 열렸다. '아파트 큰엄마'와 함께 '좋은 곳'에 가서 빨간 트랜지스터 카세트도 사 왔다. 그날로 연수는 텔레비전을 싹 버리고 카세트를 끼고 살았다. 밤마다 라디오를 켜놓고 '이선영의 영화음악실'을 들었다. 동네 레코드 가게를 기웃거리는 습관도 생겼다. 비발디의 「사계」, 베토벤의 「전원교향곡」, 차이콥스키의 「피아노협주곡 1번」은 연수가 산 첫번째 테이프였다. 나중에는 라디오에서 들은 곡 중 마음에 드는 것을 종이에 받아 적었다. 「아드린느를 위한 발라드」, 「소녀의 기도」, 「라라의 테마」 등 목록은 금방 채워졌다. 영화배우처럼 잘생긴 레코드 가게 사장님이 공테이프 값과 녹음비를 받고 훌륭한 모음곡 테이프를 만들어주었다.

중학생 김연수는 국어를 가르치는 송혜경 선생님을 동경하여 문예반에 들어갔다. 소설가가 되는 것이 꿈이기도 했다. 선생님은 연수의 글에 상당히 엄격하셨다. "푸른 지평선 너머 아련한 기억이 꿈틀거리고……" "얼굴이 검게 탄 아낙네가 물동이를 머리에 이고……" '아련한', '아낙네' 같은 단어에 빨간 줄이 좍좍 그어졌다. 모조리 책에서 가져온 표현이라는 이유에서였다. 가장 가까이 있고 구체적인 것에 관해 쓰라는 충고도 이어졌다. "오늘도 아빠가 술을 마셨다. 그래서 또 엄마와 싸웠다. 나는 우리 집이 몹시 불행하다고 생각한다. 동생들도 꼴 보기 싫다." 이런 이야기는 일기에나 적합하지, '천재 소설가'가 '작문'의 소재로 삼기에는 너무 누추했다. '천재 소설가'가 그깟 집합 문제나 풀고 because 철자를 못 외워 전전긍긍한다니, 이건 너무 속상한 일이었다.

송혜경 선생님은 문예반 아이들을 봄맞이 시낭송회 대회에 내보내기도 했다. 윤동주의「별 헤는 밤」은 전교에서 책을 제일 많이 읽기로 소문난 양지윤에게 돌아갔다. 선생님이 국어시간에도 낭송해주신 황동규의「즐거운 편지」는 노란색 원피스가 잘 어울리는 3학년 선배 것이 되었다. "내 그대를 생각함은 항상 해가 지고 바람이 부는 일처럼 사소한 일일 것이나 언젠가 그대가 한없는 외로움 속을 헤매일 때에 오랫동안 지녀온 그 사소함으로 그대를 불러보리라." 아무리 읊조려도 낱말 하나하나가 시였다. 너무 탐이 났다. 하지만 연수에게 떨어진 것은 거칠고 선동적으로 느껴진 신동엽의「껍데기는 가라」였다. 마음이 다른 시에 가 있던 탓인지, 연수는 입상하지 못했다.

화창한 가을날에는 문예반 아이들 모두 용두산공원에 갔다. 백일장의 주제어는 '신호등'이었다. 아무런 영감도 떠오르지 않았다. 사정은 양지윤도 똑같았다. 양지윤은 김동리, 염상섭, 황순원 등의 대표 단편은 물론『사반의 십자가』,

『삼대』, 『나무들, 비탈에 서다』 같은 장편도 다 읽은 아이였
다. 서머싯 몸, 브론테 자매, 톨스토이, 헤르만 헤세까지 줄
줄 꿰고 있었다. 글솜씨도 제목부터가 남달랐다. 그럼에도
소설가나 시인이 되겠다는 꿈 따위는 없었다. "그런 거 뭐라
고……" 그렇게 많은 책 속에서도 자기가 찾는 것을 끝내 발
견하지 못했다는 식이었다. 에델바이스, 알래스카, 그린란드,
피아니스트, 발레리나…… 이런 단어를 연상시키는 아이였
다. 백일장 낙방이든, 심지어 자신의 큼직한 덩치든 항상 "그
런 거 뭐라고……"라는 식이었다. 이 드높은 자존감과 우아
한 달관의 자세가 연수는 무척 부러웠다. 키가 작고 볼품없이
뚱뚱한 것보다 더 속상한 것은 천재 소설가가 이런 하찮은 것
에 집착한다는 사실이었다. 어른이 되면 정윤희처럼 예뻐지
리라던 꿈이 허공중에 산화했다. 무용실 거울에 비친 연수의
아라베스크는 영락없이 '똥폼'이나 잡는 뚱보 고양이였다. 이
뚱보 문학소녀가 그만 사랑에 빠져버렸다.

　민경이네 집에서 가장 허름한 지하 단칸방에 세 형제가 들
어왔다. 첫째는 사법고시 준비생, 둘째는 철학도, 셋째는 중
학생이었다. 이 셋째가 연수의 소위 '옆집 오빠'였다. 최영준
은 그야말로 구석기 시대 토굴처럼 어두운 방에 살았다. 불과
몇 달 전까지 연수가 살던 방보다 더 깊숙이 박혀 있어, 현관
문 앞도 어둠침침했다. 어머니가 간혹 청도에서 내려왔지만

아들 셋의 자취 생활은 삭막하기 그지없었다. 오래된 밑반찬과 먹다 남은 음식, 빨지 않은 빨래 냄새가 토굴 특유의 눅눅한 곰팡내와 뒤섞였다. 여기서 압권은 이 공간 곳곳에 스며든 젊고 어린, 잘 씻지 못하는 세 형제의 체취였다. "머슴아들만 사니까 문만 열어도 냄새가 너무 독하더라." 그 청도 아줌마의 부탁으로 더러 반찬을 갖다 주는 유숙이의 말이었다.

연수는 현관문 틈새로도 새나오는 그 텁텁하고 쿰쿰한 냄새가 좋았다. 영준이 오빠의 냄새이기도 했다. 그것은 예컨대 감지 않은 머리카락, 여자처럼 가늘고 뽀얀 손가락 같은 특정 신체 부위의 냄새라기 보다는 뭔가 내적이고 본질적인 냄새였다. "라스콜니코프가 노파를 죽이려고 도끼를 쳐들었을 때 비스듬히 비치는 햇빛 때문에 눈이 좀 부시지 않았을까?" 이런 말을 뜬금없이 던지는 영준이 오빠에게 더할 나위 없이 잘 맞는 냄새였다. 수학과 과학 성적도 월등히 높은데다가 이렇게 어려운 소설까지 읽은 그가 구더기 들끓는 화장실을 간다는 사실은 이성적으로야 이해가 되지만 몸과 마음으로 받아들이기는 힘들었다. 어쩌다 자기가 마당에 있을 때 영준이 오빠가 화장실을 가려고 나오면 슬그머니 방으로 들어오곤 했다.

한번은 수학 문제집을 들고 영준이 오빠의 방에 가려다가 아빠에게 한 소리를 들었다.

"다 큰 여자애가 남자 방에 드나드는 거 아이다."

"문제 물어보러 가요. 그 오빠 공부도 잘해요."

"모르는 건 내일 학교 가서 선생님한테 물어보면 되잖아."

연수는 대꾸도 안 하고 나왔다. 밤낮없이 술이나 처먹어서 엄마 속만 썩이고, 술이라도 한잔 걸치지 않으면 하고 싶은 말도 못하고, 남 앞에서 쪼다같이 주눅이나 드는 비굴한 남자였다. 게다가 괜히 혼자 지저분한 상상이나 하는 것이었다. 말로는 공자 왈, 맹자 왈 돈은 별로 필요가 없다고 하지만 실은 그렇게 자기의 무능력을 합리화하는 이중인격자였다. 중학생 연수의 눈에 아빠는 그런 존재였다.

*

김준호는 느지막하게 집에 들어왔다. 책상 앞에 앉아 있는 연수는 양말 신은 발을 바싹 옹그리고 있었다. 11월부터는 방 한가운데에 전기장판을 깔아두었지만 책상 자리는 냉방이나 다름없었다. 형우는 연희와 함께 따뜻한 장판 위에 엎드려 있었다. 남편을 기다리다 지친 유숙이는 이미 골방에서 잠이 든 상태였다. 매일 보는 풍경이었다.

"오늘은 추워서 집에 있나, 이놈아? 지금이 몇신데 테레비나 보고 있노?"

술 냄새가 온 방 가득 진동했다. 연수는 꿈쩍도 안 하고 책에다 코를 박고 있었다. 꼭 옹크린 두 발은 이제 시리다 못해 아프고 얼얼했다.

"요것만 보고 끌 거다."

연희가 말했다. 형우는 심형래의 우스꽝스러운 몸짓을 보곤 킥킥대고 웃느라 정신이 없었다.

"고마 딱 안 끄나, 엉!"

김준호의 목소리에 힘이 들어갔다. 연희보다 더 겁을 집어먹은 건 형우였다. 맞을 때는 맞더라도 어떻게든 안 맞는 게 좋았다. 왜 누나들은 안 패고 나만 패는가. 억울하고 분한 마음에도 당장은 주먹이 날아올까 무서워 본능적으로 담요 밑에서 총알같이 튀어나와 텔레비전을 껐다.

"아빠 지는 맨날 술이나 먹으면서…… 치이."

연희는 혼자 옹알거리면서 담요를 뒤집어썼다. 하지만 아빠가 골방으로 들어가자 슬그머니 담요를 걷었다. 연희와 형우의 잡담과 장난이 왁자지껄한 뜀박질로 이어졌다.

"야, 조용히 좀 못하겠나, 엉? 차라리 그냥 테레비나 보든지!"

연수는 화내는 시간조차 아깝다는 듯 얼른 시선을 수학 문제집에 꽂았다. 동생들은 잠잠해졌지만, 잠시였다.

"누나야, 오늘 철용이가 수업 시간에 교실에서 똥 쌌다."

"아이고, 우짜노! 다 큰 애가!"

작은누나가 자지러지게 웃어줌으로써 성의 있는 반응을 보이자 형우도 신이 났다.

"똥 마려우면 손들고 말하든지, 병신 쪼다처럼 가만히 앉아서…… 다들 코를 막고, 선생님이……"

형우는 너무 우스워서 말을 잇지 못했고, 연희는 숫제 방바닥으로 나뒹굴며 배를 움켜쥐었다. 연수는 답안지의 풀이 과정을 아무리 들여다봐도 이해가 안 돼 화가 머리끝까지 뻗쳐 있었다.

"야, 김연희, 김형우, 조용히 하라고 분명히 말했다!"

두 아이는 일순간 조용해졌지만 연희가 다시 웃음을 터뜨렸다. 형우도 큰누나가 무서워 몸을 사리면서도 조심스럽게 한쪽 발을 뻗어 작은누나의 팔을 툭툭 쳤다. 잠시 뒤 남매는 비뚤어진 사다리꼴 모양의 방을 지그재그로 오가며 맥락 없는 싸움 놀이에 열을 올렸다.

"으악!"

갑자기 연수가 울음을 터뜨렸다. 남매는 얼음 망치 놀이를 하던 것처럼 그 자리에 우뚝 섰다. 더 많이 놀란 쪽은 형우였다. 꿀밤이나 발길질에만 익숙한 형우는 어떻게 해야 할지를 몰랐다. 그때 골방 문 뒤에서 아빠가 저승사자의 몰골로 나타났다.

"이놈의 새끼들!"

이 말과 동시에 아빠는 부엌으로 달려갔다. 다음 장면, 아빠의 손에는 길쭉한 목제 밥주걱이 들려 있었다. 반지하 방 시절부터 회초리 대용이었다.

"둘 다 내복 걷고 딱 서라!"

연희는 두 손을 싹싹 비비며 빌었다.

"아빠, 다시는 안 그러께, 엉!"

"사람이 말로 해서 알아들으면 매를 들 필요도 없는 기다. 언니랑 같이 공부를 해도 뭣할 판에, 엉?"

밥주걱 손잡이가 종아리를 때리는 소리, 어린 남매의 울음 소리, 술 취한 젊은 남자의 고함 소리…… 연수는 숫제 목 놓아 울었다. 여기가 바로 지옥이다. 김준호의 손에는 힘이 더 들어갔다. 큰 딸내미한테 변변찮은 공부방 하나도 못 마련해 주는 주제에 술만 퍼대는 자신에 대한 울분 탓이었다. 유숙이가 눈을 떴다.

"또 술 먹었나? 아이들은 왜 패노?"

금방 사태를 파악한 유숙이가 달려왔지만, 김준호의 화는 쉽게 풀리지 않았다.

"자식들 교육을 우째 시켜서 다 이래 말을 안 듣노?"

순간, 실수한 것인지, 김준호의 왼손이 유숙이의 뺨으로 떨어졌다. 철썩. 아이들은 해방됐지만 부부 싸움이 벌어졌다. 한숨 자고 일어난 덕분에 원기를 회복한 유숙이도 고분고분하지 않았다.

"나는 맨날 집에서 먹고 노나? 연수 니도, 동생들이 좀 떠들면 어떻노? 좋은 말로 타이르면 어디가 덧나나? 애비란 놈이 이래 지랄을 하니까, 성질머리하곤!"

여기서 김준호의 손이 유숙이의 머리통으로 향했다. 이번에는 명백히 고의였다. 김준호는 마누라의 어깨를 움켜쥐고 팔이고, 배고, 다리고 할 것 없이 사정없이 걷어찼다.

"연수야, 연희야, 형우야, 아이고, 엄마 죽는다!"

유숙이는 아이들의 이름을 차례차례 부르며 죽는소리를 해 댔다. 일차전이 막바지에 이르렀다는 의미이기도 했다. 그때 까지도 아이들은 제각기였다. 연수는 여전히 씩씩대며 책에 다 코를 박고 연희는 목 놓아 울고 형우는 작은누나처럼 울면 서도 큰누나처럼 이를 갈았다. 아빠가 엄마의 '머리끄덩이'를 잡은 채 골방으로, 이어 부엌으로 끌고 갔다. 이차전의 시작 이었다. 아이들은 눈앞에 던져진 고깃덩어리로 달려드는 짐 승 새끼들처럼 일제히 부모를 향해 돌진했다. 그들의 목표는 오직 하나, 아빠의 오른쪽 팔이었다.

아빠가 골방으로 들어가 곯아떨어지자 엄마는 세 남매를 앞에 두고 해묵은 넋두리를 반복했다. "너거들 엄마 아빠 이 혼하면 누구랑 살래?" 당연히, 아이들은 모두 엄마라고 대답 했다. 이 말이 그래도 위안이 되었는지 엄마는 수건으로 눈물 을 훔치고 코를 팽팽 풀다가 골방으로 들어갔다.

여덟 살 형우는 텔레비전과 군것질, 친구들과 바깥에서 어 울려 노는 것을 좋아했다. 제일 싫어하는 건 집, 그다음은 학 교였다. 급기야 학교를 빼먹었다가 아빠에게 호되게 야단을 맞았다. "큰누나는 전학을 세 번이나 해도 6년 개근상을 받았는데, 어! 작은누나가 학교에 지각 한번 하는 거 봤나, 어?"
조그만 형우의 얼굴에 금방 분노의 기색이 번졌지만, 묵묵히
듣기만 했고 종아리도 감수했다. 벌을 다 받으면 쏜살같이 밖
으로 내뺐다. 형우는 슬슬 깨달아갔다. 모든 것이 이 방처럼
뭔가 어그러지고 찌그러졌다. 모두 가난 탓이라는 생각도 꿈
틀거렸다. 이때부터 형우의 꿈은 단 하나였다. 무슨 짓을 해
서라도 어마어마하게 많은 돈을 벌 테다. 큰집 같은 아파트,
큰큰집 같은 저택에 살고 매일 맛있는 음식을 먹을 테다. 돈
이 생기면 조립 장난감도 종류별로 살 거다. 형우는 어느 날
눈을 뜨면 변소보다 못한 이 집이 대궐로 바뀌어 있기를 바랐
다. 형우뿐만 아니라 연수도, 연희도 그런 동화를 꿈꾸었다.
하지만 그런 일은 절대 일어나지 않았다. 반지하 방보다 조금
나을 뿐, 바퀴벌레와 쥐며느리가 득실대는 집이었다. 부엌과
부엌 뒤 비좁은 수돗가, 심지어 방 안에도 쥐가 들끓었다. 진
정한 쥐의 소굴, 쥐구멍이었다.

집 안 곳곳에 끈끈이 쥐덫을 놓아두었다. 자매는 학교 갔다
오면 두세 마리씩 들러붙어 있는 쥐덫을 갖다 버렸다. 목숨이
붙어 있는 녀석도 있었다. 밤중에도 옷장 밑에서 쥐새끼가 사
각거리는 소리가 들렸다. 어느 날 밤 연수는 뭔가 긴 것이 이
마를 쓱 스치고 가는 바람에 잠에서 깼다. 머리맡에 진회색
쥐가 새카맣고 윤이 나는 두 눈을 반짝이며 웅크리고 앉아 있

는 게 아닌가. 문자 그대로 머리카락이 곤두서고 소름이 돋았다. 한번은 연희가 까치발을 하고서 물통에서 물 한 바가지를 펐는데, 쥐 한 마리가 같이 나왔다.

"아이고, 엉성스러워라. 무슨 쥐새끼들이 이리 많노."

엄마는 바가지에 반쯤 남아 있는 물을 버린 뒤 바가지를 들고 나갔다. 돌아올 때는 빈손이었다.

"엄마, 바가지는?"

"내가 아무리 구두쇠라도 그 바가지를 우째 다시 쓰겠노? 이것도 다 버려야겠구만."

엄마는 온몸에 힘을 잔뜩 주어 물통을 엎었다. 겸사겸사 물이끼가 가득 낀 물통도 간만에 싹 닦아냈다.

"나 어제 저 물로 샤워했는데."

연희는 아직도 훌쩍대고 있었다.

"샤워는 니만 했나?"

연수가 톡 쏘았다. 눈앞으로 기다란 쥐꼬리가 스쳐 지나갔다. 온몸에 잿빛 털이 가득하건만 이상하게도 꼬리만 매끈매끈한 것이 정말 싫었다.

"언니야, 쥐는 다람쥐와 이름도 이렇게 비슷한데 왜 이리 징그러울까. 박쥐도 그렇고."

"누나야, 우리 집은 왜 이 모양이고?"

그동안 유숙이는 새 끈끈이를 뜯어 마른 멸치 서너 마리를 얹었다.

"자, 이거 옷장 밑에 갖다 놔라. 물통 뒤에도 끈끈이를 놔야 하나, 참. 너거 아빠는 딱 한잔만 하고 온다더니 또 이래 함흥차사다."

열심히 끓고 있는 된장찌개를 보면서 유숙이가 중얼거렸다. 고등어 두 마리가 다 구워지고 호박이 다 볶아졌는데도 남편은 오지 않았다. 유숙이는 투덜대며 아이들과 함께 저녁을 먹었다.

저녁 아홉시, 현관문이 열렸다. 툇마루에 뭔가가 쿵 엎어졌다. 김준호가 비틀거리며 큰방으로 들어섰다. 골방의 얇은 창호지를 뚫고 유숙이가 나지막하게 코를 고는 소리가 들려왔다.

"우리 새끼들, 아직 안 자고 뭐 하노?"

김준호는 방바닥에 엎드려 있는 연희와 형우를 건드렸다.

"으악, 술 냄새! 아빠나 바퀴벌레나 똑같다."

연희의 입에서 원망이 터져 나왔다. 방바닥을 기어 다니는 쌀벌레를 손톱으로 눌러 죽이던 중이었다.

"누나야, 저어기, 또! 엄마야!"

형우가 벌떡 일어나 앉았다. 눈도 질끈 감았다. 바퀴벌레 한 마리가 날개를 퍼덕이며 연수 책상 쪽으로 날아갔다. 연수는 다 쓴 공책을 든 채 숨을 죽이고 기다렸다. 바퀴벌레는 벽을 툭 치더니 방바닥으로 툭 떨어졌다. 등에 구릿빛 기름기가 좔좔 흐르고 살이 포동포동 오른, 아주 재수 없는 놈이었다. 연수는 바퀴벌레가 다시 질주하기 전에 단번에 공책을 내리쳤다. 짓눌린 바퀴벌레의 싯누런 내용물이 공책의 표면과 방바닥에 지저분하게 묻어나왔다. 연수는 아무렇지도 않은 듯 서너 겹의 신문지로 바퀴벌레 사체를 집어 쓰레기통에 버리고, 바퀴벌레 전용 걸레로 그 흔적을 닦아냈다.

"누나 니는 여자도 아이다."

형우가 가슴 졸이며 지켜보고 있다가 한마디 내뱉었다.

"그러는 니는 남자가? 바퀴벌레도 못 잡는 주제에. 이놈이 어젯밤에 내 장딴지를 문 놈인가 보네."

연수는 이참에 설욕하려는지, 벌겋고 단단하게 부어오른 장딴지를 벅벅 긁어댔다. 갑자기 옷장 밑에서 찌─직, 짧고 날카로운 비명이 들렸다. 원기 왕성하고 성질이 더러운 놈 같았다.

"연수야, 저것들도 살라고 태어났는데 저래 죽여서 되겠나? 불쌍하다, 불쌍해. 아이고, 나도 죽겠다."

말을 하는지, 술을 쏟아내는지 웅얼거리며 김준호는 방바닥에 철퍼덕 주저앉았다.

"아빠, 아무 말 하지 말고 그냥 들어가 주무세요."

연수의 목소리가 상당히 격앙되었다. 아빠가 바퀴벌레보다 징그럽고 쥐새끼보다 그악한 존재라고 생각했다. 그런 존재와 말 섞는 시간도 아깝다는 듯 여전히 책에다 코를 박고 있었다.

"왜, 우리 딸이도 이제 아빠 말이 듣기 싫나? 아이고, 연수야, 사람도 원래 동물이다. 그러니까 다른 동물들하고 사이좋게 어울려 살아야 하는 기다. 아이고, 너거 아빠는 무식하고 이래 맨날 술이나 먹고…… 똑똑한 우리 딸이가 아빠 말을 들을 리가 있나. 아이고, 죽겠다, 이놈의 새끼들아……"

입술을 실룩거리고 눈물까지 글썽이던 김준호는 거의 네발로 기다시피 골방으로 들어갔다. 딸내미가 막말을 하는데도 야단 한 번 못 치고 금방 주눅이 드는 비굴한 몰골에, 연수는 또 울컥했다.

"우아, 누나야, 아빠가 오늘은 웬일로 조용히 들어가네."

형우가 운을 뗐고, 연희는 딱하다는 듯 말했다.

"너무 많이 마셔서 화낼 힘도 없는 기라. 언니야, 아빠한테 너무 그러지 마라. 아빠 불쌍하잖아."

"왜 저래 마실꼬? 술이 그래 맛있나? 누나야, 나는 어른 돼도 절대 술 안 마실 기다."

형우는 고개를 갸우뚱거렸다.

"그래, 술 마시면 니는 사람도 아이다."

연희와 형우는 이불 밑에서 서로 맞장구를 치다가 잠들었다. 연수는 스탠드 불이 켜진 책상 앞에 좀 더 앉아 있다가 연희 옆으로 가서 누웠다. 골방 문이 열리는 소리가 들렸다. 아빠가 터벅터벅 힘겹게 부엌을 지나가는 소리, 아까 쥐가 빠졌던 물통에 이마빡을 붙이고서 수챗구멍에 토사물을 쏟아내는 소리가 그다음 순서였다. 한밤중, 옷장 밑에서 낑낑대고 부스럭거리는 쥐 소리보다 더 고약한 소리였다.

유숙이의 종교

一十

　유숙이는 몇 년 전부터 종교가 생겼다. '남묘호랑개교'라니, 이름부터가 수상쩍었다. 정식 표기는 '남묘호렌게쿄'라지만 발음만 들으면 '개코원숭이'가 떠올랐다. 아이들이 친구들보기 부끄러우니 그만 다니라고 성화를 부리자 유숙이는 정말로 개종했다. 이제부터는 명실상부한 불교 신자였다. "부처님 도와주이소, 나무관세음보살! 아버님, 도와주이소!" 아버님이든 부처님이든 신심이 돈독한 유숙이는 사월 초파일을 앞두고 마음이 분주했다. '산부처'를 만나러 가자며 큰딸을 닦달했다. 연수는 다음 주가 시험이라서 못 간다고 버텼다.

　"하룻저녁 공부 안 한다고 무슨 큰일 나나? 밤에 라디오만안 들어도 시간이 철철 남겠구만."

　"그래, 청도니까 가준다."

　"우리 딸 엄마 말도 잘 듣고 착하제. 원래 어른 말 잘 들으면 자다가도 떡이 생긴다 안 하나."

　유숙이는 청도라는 사실이 딸에게 왜 중요한지 조금도 관심이 없었다. 반면, 연수는 '산부처'가 아니라 영준이 오빠의 고향을 보러 간다고 생각하며 옷을 주워 입었다. 모녀는 우선 다른 신도의 집으로 갔다. 그 집 앞에는 조그만 봉고차가 대기 중이었다. 덩치가 작은 유숙이 모녀는 맨 뒷자리에 앉았다.

절은 청도의 깊은 산골에 자리 잡고 있었다. 불당은 방석이 깔린 큰방이었다. "손을 이래, 이래 모아야 한다, 알겠나?" 유숙이가 시범을 보였다. 연수는 어설프게 손을 방바닥에 댔다가 펴서 꼭 구걸하듯 위쪽을 향해 살짝 구부리는 모양을 취했다. '산부처'가 나타났다. '법성보살님'이라고 했다. 전래동화에나 나올 법한 꼬부랑 할머니였다. 얼굴은 하회탈 같은 주름으로 뒤덮이고 바싹 여위고 등뼈가 심하게 굽어 연수보다도 훨씬 더 작았다. 설법이 시작됐다. 아줌마들은 자리에서 힘들게 일어났다 앉았다 하며 큰절을 해대기도 했다.

법회가 끝나자 신도들은 제각기 흩어졌다. 유숙이는 딸내미 손을 잡고 보살님의 암자로 달려갔다.

"보살님, 우리 딸 잘되게 한 번만 쓰다듬어주이소."

보살님은 연수를 머리부터 어깨까지 두어 번 쓰다듬었다. 보살님의 주름 곳곳에 고생의 흔적이 배어 있었다. 상체에 와 닿는 손의 감촉 역시 무척 거칠었다. 손마디도 굵고 손등은 주름살과 거무스름한 반점, 울퉁불퉁한 핏줄로 뒤덮여 있었다.

"요즘 장사는 잘되나?"

"보살님 덕분에 새로 가게를 열었다 아입니까. 우짜든지 도와주이소."

"자네 아버님이 자네들 뒤를 쫓아다니며 돕는다 안 했나. 열심히 살면 되는 기라."

집에 돌아온 뒤 유숙이는 의기양양하게 말했다.

"산부처가 네 머리하고 어깨를 쓰다듬어주셨으니까 앞으로 다 잘될 기다."

"그래 비빔밥 맛있더라."

연수는 실실 웃으며 비빔밥 타령만 했다. 유숙이는 딸내미의 불경스러운 태도를 눈치챌 겨를도 없을 만큼 들떠 있었다. 그 흥분도 사정없이 쏟아지는 졸음에 금방 사그라들었다.

새집과 가게가 정리되자 유숙이는 오랫동안 미뤄온 일을 실행에 옮겼다. 남편과 상의한 뒤 혼자 큰집을 찾았다. "살아 계실 때도 제가 아버님을 모셨고, 죽어서도 제 밥을 드시고 싶다고 하셨는데……" 유숙이는 고(故) 김철환의 유언을 되뇌었다. 오로지 맏며느리의 의무감으로 제사를 지내온 김준덕의 아내는 동서가 고마울 뿐이었다. 누이 좋고 매부 좋은 일을 한 유숙이는 진정 '아버님교'의 독실한 신도로 거듭났다.

유숙이는 눈코 뜰 새 없이 바쁜 와중에 잠깐 집에 들러 국거리와 나물을 준비해놓고 조기도 다듬어 살짝 말려놓았다. 떡집에 맡겨놓은 떡은 개명골댁이 찾아왔다. 유숙이가 시장 일을 마무리하고 집에 왔을 때는 저녁 아홉시쯤이었다. 한숨 잔 다음 설날 새벽 세시, 요리가 시작됐다. 유숙이의 탕국은 국물부터 다시마, 멸치, 북어 등을 넣어 우린 것이라 깊은 맛이 났다. 여기에 얇게 썬 무, 두부, 표고버섯, 쇠고기, 우뭇가사리, 대합 등이 푸짐하게 들어갔다. 고사리, 도라지, 콩나물, 무나물 등은 마늘을 넣지 않고 오직 들기름과 깨소금만으로 맛을 냈고, 물미역은 참기름과 간장을 넣어 그냥 생으로 무쳤다. 이쯤 되면 아이들을 깨워 두부와 조기 굽는 일을 거들게 했다. 삶은 달걀은 뾰족뾰족 절반으로 잘렸다. 돼지고기 수육은 오래도록 푹 삶았고 문어는 금방 데쳤다. 끝으로 압력 밥솥에 밥을 안쳤다.

"야야, 국 한 그릇 떠봐라. 나물도 좀 주고."

개명골댁이 부엌 한가운데에 떡하니 자리를 잡으며 말했다. 막 제사상을 편 김준호도 슬금슬금 부엌으로 나왔다.

"조기도 한 마리 내놔라."

"아버님 드실 음식에 먼저 손을 대면 어떡해요?"

"아이고, 저거 아들 먹는다는데 뭐."

유숙이는 금방 간소한 아침상을 봐주었다. 칠칠찮은 모자는 마파람에 게 눈 감추듯, 음식물을 곧잘 흘리고 입과 옷에 묻혀가며 밥 한 그릇을 뚝딱 해치웠다.

여덟시를 전후해 친척들이 앞다투어 밀려왔다. 김준규 아내가 만들어 온 전과 튀김은 여러 접시에 나누어 담았다. 김준규는 밤을 깎고 과일의 윗부분을 도려내 접시에 차곡차곡 담았다. 밥그릇과 국그릇, 여러 음식이 차례로 제사상 위로 올라갔다. 조그만 병풍처럼 접힌 지방(紙榜)을 펼쳐 상 맨 위쪽, 벽과 면한 곳에 세웠다. 허리가 잘록한 향로 안에는 생쌀을 담아두었다. 김준덕부터 차례로 향에 불을 붙여 향로에 꽂고 술잔을 채워 향로 주위로 세 번에 걸쳐 빙빙 돌린 다음 모사 그릇에 다시 부었다. 그러곤 제사상 앞에서 두 번씩 큰절을 올렸다. 남자들은 한 줄로, 아니 방이 비좁아서 두 줄로 서서 다시 큰절을 두 번 올렸다. 이어 남자아이들이 이 일을 반복했다. 마당에서 놀던 여자아이들도 이번에는 호출을 받았다.

"이제 너거도 와서 절해라. 나중에는 여자들도 다 제사를 지내야 할 기다."

김준서의 아내 말에 여자아이들은 히죽거리면서 큰절을 두 번 올렸다.

제사는 한 시간도 안 돼서 끝났다. 제사 지낼 때와 같은 순서로 밥상이 나갔다. 개명골댁과 그녀의 아들들이 식사를 끝내자 그녀의 손자 손녀가 밥상 앞에 앉았다. 큰집의 제사 음식에 비해 가짓수가 턱없이 부족했다. 쇠고기 육전도, 고래고기도, 엘에이 갈비찜도 없었다. 그래도 아이들에게는 오늘이 일 년에 두 번밖에 없는 잔칫날이었다. 여자들은 모두 부엌에 앉아서 아침밥을 먹었다.

"그러게 형님, 여자는 세 가지 중 하나는 있어야 한다잖아요. 머리가 아주 좋든가, 얼굴이 아주 예쁘든가, 집에 돈이 아주 많든가."

김준서의 아내 말에 손아랫동서가 무심하게 한마디 툭 던졌다.

"뭐 다들 머리고 얼굴이고 돈이고 고만고만하지요, 뭐."

"그러니까 나중에 무슨 소리 안 들으려면 해줄 건 다 해줘야지. 요즘은 유치원만 갖고는 어림도 없잖아."

실제로 그녀는 송희를 유치원에 덧붙여 피아노 학원과 미술 학원까지 보냈다. 평범한 샐러리맨인 김준서의 월급으론 빠듯하니까 어린 아들 태훈이를 개명골댁한테 맡기고 계속 파출부 일을 나갔다. 반면, 김준규의 아내는 선형이를 자유롭게 키우는 편이었다. 두 딸아이 모두 내년에 국민학교에 입학할 참이었다.

"공부도 자기가 하고 싶어서 해야지. 연수 봐요, 공부할 애는 어차피 한다니까요."

"그래도 부산대만 해도 과가 다 다르고 스카이는 중학교 때부터 전교 일등 안 놓쳐야……"

유숙이는 '스카이' 전부터 부엌 벽에 등을 기댄 채 꾸벅꾸

벽 졸았다. 부산 내려온 다음 자기 손으로 지내는 첫 차례라 너무 긴장한 탓이었다.

"우리 형님, 저러다가 아주 쓰러지겠네."

김준규 아내가 일어나자 손윗동서도 설거지를 시작했다. 두 여자 모두 일솜씨가 보통이 아니었다.

다음 목적지는 아파트 큰집이었다. 김준덕의 아내가 그의 첫 부인 제사상을 차려두고 있었다. 그다음에는 '큰큰집'으로 갔는데, 거기에는 김준우의 생모이자 김철환의 첫 부인의 제사상이 차려졌다. 아이들은 하루에 차례상을 세 번이나 보았고 그때마다 용돈이 생겼다.

그날 밤 꿈에서 유숙이는 따뜻한 봄날에 들판에서 파릇파릇한 풀을 뜯는 소 한 마리를 보았다. 눈망울이 커다랗고 속눈썹이 유난히도 짙고 풍성한, 소치고도 상당히 잘생긴 소였다. 느릿느릿, 게으른 울음을 울며 되새김질하는 모습에서는 기품이 느껴졌다. 다음 날 꿈에서 깼을 때 유숙이는 흐뭇한 웃음을 흘렸다. 원래 소는 조상이었다. 그녀는 이번에도 다부진 목소리로 남편에게 꿈 얘기를 전하고 예의 그 기도문을 덧붙였다. "아이고, 아버님 도와주이소, 배불리 잡수시고 우리 잘되도록 도와주이소."

1988년, 박완서라는 이름

88올림픽 때문에 온 나라가 떠들썩했다. 영어 선생님은 하얀 바지 정장을 입고 와서 남편과 잠실 경기장을 다녀왔노라고 자랑했다. 그 정장은 이참에 남편과 함께 똑같은 디자인으로 맞춘 것이라고 했다. 학교 가면 당장 누가 무슨 메달을 땄다 혹은 놓쳤다는 얘기부터 나왔다. 전교조 선생님들 사이에서는 다소 비아냥거리는 말들이 조심스럽게 오갔다. "에스가 세 개 아닙니까, 섹스, 스포츠, 스크린……" 대머리 대통령과 주걱턱 영부인 얘기가 나올 즈음 당번은 선생님들의 컵이나 화병을 챙겨 들고 교무실을 나왔다. 간혹 베트남 전쟁이나 KAL기 폭파 사건, 정확히 김현희의 외모를 두고 귀엣말로 옥신각신하기도 했다.

스포츠라면 체조 경기밖에 보지 않는 연수에게도 1988년은 경이로운 해였다. 국어 선생님의 호출이 있었다. 지난봄에 문예반 과제로 써낸, 이효석의 「메밀꽃 필 무렵」 독후감이 무슨 큰 대회에서 중등부 장원을 받았다는 거였다. "낸 적도 없는

데요." 연수가 머뭇거렸다. 알고 보니 서울로 전근 간 송혜경 선생님이 대신 응모를 해주신 것이었다. 시상식은 서울에서 있었다. 유숙이는 십수 년 만에 서울을 다시 본다고 신났고, 유득이는 서울 지리는 자기가 더 잘 안다며 같이 가겠다고 우겼다. 연수는 서울보다 기차에 열광했다. 다만, 기차 여행은 소설처럼 혼자 호젓하게 가야 할 것 같은데 돼지 떼처럼 우르르 가는 것이 좀 못마땅했다.

겨울을 목전에 둔, 몹시 추운 늦가을 오후였다. 부산역 대합실에서는 유정이가 민규를 등에 업고 언니 일행을 기다리고 있었다. 새미는 큰이모, 작은이모와 함께 서울 구경을 한다고 예쁘게 단장했다.

"언니야, 이거 기차 안에서 먹어라."

유정이가 장바구니 같은 것을 내밀었다.

"달걀이랑 고구마 좀 삶았다. 귤도 좀 있고."

"과일 장사하는 언니한테 과일은 와 넣노?"

"언니 니가 이런 거 챙길 정신이 어딨노?"

"맞다, 맞아. 안 그래도 큰언니는 오늘도 장사 다 하고 왔잖아."

옆에서 유득이가 맞장구를 쳤다.

이렇게 유숙이, 유득이, 연수, 새미는 서울행 통일호에 올랐다. 유득이는 좋은 일로 서울 가는데 새마을호는 못 탈망정

무궁화도 아닌 통일호를 타야겠냐고 투덜댔다.

"득이 니가 차비 내는 것도 아니고 비둘기호 안 타는 것만
해도 다행인 줄 알아라."

"아이고, 비둘기호 타면 내일 아침에 도착하겠네, 나 참."

유득이는 여전히 언니의 옹색하고 궁상맞은 생활을 비아냥
거렸다. 하지만 내년 봄부터는 언니 집에 기식해야 할 처지여
서 그만 입을 다물었다. 언니 덕분에, 지난여름 남자 친구와
함께 실컷 구경한 서울을 다시 보는 것이기도 했다. 그러나
오전 시간의 통일호는 무슨 달콤한 몽상에 젖는 것을 전혀 허
락하지 않았다. 의자가 뒤로 젖혀지지 않아 눈도 제대로 붙일
수 없었다. 입석이 많은 탓에 열차 안팎은 비좁고 시끄러웠
다. 객실 사이 통로는 담배 피우는 남자들로 넘쳐났다. 술판
은 아무 데서나 벌어졌다. 맥주로는 성이 차지 않아 가방에서
소주병을 꺼내고 객실 안에서 담배를 피우는 족속도 있었다.
유숙이 일행도 대구를 지날 즈음에는 고구마, 달걀과 귤을 까
먹었다.

서울역에 도착했을 때는 캄캄한 밤이었다. 유숙이 일행은
옷깃을 여미며 역사를 빠져나왔다.

"서울이 몇 년 만이고. 연수야, 이게 서울역이다."

유숙이의 말에 연수는 고개를 돌렸다. 텔레비전에서 보던
서울역 건물이었다. 지붕이 동그란 역사는 「날개」를 쓴 '이

270

상'의 이름과 원래 '조선 총독부'였다는 사실 때문인지 왠지 비장하고도 애달파 보였다. 역사 안이든 바깥 광장이든 어디나 거지가 한 무더기씩 모여 있었다. 그들 옆을 여행객들이 종종걸음을 치며 지나갔다. 광장 건너편에는 넓은 도로가 펼쳐지고 차량도 많고 빨랐다. 건물도 하나같이 다 크고 번쩍번쩍 빛났다. 생경하고 황량한 풍경이었다.

"엄마도 처음 서울 왔을 때 이리로 왔나?"

"어데, 그때는 버스 타고 안 왔나. 어여, 득이야. 어디서 방을 잡아야 되노?"

숙소도 급했지만 유숙이는 서울 시절을 회상하는 걸 싫어했다.

일행은 길을 건넜다. 컴컴하고 추운 골목길을 헤매다가 짐을 푼 곳은 허름하고 괴상한 여인숙이었다. 유숙이는 심드렁한 척 한마디 툭 내뱉었다.

"굳이 비싼 데서 잘 필요 뭐 있노?"

"언니 니는 돈을 못 버는 것도 아닌데, 이런 데까지 와서 돈을 아끼노? 형부 같으면 장급 여관 잡았을 텐데."

"그래서 너거 형부 떼놓고 왔잖아. 은근히 가고 싶어 하는 걸 어찌나 말렸는지."

음산한 외양의 여인숙은 벽지가 반쯤 떨어져 나가 시멘트 벽이 적나라하게 드러나 있었다. 장판은 싯누레졌고 세면대의 가두리와 정중앙에 녹물이 배어 있었다. 전교조 선생님들한테서 주위들은 안기부, 남영동, 국가보안법 같은 낱말이 떠올랐다.

"큰이모야, 이불에서 이상한 냄새 난다."

새미가 얼굴을 찡그렸다.

"잠들면 냄새도 안 나고 아무것도 안 보인다, 어여 자라."

세수를 마치고 나온 유숙이가 또 한마디 툭 던졌다. 하지만 새미는 계속 인상을 쓴 채 연수를 쳐다보았다. 괴롭기는 연수도 마찬가지였다. 낯선 곳에서 맡는 낯선 냄새는 불쾌하고 찜찜했다. 요는 군데군데 희끄무레하게 얼룩이 져 있었다. 이불에도 담뱃불 자국, 김칫국물 외에 고름인지 핏자국인지 정체를 알 수 없는 얄궂은 무늬가 보였다. 난생처음 만난 서울은 텔레비전에서 보던 말쑥한 모습과는 너무 달랐다.

다음 날 일행은 아침 일찍 여인숙을 나섰다.

"아이고, 우리가 이래 얄궂은 데서 잤나, 세상에나……"

유숙이는 뒤를 한 번 돌아보며 정색을 했다. 골목길도 너무 딱해서 보기도 싫을뿐더러 대낮에도 강도가 불쑥 튀어나올 것 같았다. 반면, 힘들게 찾은 '삼성생명' 건물은 으리으리하고 휘황찬란했다. 내부에는 큰집 아파트와는 비교도 안 될 만큼 빛나는 엘리베이터가 있었다. 시상식장에는 붉은 카펫이 깔려 있고 단상에는 화환이 장식되어 있었다. 단상 위의 의자에는 정장 차림의 어른이 몇 명 앉아 있었다. 연수는 대기석

의자에 앉아 있다가 이름이 호명되자 단상으로 올라갔다. 장딴지도 굵은데 괜히 치마를 입었다는 후회가 제일 먼저 들었다. 까치발을 하고 팔을 뻗어 상장을 받을 때는 키가 작은 것이 원망스러웠다. 사진사가 플래시를 터뜨리며 셔터를 눌러댔다. 무릎까지 내려오는 플레어스커트를 입은 다부진 아줌마 한 명이 시상대 앞으로 나왔다. 심사평은 잘 썼다고 칭찬하기보다는 경험과 지식의 부족을 질타하는 것처럼, 「메밀꽃 필 무렵」의 핵심을 놓쳤다고 꼬집는 것처럼 들렸다. 연수 옆에 서 있던 한 남자가 연수 쪽으로 몸을 숙였다. 향수인지 스킨인지 준서 삼촌한테서 나는 냄새가 풍겼다.

"저분이 유명한 소설가 박완서 선생님이십니다. 김연수 학생 글을 적극적으로 추천하셨어요. 글이 조금 어설퍼도 생각이 깊다면서요."

'소설가'라는 것이 이렇게 눈앞에 버젓이 나타날 수 있는 존재라니! 이들 역시 살과 피를 가진 존재라니! 연수는 너무나 혼란스러웠다. 소설가나 시인은 왠지 독특한 외국 이름에 어딘가 낯설고 먼 곳의 존재일 것 같았다.

시상식이 끝난 다음 유숙이 일행은 상품으로 받은 컴퓨터를 서울역 안내 센터에 맡겨두고 잠실로 갔다. 기차 시간까지 딱 한 군데를 구경할 수 있었다. 유득이가 제안한 곳에는 팔자 모양의 넓은 호수가 펼쳐져 있었고 그 일대는 아파트 단지였다.

"하나도 못 알아보겠다. 옛날에는 천지가 뽕밭이었는데. 또 뭘 저래 짓노?"

"매직랜드라고 놀이동산이라던데."

앙상한 골조만 서 있는 건물은 주위 경관과 어우러져 한층 더 쓸쓸해 보였다. 날은 춥고 주위는 휑하고 간간이 들리는 서울말은 거슬렸다. 하얗고 높은 백화점 건물은 창문이 없어 서인지 포장지로 곱게 가린 감옥 같았다.

서울 구경을 끝내고 돌아갈 때는 비둘기호를 탔다. 유득이 의 불만에 유숙이는 막말도 서슴지 않았다.

"아이고, 이년아, 돈 벌기 쉬운 줄 아나? 눈 좀 붙이면 부산 일 긴데, 뭐 하러 통일호를 탈 기고, 엉?"

좌석 앞에 놓아둔 컴퓨터 상자 위에는 발을 올려놓았다. 이 286컴퓨터가 상금 삼십만 원보다 열 배는 더 비싸다고 했다. 하지만 연수에게는 어마어마한 짐 덩어리일 뿐이었다. 좁아 터진 집에서는 그야말로 애물단지, 돼지 목의 진주였다. 처음 에는 상자째로 책상 옆에 우두커니 세워뒀다. 옷장 문도 열 수 없고 잠잘 때 다리도 뻗을 수 없었다. 혹시 잘못 건드렸다 가 폭발할까 봐 무섭기도 했다. 전원이 연결돼도 그런 일은 없다고 정훈이 오빠가 말해주었음에도 불안과 공포는 사라지 지 않았다. 형우만 컴퓨터에 지대한 관심을 보였지만 물건에 손을 대는 것조차 허락되지 않았다. 형우는 한동안 컴퓨터 상자를 구석구석 살펴보았고 예의 그 습관대로 손가락을 쫄쫄 빨며 군침을 흘렸다. 컴퓨터를 설치하려면 작은 것이라도 책상부터 하나 사야 했다. 그 돈이 없지는 않았지만 방이 너무 좁았다. 결국, 형우의 원성에도 불구하고, 컴퓨터는 골방에 딸린 다락방으로 올라갔다. 상금 삼십만 원은 김준호의 사업 밑천이 되었다. 그 돈으로 사과밭을 샀고 그 보답으로 유숙이는 연수가 원하는 걸 사주었다. 뜻밖에도, 털실이었다.

*

간혹 서점 앞을 기웃거리던 김준호가 안으로 들어간 것은 이번이 처음이었다. '영광도서'는 '동보서적'과 함께 이 일대에서 가장 큰 서점이었다. 두리번거리다가 여직원에게 조언을 구했다. 김준호의 얼굴은 검은 구릿빛이었고 점심때 소주 한잔을 걸친 탓에 술 냄새도 좀 났다. 흙이 덕지덕지 묻은 낡은 청바지에 가죽 재킷을 걸친 차림새도 허름함, 그 자체였다. 무엇보다도 자신의 이런 몰골을 의식한 나머지 몸은 더 움츠러들고 붉게 상기된 구릿빛 얼굴에서는 실없이 어색한 웃음이 나왔다. 싸늘한 바깥에 비해 서점 안이 너무 따뜻해 땀도 났다.

"몇 학년인데요?"

"큰애는 중학교 2학년이고 작은 애는 초등학교 3학년인데."

"애들이 글은 잘 읽지예?"

"예? 그럼요!"

여직원이 무심코 던진 말에 김준호는 자존심이 팍 상했다. 우리 큰딸이 독후감 대회에서 전국 일등을 하고 우리 작은딸은 반장을 하는데, 라는 소리가 목구멍까지 올라왔다.

"이런 게 잘 나가는데요."

여직원이 내민 것은 동시집이었다. 김준호는 반들반들 윤이 나는 책의 제목을 하나하나 읽어보고 심사숙고 끝에 마음을 정했다. 평소 사는 게 너무 각박해 보이는 연수를 위해서는 『꿈꾸는 나라』, 평소 생각이 너무 없어 보이는 연희를 위해서는 『생각 속에서』였다. 서점에 있는 동안 얼마나 긴장했는지, 시집 두 권이 든 봉투를 들고 밖으로 나오자마자 안도의 한숨이 나왔다. 두 딸의 환호성이 김준호의 행복감과 뿌듯함을 배가시켰다.

"우아, 언니야, 우리 아빠가 책 사 왔다!"

연희는 책을 펴서 닥치는 대로 큰 소리로 읽었다. 글 읽는 솜씨를 자랑하는 것이기도 했다.

"아빠도 참, 나는 중학생인데 웬 동시예요?"

말은 이렇게 해도 연수도 기뻐하는 기색이 역력했다.

한 달쯤 뒤 김준호는 큰딸의 생일 선물을 사기 위해 또 서점에 들렀다. 이번에는 큰딸의 독서 수준을 생각하여 글자도 많고 두툼한 책을 부탁했고 여직원은 요즘 제일 잘 나가는 책이라면서 무슨 영국 작가의 『비밀일기』를 건네주었다. 총 두 권이었고, 선물 포장이 돼 있었다. 연수는 동시집을 받았을 때보다 더 기뻐했다. 밥을 먹을 때도 책에서 눈을 떼지 않았다.

"아빠, 나는 막대기 같은 도린 슬레이터가 좋아요."

느닷없이 이런 말을 불쑥 던지기도 했다.

"그게 뭐고?"

"아빠가 사준 책에 나오는 여자요."

"뭐 하는 여잔데?"

연수는 연희에게 해주었던 말을 줄줄 쏟아냈다. 김준호는 딸내미가 세상만사를 조잘거려주던 시절로 돌아간 것 같아 신이 났다.

봄방학을 하자 김준호는 세 아이를 모두 데리고 '영광도서'로 향했다. 아침부터 오후까지 술을 한 잔도 입에 대지 않았다.

"우아, 억수로 크다!"

중학교 들어간 뒤론 어른 흉내를 내며 짐짓 엄숙한 척 굴던 연수가 어린애처럼 감탄을 내질렀다.

"누나야, 이게 다 책이가?"

어리둥절해진 형우가 큰누나의 팔을 붙든 채 물었다.

"언니야, 2층에도 있는갑다."

"아빠, 나 책 골라도 돼요?"

연수는 진즉에 눈을 두리번거리면서 뭘 골라야 할지 고민하던 중이었다. 대부분이 책벌레 양지윤이 얘기해준 것이었다. 누런 종이 안에 작은 글씨가 빽빽하게 박힌 문고판이 참 마음에 들었다. 『달과 6펜스』, 『수레바퀴 아래서』가 간택되었다. 그러고도 『폭풍의 언덕』, 『좁은 문』, 『생의 한가운데』 사이에서 안절부절못했다.

"두 권도 많은데, 더 고르려고?"

여직원은 연수의 얼굴과 김준호의 얼굴을 조심스럽게 번갈아 쳐다보더니 귀엣말처럼 덧붙였다.

"한꺼번에 많이 사면 아빠 힘드시잖아."

"한 권만 더 골라라, 그러면."

김준호는 얼굴이 빨갛게 상기된 채로 말했다. 만 원짜리를 두둑이 넣어 왔지만, 행색이 초라하니 어쩔 수 없었다. 연수는 얼른 한 권만 더 뽑았다. 좀 얇은 『좁은 문』이었다. 동생들을 위한 책도 골라주었다. 화사한 삽화가 딸린 『이상한 나라의 앨리스』는 연희 것, 책의 반 이상이 그림인 『공룡 나라』는 형우 것이었다. 책에는 통 관심이 없는 형우였지만, 뭔가를 선물 받았다는 사실에 잠깐이나마 기뻐했다.

"사천오백 원하고 이천 원, 이천오백 원…… 다 하면 구천 원이네요. 그림책은 원래 값이 좀 나갑니다."

계산원은 김준호가 묻지도 않았지만 이렇게 덧붙였다. 김준호는 예의 그 가죽 재킷의 안주머니로 손을 집어넣었다. 하나같이 꼬깃꼬깃하고 더러 때까지 묻어 있는 만 원짜리 지폐 뭉치가 가득 나왔다. 책값 개념이 없었던 그는 이 정도로 많은 책은 최소한 삼만 원은 거뜬히 넘을 줄 알았다. 김준호는 돈뭉치에서 만 원짜리 한 장을 꺼내고 남은 지폐들을 다시 안주머니에 넣었다. 그 와중에 안주머니 깊숙이 박혀 있던 백 원짜리 동전 하나가 땡그랑, 소리를 내며 바닥으로 떨어졌다. 딱히 쳐다보는 사람이 없었음에도 그는 혼자 무안해져서는 얼굴이 새빨개졌다. 몸을 숙여 동전을 집는 자신의 서투른 행동거지와 초라한 행색 탓이었다.

서점 밖으로 나오자 연수가 시무룩하게 있다가 목에 힘을 잔뜩 주고 말했다.

"아빠, 책 안 사줘도 되니까 엄마한테 새 잠바 하나 사달라고 하세요."

"아직 멀쩡한데, 와?"

"너무 낡았잖아요."

"아이고, 아빠는 그런 거 신경 안 쓴다."

"에이, 아빠, 언니 말 맞다. 팔꿈치에 가죽 다 일어났네, 좀 있으면 빵구 나겠다."

"사람이 속이 튼튼하고 정신이 똑발라야지, 옷 같은 거에 연연하면 안 되는 기다."

"아무리 그래도 추위는 막아줘야 할 거 아니에요?"

"아빠는 하나도 안 춥다. 이 잠바가 얼마나 따신데."

"따시긴 뭐가 따셔요? 이를 닥닥 갈면서."

사실 10년도 족히 입어서 속에 내복을 두 개나 껴입어도 춥긴 추웠다.

"아빠, 지갑도 하나 사라!"

이번에는 연희가 나섰다.

"큰아버지도, 삼촌들도 지갑에서 돈 꺼내는데 아빠만 맨날 주머니에서 꺼내잖아. 그러니까 돈이 다 구겨져 있지."

비슷한 내용이어도 연희의 말에는 설움이나 울분이 없었다. 그래서 김준호도 마음이 편했다.

"돈이 다 똑같은 돈이지, 뭐. 아빠가 늘 말하지만, 돈은 그냥 딱 먹고살 만큼만 있으면 되는 기다."

"지갑 살 만큼은 있어야 안 될까, 아빠?"

연희가 아빠를 올려다보며 방실방실 웃었다. 형우도 한마디 했다.

"아빠, 풀빵 하나만 사도."

"아이고, 요놈은 맨날 이래 먹는 얘기뿐이고."

날도 싸늘한 것이 이참에 소주 한잔 탁 들이켰으면 싶었지만, 오늘만은 참기로 했다. 물론, 가죽 재킷을 버릴 마음도, 지갑을 살 마음도 없었다. 그래도 김준호는 입이 귀에 걸린 채 집에 들어왔다. 남편 얼굴을 보자마자 유숙이도 배시시 웃었다.

"아이고, 이 양반 오늘 신났네. 자식들 데리고 외출하니까 그리 좋더나? 웬일로 술도 한잔 안 했네?"

밥상에는 돼지고기 김치찌개와 소고깃국이 나란히 올라왔다. 아이들은 말이 없어졌다. 입을 뻥긋하는 사이에 손 빠른 누군가의 입속으로 돼지고기 한 점이 쏙 들어가기 때문이다. 말간 국물에 얇게 삐친 무 조각, 당면, 작은 소고기 조각이 들어간 국은 아빠를 위한 것이었다. 연희는 아빠만을 위한 국을 엿보며 당면을 건져 먹느라 정신이 없었다. 연수는 소고기를 먹지 못했지만, 형우는 점점 더 먹성이 좋아졌다. 적절히 잘 삶은 긴 당면이 연희 밥그릇과 형우 밥그릇 사이에서 줄다리기했다. 유숙이가 나섰다.

"야 너거는 김치찌개 먹어라. 소고깃국 얼마나 된다고 건드리노? 아빠 먹을 거 없다."

그러자 연수가 끼어들었다.

"엄마, 아빠 먹는 거만 챙기지 말고 잠바나 하나 사주지?"

"안 그래도 겨울옷 들어갈 때 사줄 생각이다. 당신은 좋겠네, 딸내미가 아빠 생각 저래 해주니까."

유숙이는 히죽거렸고 김준호도 감동했는지 입술을 실룩이며 멋쩍게 웃었다.

그때부터 연수는 서점을 다니는 습관이 생겼다. 도서관처

럼 그냥 책을 읽기만 하고 사지 않아도 뭐라고 하는 사람이
별로 없었다. 책 도둑은 도둑이 아니라고 생각하던 시절이었
다. 그다음에는 집으로 가지 않고 시장에 갔다. 지하 청과물
조합 안, 평상 위에 앉아 책 보길 즐기던 연수가 뜨개질에 열
을 올렸다.

"아빠가 시장에 자주 오지 말라고 했잖아? 애 공부해야 하
는데 저런 건 뭐 하러 사줬노?"

"지가 하고 싶다잖아. 컴퓨터 대신에 저거 한다고."

남편의 호통에 대거리하며 유숙이는 두툼한 앞치마를 풀어
가방 안에 넣었다.

"엄마, 콩나물은 내가 들게."

연수는 뜨개질감과 책을 가방 안에 넣고 어깨에 멨다.

"머리도 식히라면서요? 목도리 다 뜨면 아빠 줄 테니까 걱
정하지 마세요."

"아니, 내가 목도리 때문에 그카나, 어데."

김준호는 민망한 듯 슬그머니 일어나 지하 청과물조합 밖
을 나갔다. 모녀는 그 뒤를 따라 노닥거리며 집으로 향했다.
이제 연수의 키가 유숙이보다 조금은 커졌다.

득이 이모의 연애

화창한 수요일 아침, 연수는 책가방을 둘러메고 현관문을 열었다가 화들짝 놀랐다. 현관문 바로 옆에 웬 젊은 아저씨가 담배를 피우며 서 있었다. 연수를 보자 황급히 담뱃불을 끄며 멈칫멈칫 쑥스러운 표정을 지었다.

"아저씨, 누구세요?"

"저어기…… 여기 유득이라고……"

"우리 막내 이모요?"

"그래, 니가 연수가?"

"예. 근데 아저씨는 누구세요?"

이렇게 되묻긴 했지만 연수는 금세 눈치를 챘다. 이 아저씨가 두어 달 전에 헤어졌다는 득이 이모의 애인인 모양이었다. 키도 크고 날씬하고 잘생겼다더니. 흥, 키도 아빠보다 작고 몸도 날씬한 것이 아니라 오뉴월에 피죽 한 그릇 못 얻어먹은 사람처럼 바싹 말랐다. 어깨와 몸집에 비해 두상이 몹시 컸는데 곱슬머리라 더 그래 보이는 것 같았다.

"아저씨, 우리 이모 보러 왔어요? 이모가 아저씨랑 헤어졌다던데."

그때 이모가 거의 사색이 된 얼굴로 나왔다.

"야, 어쩌려고 여기까지 왔노!"

이모는 아저씨의 손을 이끌고 계단을 올라갔다. 대문 밖, 옆쪽 골목에서 둘의 말다툼 소리가 들렸다.

유득이는 부산에 온 다음 유종율 집에 살면서 어느 여자전문대학에 다녔다. 유숙이의 손윗동서가 교수로 있는 학과였다. 2년 동안 유득이는 공부라곤 거의 하지 않았다. 졸업한 이후에는 슈퍼마켓 계산원, 휴지 회사 판촉 사원, 커피숍 직원 등을 두루 거쳤다. 유숙이가 훈수를 두지 않을 수 없었다. "어디든 진득이 다녀야 하는 기다. 나 같은 까막눈도 이래 열심히 사는데…… 니는 우리 중에서 공부도 제일 많이 했잖아."

현재 유득이는 유숙이 집에서 도보로 이십 분쯤 거리에 있는 부동산 사무실에서 경리를 봤다. 큰언니 집에 기식하는 것은 남동생이 작은오빠 집에 들어갔기 때문이다. 농고를 졸업한 유성율은 대학 대신 요리 학원에 다니며 아르바이트를 열심히 했다. 형제자매 중 서로 각별한 사이였던 유득이, 유성율 남매의 최근 모습은 옛날과는 사뭇 달랐다. 사고뭉치였던 유성율은 술과 여자를 좋아하는 버릇에도 불구하고 성실하게 자기 앞길을 개척하는 중이었다. 반면, 성깔은 좀 있어도 야무진 막내딸이었던 유득이는 부산 온 뒤로는 연일 '물주' 타령만 하는 허영 덩어리로 살고 있었다.

이모가 퇴근하자마자 연수는 대뜸 진짜로 헤어진 거 맞냐고 물었다. 그렇다는 답이 돌아왔다.

"근데 왜 왔는데? 우리 집은 또 어떻게 알고 찾아왔는데, 엉? 다시 사귀면 안 되나?"

연수는 사랑의 환상에 사로잡혀 있었고, 여전히 예의 그 옆집 오빠가 있었다. 하지만 이 최영준은 '문학적인' 존재, 말하자면 라스콜니코프였고 그와의 관계는 '수학적인' 틀에 머물러 있었다. 그런 특이한 존재가 화장실 가는 것이 이상한 만큼이나, 그와의 관계가 어떤 다른 형상을 띨 수 있다는 건 상상이 안 됐다.

"경수는 못돼 처먹어서 안 된다. 성질나면 바로 주먹이 날아오는 놈이다."

"정말로? 착해 보이던데?"

"착하기야 착하지. 하지만 홀어머니에 직장도 변변찮고 전라도 출신에……"

"그래도 사랑하잖아! 이모 니, 그 아저씨랑 키스도 해봤나?"

연수는 '키스'라는 말에 얼굴을 붉혔지만, 이런 것 정도는 안다는 것을 이모 앞에서 뽐내고 싶었다.

"뭐라고? 그런 건 아무나 다 하는 거다."

이모는 깔깔대고 웃더니 부엌으로 가버렸다. 연수는 이모의 뒤를 졸졸 따라갔다.

"거짓말도 잘한다. 우리 엄마나 아빠 같은 사람이 키스를 어떻게 하노?"

연수는 이모가 자기를 아직도 코흘리개 취급하는 게 못마땅했다.

"그건 또 무슨 소리고? 아이고, 연수 니 완전히 헛똑똑이구나."

이모의 표정을 보니, 엄마와 아빠도 키스한다는 건 아무래도 사실인 것 같았다. 연수에게는 이것이 굉장히 기괴하게만 여겨졌다. 키스라는 건 영화나 소설 주인공의 전유물이었다. 그나마 득이 이모는 주변 사람 중 유일하게 애인과 키스도 할 수 있는 사람처럼 여겨졌다. 이모는 늘 화장을 하고 하이힐을 신고 허리가 잘록한 주름치마나 몸에 착 달라붙는 청바지를 입었다. 여름에는 민소매 티셔츠나 속이 훤히 비치는 블라우스도 과감하게 입었다. 속옷도 썰렁한 흰색 면은 잘 없었다. "원래 미인은 속옷을 제일 잘 입어야 하거든." 이모는 월급의 거의 전부를 레이스나 구슬 장식이 들어간 원색의 화려한 속옷을 사는 데 썼다. 세 장에 천 원짜리 팬티를 사거나 콩나물이나 시래기 한 주먹 더 달라고 구걸하지 않았다. 김완선에 대해 "눈에 흰자위가 많아서 남자들의 애간장을 녹일 얼굴"

이라는 품평을 내놓았다. 민혜경은 입이 커서 '섹시'하다고 했다. 자기는 갓난아이일 때 엉덩이에 화상을 입는 바람에 엉덩이에 '볼륨'이 없다고 투덜거렸다. 외모뿐만 아니라 문화에도 관심을 보였다. 매일은 아니더라도 일기를 쓰는 사람도 이모밖에 없었다. 송창식의 「푸르른 날」의 가사가 서정주의 시라는 것을 가르쳐준 것도 이모였다. 간단히, 득이 이모는 키스할 만한 외모와 멋과 교양을 갖춘 사람이었다.

그날 밤 득이 이모는 어른들에겐 오늘 일을 말하면 안 된다고 신신당부했다. 그 대가로 다음 주 일요일에는 연수와 연희를 데이트에 끼워주었다. 이번에도 비밀이라는 단서가 붙었다.

"야, 자살하기 딱 좋은 날이다."

연수는 이모의 이 말 속에 뭔가 의미가 있지 않을까 열심히 머리를 굴렸고, 연희는 입을 삐죽 내밀었다.

"그게 무슨 소리고? 날씨도 좋구만."

"원래 사람들이 봄에 자살을 제일 많이 한다."

"정말 데카당스하네. 아, 그래서 4월은 잔인한 달인가!"

연수는 혼잣말처럼 내뱉으며 고개를 주억거렸다. 연희는 이모와 언니를 바라보며 고개를 갸우뚱거렸다. 그때 맞은편에서 깡마른 젊은 아저씨가 나타났다.

"언니야, 저 아저씨가?"

연희의 소곤소곤 귀엣말에 연수는 짐짓 진지하게 고개를 끄덕였다. 웃겨 죽을 지경이었다.

"언니야, 저 아저씨 막대기 위에 눈깔사탕 꽂아놓은 거 같다. 머리는 와 저래 크노? 완전히 '모여라 꿈동산'이다, 그자, 언니야?"

연희가 깔깔대자 연수도 기어코 웃음을 터뜨렸다. 진짜로 '모여라 꿈동산'의 주인공이었다. 그럼에도 이모는 경수 아저씨 앞에서 완전히 다른 사람이 되었다. 괜히 몸을 배배 꼬며 얼굴에 이상한 미소를 머금었고 말도 야릇하게 혀짤배기소리를 냈다.

"니가 연희가? 언니랑은 하나도 안 닮았네."

"나도 크면 쌍꺼풀 수술할 거예요!"

연희가 큰 소리로 말했다. 언니가 인형처럼 예쁘게 생겼다고 생각한 연희에게 언니를 안 닮았다는 말은 욕이나 다름없었다.

"수술은 뭐 하러? 니 눈도 예쁜데. 너거들 어디 가고 싶노?"

"야, 니는 차도 없으면서 무슨 생색을 그리 내노?"

톡톡 쏘듯 핀잔이었음에도 이모의 발개진 얼굴, 반달이 된 눈 속에는 웃음이 가득했다.

"아저씨, 언니랑 나는 용두산공원 가고 싶어요. 꽃밭 시계 있는 데요. 우리 언니는 거기서 백일장도 나갔는데 떨어졌어요, 헤헤."

"그래? 득이 니 생각은 어떤데? 오랜만에 한번 가보까?"

이모를 바라보는 아저씨의 얄궂은 눈빛을 보며 연수도 낄낄댔다. 연애의 풍경은 조금도 낭만적이지 않고 마냥 웃기기만 했다. 항상 이지적인 척, 세련된 척 굴던 이모가 영락없는 병신 쪼다였다.

유득이와 천경수, 스물두엇의 이 청춘들은 그들 인생에서 가장 아름다운 한 시절을 만끽하고 있었다. 이별과 재회를 반복하며 어느새 2년째였다. 용두산공원이 아니어도, 또 발랄한 두 소녀 들러리가 없어도 그들은 충분히 행복했다. 공원을 한 바퀴 돈 다음에는 근처 술집에서 소주를 마셨다. 안주는 새빨간 양념이 속속들이 밴 오징어무침이었다. 두 소녀에게는 슈크림 빵, 팥빵, 곰보빵을 잔뜩 안겨주었다. 모두가 행복한 한 시절이었다.

가난과 희망의 기록

겨울방학이 시작됐다. 인문계 고등학교 입학 예정인 아이들은 대부분 학원에 등록했다. 수업 시간에 책상 위에 얼굴 파묻고 자다가 수업이 끝나면 이성 친구와 이른바 '데이트'를 즐기는 아이들도 조금씩 생겨났다. 서면 일대를 거닐며 분식집이나 경양식 식당에서 쫄면이나 돈가스를 사 먹고 길거리 자판기에서 커피 한 잔을 뽑아 먹는 것만도 충분히 일탈의 쾌감을 안겨주었다. 아이들의 인생은 또렷이 양분되었다. 세상에는 '공부'와 '공부 아닌 것', 딱 두 가지만 있었다.

외톨이가 되기 싫어 연수도 얼떨결에 학원에 나갔다. 영어 수업에는 수시로 지각해서 맨 뒷자리에 앉았고 수업 내내 멍하니 넋 놓고 있기 일쑤였다. 그다음은 수학 시간이었다. 서른 몇 살쯤 된 바싹 여윈 남자 선생님이었다. 대학 시절 '운동'을 하다가 안기부에 끌려갔던 무용담, 가령 '근육 뽑기'에 대한 극히 생리학적 묘사가 수업 시간의 삼 분의 일은 차지했다. 차라리 몇몇 중학교 선생님들처럼 베트남은 '멸망'한 것이 아니라 스스로 '통일'을 이룩한 것이라든지, 대한민국의 독립은 강대국의 역학 관계에 따라 수동적으로 이루어졌다든지, 박정희의 5·16은 '혁명'이 아니라 '쿠데타'에 불과하다든지 하는 얘기가 더 나았으리라.

한 달도 안 돼 연수는 학원을 그만두었다. 그리고 서점과 시장 가는 일을 빼면 겨우내 방 안에 틀어박혀 있었다. 『성문기본영어』와 『수학기본정석』은 손때를 전혀 타지 않은 거룩한 성전이 되었다. '공부' 대신 '공부 아닌 것', 그것은 서점의 서고에 잔뜩 꽂힌 소설을 읽는 것이었다. 1989년에서 1990년으로 넘어가는 한 달 사이, 라스콜니코프가 『죄와 벌』의 주인공이라는 것을, 하춘화의 노래 가사 속 '카츄샤'가 『부활』의 여주인공의 이름과 같다는 것을 알게 되었다. 전쟁과 혁명의 한복판에 선 테러리스트, 수도원을 뛰쳐나가 자유로운 삶을 만끽하는 독일 청년, 외딴섬으로 흘러들어 벽화를 그리는 고독한 예술가, 바닷속 청새치와 사투를 벌이는 노인이 돼보기도 했다.

기어코 동면의 시간이 끝났다. 부산진여자고등학교는 황령산의 꼭대기에 얹혀 있다시피 했다. 버스를 타고 십오 분 정도 간 뒤 비탈길을 또 그만큼 걸어 올라가야 했다. 고교 생활은 교복과 함께 시작되었다. 내일은 뭘 입을까 고민할 필요도, 친구들의 예쁜 옷을 보며 주눅 들 일도 없었다. 옅은 잿

빛 재킷과 치마, 하얀 블라우스, 감색 넥타이로 이루어진 춘
추복, 짙은 파란색 치마와 하얀색 반소매 블라우스로 이루어
진 하복, 짙은 초록색 겨울 코트, 끝으로 체육복 두 벌. 이 단
조로운 옷이 연수는 무척 마음에 들었다. 담임 선생님도 좋았
다. 문제는 다른 곳에서 터졌다. 입학하고 보니 전교 수석이
었다. 이것이 똑같은 교복을 입은 아이들 사이에서 김연수의
명찰이 되었다. 연합고사를 잘 친 것은 순전히 우연이라고 생
각했던 터라, 연수는 남의 옷을 훔쳐 입은 것처럼 불편했다.
그것을 증명하듯, 첫 시험에서 연수가 받은 성적은 아주 형편
없었다. 벽에 붙은 학생들의 등수 표, 저 끝에 간신히 김연수
의 이름이 올라가 있었다.

담임 선생님은 실망을 감추지 못했다. 고등학생처럼 얼굴
에 여드름이 가득한 이 스물여덟 살 청년은 처음으로 담임을
맡은 것이었다. 자기 반에 전교 일등이 들어왔다는 사실에 기
대가 컸다. '선생님, 저는 원래 공부를 그렇게 잘하는 아이가
아니거든요? 나중에 소설가 될 거예요.' 이런 말이 연수의 목
구멍 깊숙한 곳에서 맴돌았다. 하지만 차마 입을 떼지 못한
채 죄인처럼 고개를 푹 숙이고 있었다. 선생님은 성적표를 앞
에 놓고 조목조목 꼬집었다.

"국어는 손볼 게 없고 영어는 니가 알아서 잘할 것 같고 수
학이, 수학이! 세상에, 수학이 50점이 안 된다, 이게 웬일이
고? 3반의 운형이는 『실력정석』까지 뗐다던데? 방학 때 학원

도 안 다녔나?"

연수는 정말 분했다. '진짜로 저는 공부밖에 모르는 모범생은 되기 싫거든요? 천재 소설가한테 영어 수학이 무슨 필요가 있어요!' 이런 말들이 계속 아우성쳤다. 하지만 담임 선생님의 실망보다 더 무서운 것은 연수 자신의 실망이었다. 성적표를 보자, 남의 옷을 입은 것 같은 불편함 대신 자기 옷을 빼앗긴 것 같은 분함이 치밀어 올랐다. '천재 소설가'가 점수와 등수에 연연하는 건 웃기다고 생각했지만, 그래도 분한 건 분한 거였다.

연수는 '공부 아닌 것'을 제쳐두고 '공부'에 매달렸다. 부정사, 분사, 동명사, 시제, 조동사, 집합, 복수근, 지수, 로그, 미분, 적분, 삼각함수, 방정식, 확률, 통계…… 꿈속에서도 루트 마이너스 일이 루트와 마이너스와 일로 해체되고 사인, 코사인, 탄젠트 등 삼각함수 그래프들이 제멋대로 뒤섞이는 날의 연속이었다. 눈뜨면 부리나케 학교로 달려가고 캄캄한 밤 집에 돌아와 부모님이 잠든 골방의 문을, 또 곯아떨어진 동생들의 얼굴을 보면 하루가 끝이었다. 1학년이 끝날 무렵 연수는 입학했을 때의 성적에 다다랐다. 남의 옷을 입은 것 같은 불편함 따위는 온데간데없었다. 이것은 원래 내 옷이고, 다시는 벗고 싶지 않았다.

'삼창상회' 사장인 전수창이 자기 집의 일부를 전세로 내놓았다. 김준호 내외는 빚을 조금 내어 그 집으로 들어갔다. 민경이네 집에서는 십오 분쯤, 또 그 옛날 정태네 집에서는 반대편으로 십오 분쯤 떨어진 곳이었다. 바로 밑에는 파출소가 있고 위로는 전포교회가 있었다. 2층짜리 건물의 2층, 안쪽에는 다락방도 딸려 있었다. 방이 총 세 칸에 마루도 넓고 부엌도 깨끗한 입식, 연탄이 아닌 기름보일러를 쓰는 집이었다. 화장실 겸 욕실도 신식이어서, 바닥과 벽에 타일이 깔려 있고 변기도 수세식이었다. 본채 옆에 딸린, 재래식 부엌이 딸린 작은방은 세놓았다. 믿거나 말거나 서울대를 나왔고 왕년의 약사라는 키가 크고 점잖게 생긴 중년 남성이 들어왔다. 드디어 월세를 내는 대신 받는 생활이 시작되었다.

이사가 끝나자 유숙이는 당장 장롱과 화장대, 냉장고부터 사들였다. 전화도 놓았다. 안방이며 거실에 화분도 잔뜩 들여놨다. 그것도 모자라 현관 앞, 비좁은 공간에 넓적한 플라스틱 화분을 갖다 놓고 상추, 파, 고추 등 채소를 가꾸었다. 오며 가며 물만 주는데도 채소들은 무럭무럭 잘 자라났다. 아이들도 그랬다. 형우는 어느덧 5학년이었다. 만년 꼴찌에다 사고뭉치였지만 하나밖에 없는, 쳐다보기도 아까운 귀한 아들이었다. 연희도 어엿한 중학생이었다. 이제는 키도 언니보다 컸고 사춘기로 접어들면서 몸집도 커졌다. "연희 저게 머리도, 재주도 언니보다 훨씬 좋은데 저래 노력을 안 하네." 김준호가 수시로 핀잔을 주었지만, 살살대며 아빠의 염려를 잠재웠다. 새집에 가장 열광한 건 형우였다. 혼자 쓰기에 충분히 넓은 문간방이 형우 차지가 되었다. 형우는 방 전체를 구슬과 딱지, 그리고 오래전부터 꿈꾸어온 조립 장난감으로 채웠다. 어릴 때는 같이 놀아주지 않는 아빠와 엄마가 원망스러웠지만, 이제는 용돈만 많이 준다면 그게 더 좋았다. 방을 따로 쓰게 된 뒤로 누나들한테 잔소리를 들을 일도 없었다. 오직 부모만 형우의 형편없는 성적표를 보며 그 바쁜 와중에도 나름대로 실의에 빠졌지만 금방 마음을 다잡았다. "머슴아들은 어릴 때 좀 놀아도 돼요. 건강하면 됐지 뭐." 한마디로 천국의 문이 열렸고 천년 왕국이 도래했다.

*

연희는 '다락방이 있는 집', 그 자체에 열광했다. 나무 계단을 올라가 층계참처럼 아담한 마루 바로 곁에 연희의 방이 있었다. 정확히 언니와 함께 쓰는 방이었다. 하지만 눈을 뜰 때도, 잠자리에 들 때도 언니는 없었다. 이 점에서 언니는 최고로 좋은 룸메이트였다. 어른이 되면 예쁜 집을 얻어 단둘이 평생토록 같이 살자고 약속했던 시절은 어느덧 지나고, 자기만의 시공간, 자기만의 일과 친구를 갖고 싶은 나이가 된 것이다. 언니가 좀 불쌍하다는 생각은 들었다. 이렇게 좋은 집에 머물 시간이 없으니 말이다. 오직 이사 온 첫날, 드디어 빨강 머리 앤처럼 다락방이 딸린 집에 살게 됐다며 연희와 함께 기뻐한 것이 전부였다.

연희는 연수가 다닌 부산진여자중학교에 입학했다. 그사이 정책이 바뀌어 연희는 교복을 입었다. 개학하고 얼마 지나지 않아 반장 선거가 있었다. 국민학교 때도 내내 반장을 해왔던 터라 응당 입후보하고자 했다. 하지만 아빠가 공부에 전념하라며 극구 반대했다. 그 바쁜 언니도 한마디 거들었다. 연희는 '집안의 평화를 위하여' 앞으로 3년 내내 반장 같은 건 하지 않기로 약속했다. 그래도 사람을 끄는 성격은 여전했다. 연희에게 무슨 카리스마가 있는 건 결코 아니었다. 정반대로 나사 하나 빠진 사람처럼 어리바리한 구석이 바로 매력이었다. 연희 옆에서는 전혀 긴장하지 않아도 되었기 때문에 모두 연희를 좋아했다. 성적은 여전히 상위권이었지만 일등을 하는 일은 잘 없었다. 어쩌다 일등을 하더라도 연희도, 친구들도 운이 좋아서라고 생각했다.

신록이 녹음으로 바뀔 무렵, 연희는 뭔가 이상한 느낌이 들었다. 아니나 다를까, 팬티에 피가 묻어 나왔다. 언니의 서랍에서 생리대를 꺼내 언니가 했던 것과 똑같은 방식으로 팬티에 붙였다. 여기서 피가 나오는데 대소변은 어떻게 봐야 할까. 하지만 처음에는 너무 기괴했던 여러 느낌에도 곧 익숙해졌다. 저녁에 언니를 보면 얘기를 할 참이었지만 언니가 오기 전에 잠들었다. 그렇게 며칠이 흘러갔다. 다음 달이 되고서야 가족은 연희가 숙녀가 됐음을 알게 되었다.

"이상하네, 아직 떨어질 때가 안 됐는데."

일요일 오전에 연수가 고개를 갸우뚱거렸다.

"언니야, 내가 썼다. 나도 이제 그거 한다."

"진짜가?"

연수는 동생의 태연스러운 태도에 혀를 내둘렀다. 도무지 동생에겐 뭔가 충격적인 일이 있을 수 없는 듯싶었다. 둘은 일란성 쌍둥이처럼 생리 주기도 엇비슷했다. 유숙이는 이제 생리대를 매달 삼 인분을 사야 했다. 자기가 마흔을 훌쩍 넘긴 것보다 더 경이로운 일이었다. "너거가 이렇게 컸는데 엄마가 우째 안 늙겠노. 아이고, 아버님 도와주이소, 나무관세음보살." 이런 말을 읊조리는 일도 잦아졌다.

전셋집을 얻고 나자 김준호는 비로소 가장 노릇을 제대로 하는 느낌이었다. 부부가 단둘이 명실상부한 안방을 쓰게 된 것도 결혼하고 처음이었다. 대신 돈이 엄청나게 많이 들어갔다. 김준호는 연일 산지에 올라갔고 지상과 지하를 오가는 유숙이도 정신없이 바빴다. 외상값을 받는 것도 유숙이의 일이었다. 날도 새지 않은 컴컴한 새벽에 잠자는 아이들의 얼굴을 보고 시장에 나갔다가 귀가하면 집 안이 고요했다. 필요한 돈은 새벽마다 마루의 나지막한 탁자 위, 수화기 밑에 놓아두고 갔다. 간혹 스카치테이프를 붙인 종이쪽지를 냉장고 문에 붙여놓기도 했다. "아빠, 문제집 값 사천 원." "엄마, 내일 소풍. 김밥 사 와." 일요일 낮에 김준호가 시장에서 잠깐 집에 들어왔더니 웬 삭발 소년이 앉아 있었다.

"아이고, 머리를 와 그리 잘랐노?"

"단발도 귀찮아서요."

이 정도 대화를 나눌 여유도 좀처럼 없었다. 그런 딸이 웬일인지 산지에 한번 따라가도 되겠냐고 물었다. 방학이라도 매일 보충수업이 있었다. 그렇게 좋아하는 거창 외갓집도 못 간 지 오래였다. 그런 연수에게 산지는 상주든 성주든 영천이든 김천이든 함안이든 전부 거창이었다.

"바쁠 텐데 괜찮겠나?"

"이제 개학하면 졸업할 때까지 못 갈 것 같아서요."

"멀미는 안 하겠나?"

"치이, 안 할 리가 없잖아요?"

다음 날 오전, 김준호는 큰딸을 트럭에 태우고 김천으로 출발했다. 운전기사는 따로 있었다. 7년 전의 사고 이후 그는 절대 운전대를 잡지 않았다. 고속도로를 달리는 내내 큰딸은 자다 깨기를 반복했고, 정신이 돌아올 때마다 창밖만 바라보았다. 벼들이 많이 자라 있었다.

김천 시내를 지나자 거친 자갈밭이 나왔다. 트럭은 곧 주저앉기라도 할 듯 마구잡이로 덜커덩거렸다. 연수는 얼굴이 샛노래진 채 자갈밭 옆의 시냇물, 또 그 주변의 산에서 눈을 떼지 않았다. "아빠, 저거 덕유산이에요?" 그 길을 반 시간 이상 지나서야 목적지에 다다랐다. 과수원 주인 내외는 간단한 요깃거리가 딸린 술상을 봐왔다.

"여, 우리 딸입니다."

"중학생입니꺼?"

"어데요, 고등학교 2학년입니다."

"아이고, 아직 많이 커야겠네요."

과수원 주인의 말에 연수는 부끄러워졌다. 이제는 누구 하나 인사치레라도 예쁘다고 말해주지 않았다. 아무리 아빠라도 이렇게 못생기고 작고 뚱뚱한 딸은 어디다 내놓기가 싫을 것 같았다. 전교 일등 딱지가 붙어 있음에도 아무도 질투하지 않는 건 외모가 요 꼬락서니인 탓이라고 연수는 생각했다.

김준호는 술을 한잔 걸치고 잔금을 치른 다음 주인과 함께 포도밭으로 나갔다.

"와, 정말 넓다! 아빠, 아빠, 아빠, 저기 흰 종이들은 뭐예요?"

딸내미가 아빠를 두 번 이상 부르다니, 김준호는 신이 났다.

"포도가 햇빛을 너무 받으면 안 되니까 저래 종이로 싸두는 기다."

"저걸 일일이 다 사람 손으로 쌌단 말이에요?"

"그럼 기계가 해줄 기가? 세상이 아무리 좋아져도 사람 손이 안 가면 되는 일이 없다. 우리도 고제 있었으면 노상 그래

일해야······"

　부산으로 내려가는 동안 날이 캄캄해졌다. 쭉 늘어선 고속
도로 가로등 불빛 사이사이로 노란 달맞이꽃이 피어 있었다.
참 예뻤다. 열린 창문으로 시원한 밤바람이 불어 들었다. 운
치 있는 밤이었다. 그런데 연수는 요의를 느꼈다. 왜 하필 이
럴 때마다 낭만을 깨는 일이 생기는지 의아스러웠다. 옆에 기
사 아저씨가 있어 더 난감했다. 김준호는 갓길에 차를 세우고
딸내미와 함께 산속으로 약간 걸어 들어갔다. 오래 참았던 소
변을 누고 나자 연수는 날듯이 개운해졌다. 그 참에 주변의
칼풀과 달맞이꽃을 잔뜩 꺾었다. "그거는 진짜 빨리 시들 긴
데······" 김준호는 그러면서도 꽃줄기들을 트럭 뒤에다 조심
스럽게 얹어주었다. 부산에 도착했을 때는 연수도, 달맞이꽃
도 이미 사체나 다름없었다.

*

　새벽 두시. 김준호 내외가 다락방으로 올라왔다. "요 고
사리손으로 뭘 할꼬?" 유숙이는 큰딸의 손을 만지작거렸다.
"애들 깬다, 그만 나가자." 김준호가 낮은 목소리로 채근했
다. 부부가 다락방 문을 여는 소리, 나무 계단 내려가는 소리,
현관문이 열렸다가 닫히고 바깥에서 잠기는 소리가 들려왔
다. 엄마의 손이 닿는 순간 잠에서 깬 연수는 코끝이 시큰하

고 눈물이 찔끔 나는가 싶더니 다시 잠들었다.

유숙이가 처음 전화했을 때는 여섯시 반이었다.

"연수야, 학교 가야제."

"어, 이제 일어난다."

그러고서 또 잠이 들었다.

"일어났제?"

십 분 뒤에 걸려온 전화였다. 연수는 더 큰 소리로 대답한 다음 또 베개 위로 엎어졌다. 그다음 전화는 아예 받지도 않았다. 일곱시 이십분쯤 동생들을 깨우는 전화가 걸려왔다. 연수는 정신이 번쩍 들었다. 봉고차도 이미 떠난 시각이었다. 그러자 일어날 마음이 더 안 생겼다. 날도 추웠다. 어차피 지각, 될 대로 되라는 심정으로 이불을 푹 뒤집어썼다. 여덟시가 넘도록 퍼질러 잔 다음 동생들보다 더 늦게 학교로 갔다. 교문 앞에는 선도 선생님은 물론이고 선도 위원도 하나 보이질 않았다. 연수는 유유자적 교정을 지나 넓은 계단을 올라갔다. 복도도 조용했다. 대신 이맘때면 늘 들리는 「작은 소야곡」이 조용히 흘러나왔다. 방송반 아이들이 시를 읽어주는 소리도 들렸다. 연수는 발뒤꿈치를 들고 살금살금 교실로 들어갔다. '명상의 시간', 아이들은 '명상' 대신 '잠'에 빠져 있었다. 연수는 가방을 열어 책을 폈다. 얼마 지나지 않아 당직 선생님이 지나갔다. 조금만 늦었어도 딱 걸릴 뻔했다.

고3이 된 뒤로 처음으로 잠을 푹 잔 덕분에 너무 행복했다.

3학년은 공식적인 자율학습 시간이 아홉시까지였다. 하지만 연수도 많은 아이처럼 열한시까지 학교에 죽치고 있었다. 그 즈음이면 봉고차가 교문 앞에 즐비하게 늘어섰다. 차 안에서는 무서운 인신매매 얘기와 발랄한 잡담이 동시에 오갔다. 오늘이 어제와 전혀 다르지 않고 하루가, 일주일이 어떻게 가는지 몰랐다. 그 와중에도 민경이네 집 시절을 함께한 영준이 오빠와 우연히 마주치면 며칠 동안 마음이 설레고 1학년 때 담임이기도 했던 영어 선생님의 책상 위에 장미꽃 다발을 몰래 얹어놓고 나오는 일도 있었다. 전혜린의 수필집이 아이들 사이를 떠돌았다. 니체의 『차라투스트라는 이렇게 말했다』나 파스칼의 『팡세』 정도는 들춰보아야, 비틀스나 카펜터스의 팝송 가사는 흥얼거릴 줄 알아야 자신이 입시 기계가 아닌, 살아 있는 사람이라고 느낄 수 있었다. 최인훈의 『광장』처럼 신제품 소설을 읽는 건 어마어마한 호사였다. 쳇바퀴 돌리는 다람쥐도 그 나름대로 행복했을 것이다. 시간은 미적분의 무한대처럼 활짝 열려 있고 그것은 성장의 동의어였다. 무한대의 소실점은 생경한 서울역 역사 주변과 누추한 여관방으로 각인된 서울이었다. 연수는 집을 떠나고 싶었다.

큰딸이 그 무서운 고3이 되자 유숙이도 긴장이 됐다. 조연이는 '그깟 가시나'를 뭐 하러 대학에 보내냐고 성화였지만, 며느리 못지않게 손녀의 합격을 기원했다. 1992년 겨울, 학력고사 전날까지 유숙이는 오만 점집을 다 찾아다녔다. 처음 들른 곳에서는 영 성질나는 점괘를 내놓았다.

"1점, 딱 1점으로 떨어지겠다!"

"아이고, 그럼 우째야 할까요?"

유숙이가 울상이 되자 점쟁이는 근엄하게 침묵한 뒤 입을 열었다. 굿을 한판 하라는 것이었다. 워낙 애가 탔던 터라 유숙이도 귀를 기울였다. 하지만 딸내미 월사금보다도 훨씬 큰 비용이 든다는 것을 알고선 곧장 나와버렸다. "저런 망할 놈의 할망구가 다 있나! 내가 공부를 못해서 그렇지, 머리가 얼마나 좋은데, 나를 속일라고!" 부아가 좀 가라앉고 나면 또 다른 점집을 물색했다.

두번째 점집에서도 비슷한 점괘를 내놓았다. 아니, 더 심했다. 동점으로 떨어진다는 것이었다. 울상이 된 유숙이에게 점쟁이는 부적을 하나 쓰라고 했다. 그 값이 그다지 비싸지 않아 순순히 응했다. 딸내미한테 부적을 안겨주자, 또 딸내미가 못 이기는 척 필통 안에 집어넣는 걸 보자 한동안 안심이 되었다. 하지만 한 달도 못 돼서 옆집 아줌마와 함께 다른 점집을 찾았다.

"야야, 이거 참, 집에 딸이 과거 운은 잘 타고났는데, 올해는 죽었다 깨어나도 안 되겠다. 삼재거든!"

점쟁이의 첫마디에 유숙이는 숨이 턱 막혀왔다. 점쟁이는 너무 세게 나왔다는 생각이 들었는지, 슬슬 유화 정책을 폈다. '굿'도 아닌 '푸닥거리' 한판을 하면 모든 '마'를, 묵은 때 밀어내듯, 싹 걷어낼 수 있다는 거였다. 유숙이는 돈이 얼마나 드는지 조심스럽게 물어봤다.

"큰일에는 원래 큰돈이 드는 법!"

점쟁이는 눈을 찡긋하더니, 부정 탄다면서 입을 꾹 다문 채 종이 위에 연필로 금액을 썼다. 맨 앞의 숫자는 고사하고라도 공이 무려 일곱 개였다. 지금껏 새빨갛게 달아올랐던 유숙이의 얼굴이 대번에 새하얘졌다. 글썽글썽 배어나오던 눈물도 싹 말라버렸다.

"이 아줌마가 사람을 병신 쪼다로 아나!"

유숙이는 면전에다 대고 욕을 퍼붓고 호기롭게 점집을 나왔다. 철문도 일부러 쾅 닫아버렸다.

이후 유숙이는 몇 번이나 더 점집을 찾아갔다. 하나같이 부적 아니면 굿이었다. 딸내미는 화장실에 앉아서도 공부를 하는데, 저것이 떨어지면 대한민국의 어떤 놈이 붙는단 말인가. 그 잘났다는 서울대는 고사하고 서울대 할아버지라도 들어가지, 암, 들어가고말고. 평생 공부를 해본 적 없는 질박한 유숙이의 머릿속에서는 이런 생각이 들끓었다. "그래 용하다는 놈들이 남들 점이나 봐주고 사나, 흥!" 툴툴대면서도 유숙이는 또 점집을 찾았다. 고희를 한참 넘긴 남자였다.

"자네, 늦복이 보통이 아니구먼. 늘그막에는 아들딸이 주는 돈 갖고 떵떵거리면 살겠어."

이 말에 유숙이는 홀딱 반했지만 당장 급한 불부터 꺼야 했다.

"아이고, 늘그막은 늘그막이고요, 우리 딸내미, 어떻습니까, 붙을까요?"

"야는 고마 가만히 던져두라. 하고 싶다는 거 말리지도 말고, 하기 싫다는 거 시키지도 말고."

"서울대는, 서울대는요? 붙을까요?"

"어디 가서 더 물어보지도 말아라. 어차피 붙을 애, 다들 돈만 뜯으라고 할 텐데."

참으로 황홀한 점괘였다. 유숙이는 복채 만 원에 오천 원을 더 내놓았다. 하지만 점쟁이는 우아했다.

"곧 죽을 사람이 돈을 탐해 뭐 하겠노……"

점쟁이의 얼굴에서는 부처님의 광채마저 나는 것 같았다. 단순한 점쟁이가 아닌 도인이었다.

이런 믿음이 생긴 유숙이는 이후에도 큰일이 있을 때마다 그를 찾았다. 도인은 복채도 올리지 않고 항상 길한 점괘만 내놓았다. 정확히 4년 뒤 둘째 딸이 수험생이 됐을 때도 당장 이 집을 찾아갔다. 안타깝게도 그는 세상을 하직한 뒤였다. 유숙이는 무한대로 열려 있는 시간 앞에서 새 점집을 찾아야 했다.

과거는 우주보다 낯설고 멀다.

그런 의미에서 과거의 기록은 필연적으로 '픽션'이다. 기억이란 그토록 위태롭고 불안하며 우리는 언제나 과거를 정당화하고 미화하려 든다. '기교'는 모든 '픽션'에 본질적인 요소인지도 모르겠다. 과거란 그것이 1분 전이든 10년 전이든 이미 살아버린 지난 시간이라는 점에서는 차이가 없다. 소설의 화법과 문체는 아무튼 시간 사용법에 따라 결정된다. 잃어버린, 그렇기에 낯선 시간을 찾아 헤매는 소설적 작업을 꼭 한 번은 해야 한다고 생각해왔다.

2007년 가을 1920년생 '개명골댁 조연이'의 와병과 죽음을 계기로 써둔 두툼한 원고를 최근에 대폭 손보았다. 자전소설이자 성장소설인 이 글 속의 많은 사람이 저세상으로 갔고 '제동댁 김점순'은 부산시 영도구에서 아흔여섯번째 해를 맞이하고 있다. 생애 주기 중년에 이른 '김연수'는 1981년 3월 난생처음 학교에 첫발을 들여놓은 당찬 꼬마 '김연수'를 생각한다. 40년의 시차에도 불구하고 둘 다 학교에 다니고 공부를 좋아한다는 공통점이 있다. 나이를 허투루 먹는 건 아니라고 생각하면 조금 덜 슬프다. 이제는 내가 올봄을 맞이할 희망이 있다는 사실에 감사할 줄 알게 되었다. 스피노자의 사과나무를 변주해본다. 나에게 내일이 없을지라도 오늘 나는 나날이 초점이 흐려지는 눈을 스피노자의 렌즈에 감추고 한 줄의 글을 읽고 한 줄의 글을 쓰겠다.

2021년 3월
김연경

우주보다 낯설고 먼

© 김연경

1판 1쇄 발행 │ 2021년 3월 30일

지은이 │ 김연경
펴낸이 │ 정홍수
편집 │ 김현숙 임고운
펴낸곳 │ (주)도서출판 강
출판등록 │ 2000년 8월 9일(제2000-185호)

주소 │ 서울시 마포구 동교로 17안길 21(우 04002)
전화 │ 02-325-9566
팩시밀리 │ 02-325-8486
전자우편 │ gangpub@hanmail.net

값 14,000원
ISBN 978-89-8218-274-7   03810